KB238124

선우휘

불꽃

Published by MINUMSA

Flames
Copyright © 1996 by Sun-woo Hwi
All rights reserved.
Printed in Seoul, Korea.

For information address Minumsa Publishing Co.
506 Shinsa-dong, Gangnam-gu, 135-887.
www.minumsa.com

Second Edition, 2005

ISBN 89-374-2021-X(04810)

오늘의 작가총서 21

선우휘

불꽃

민음사

테러리스트

1

담배 연기가 좀처럼 빠지지 않고 안개처럼 자욱해진 방 안에 연달아 뿜어내는 연기가 그치지 않고 피어올랐다. 낡은 포터블은 삐걱삐걱 소리를 내며 연방 「오리엔탈」 곡만 틀어내고 있다. 이 다방에는 선거를 앞두고 부쩍 손님이 늘었다.

한구석에 자리 잡은 걸(傑)은 호주머니에서 담배꽁초를 끄집어내어 불을 붙이고 연신 입구를 내다보았다.

레지가 찬 것을 가져다 저편 손님에게 주고 돌아가는 길에 걸을 힐끔 보고는 그대로 지나가 버렸다.

걸은 이런 시선쯤에 무감각해진 지 오래다. 그는 시선을 천장에 달린 먼지 앉은 전등에 보내고는 주먹으로 턱을 괴었다. 눈을 감았다. 퍽 시장했다. 연기를 뿜어 올리며 무엇을 망연히 생각했다. 별다른 신통한 궁리를 하는 것이 아니라 조각조각 떠오르는 기억의 토막을 이으려고 애쓰는 것이다. 그러나 금방 머리가 어지러워지며 멍하니 허탈한 것처럼 되는 것이다. 눈을 떴다.

어느새 들어온 길주(吉周)와 학구(學求)의 허름한 차림이 걸의 눈동자에 비쳤다.

"담배 한 대."

의자에 앉기도 바쁘게 내민 길주의 손에 담배를 꺼내 쥐어준 학구는 카운터를 향해 손짓을 했다. 마담은 무표정한 얼굴로 성냥갑을 들어 레지에게 주었다.

치익 하고 성냥을 그어 담배에 불을 붙인 학구는 그대로 돌아가는 레지의 등 뒤에 한마디 붙였다.

"야 야 체네아이 오늘은 돈 있다야. 차 석 잔."

샐쭉해진 레지가 고개만 돌리고 물었다.

"뭐 드세요?"

"아무거나 가조람."

"커피요?"

"그래."

길주가 걸을 보고 손으로 잔을 들어 마시는 시늉을 했다.

"쭉! 걸아, 오늘은 한잔 있다. 이 새끼가 좀 생겼대."

흐뭇한 표정을 숨기기 못하고 엄지손가락으로 학구를 가리켰다. 학구는 턱하니 의자에 묻혀 자신만만한 얼굴을 하고 주먹으로 가슴을 툭툭 쳤다. 걸은 학구보고 물었다.

"너 취직된?"

"비슷하디."

"뭐인데?"

길주가 그 대답을 가로맡았다.

"이래두 야가 이젠 ××공장 감독이랜다."

“뭐 하능 긴데?”

“벨게 아니디, 시시한 새끼덜 까부시문 된대나.”

학구가 힐끔 길주를 보고 탓했다.

“야 야 이 새끼 말조심하라우, 내가 어깬 줄 알아.”

걸이 낯색을 달리하며 담배를 비벼 껐다.

“야, 학구 그따우문 집어티우라우, 주먹을 내두르능 걸 조심해, 틸 놈을 티야디 알디두 못하구 티랜다구 티문 어드캐.”

“아니야 걸아, 길주 새끼가 괜히 하는 소리디, 이 새끼 넌 말 조심하라우.”

학구는 팔꿈치를 들어 길주를 겨누었다.

“야야야, 아니다 아니야. 근데 이 새끼가 돈닢이 생겠다구 크게 나오누나, 별수 있나 술 한잔 먹을라문 취소하야디, 취소.”

“새애끼.”

날라온 찻잔을 입에 가져가던 걸이 잔을 놓으면서 시선을 입구에 보냈다.

“야 성기 형님 오신다.”

길주와 학구는 잠깐 고개를 돌리더니 서로 쳐다보고 입을 비쭉했다.

“매일 와서 사누만.”

“그래두야 마담은 외상 차 잘 주더라.”

“큰일나서, 누구 선거운동이나 하구 댕기디, 그것도 안 하구 와 데리구 댕게.”

“뭐 한 자리 안 된다던?”

“한 자리? 말 마라. 데래 가주구 뭐이 한 자리야, 글쎄 될 게 뭐이가, 이 다방에 나터렁 한군데 붙어 있었대문 또 모르디, 자 봐.”

하면서 학구는 손을 꼽았다.

"첨에 ×박사한테 붙었다가 그댐엔 ××장군한테 붙었디, 또 그 댐엔 ×××씨, 또 그 댐엔 ×××넝감, 그르니 될 게 뭐이가."

"그건 그래, 그래두 봉수 형님은 ×박사 따라댕기다가 국장 한자리 얻어 하지 않안. 또 죽은 병두 형님은 그래두 님시 도지사나 한번 했디."

"거기다가 밤낮 뭐 낭심이 어드르쿠 결백이 뭐이니 하구 그래 뭐이가 데리케 출출해 가지구 정티한다구 해? 말은 도티."

"정티 뿌로카로구나."

"그거나 된대던, 정티 걸식병 환잔디."

"하하하……"

셋은 평북 시골서 공산당 본부를 습격하고 그 길로 이남으로 뛰어나와 줄곧 성기 형님을 따라다니며 수십 차나 경향 각지에서 공산당과 싸웠다.

걸의 바른손 등에는 당시 칼로 찔린 자국이 아직도 징그럽게 남아 있었다. 그것은 평생 그렇게 남아 있을 것이다.

그러나 걸은 길주나 학구처럼 성기 형님을 탓할 수 없었다. 물론 그를 믿고 따라다니는 친구들은 현재 보잘 것 없이 되고 말았다. 그러나 그것이 성기형님 탓이라고 생각되지 않았다. 분명히 알지는 못해도 성기 형님 하는 일이 옳다는 생각이 들어 여태까지 따라다닌 것은 사실이다. 물론 잘됐다는 놈들이 번드르르하게 지내는 것을 보면 무엇인가 석연치 못한 것을 느끼기는 했다.

그러나 걸은 아직까지 이처럼 덜 떨어진 자기의 꼴을 두고 누구를 원망해 본 일이 없었다. 가끔 창피를 느낄 때는 있었으나 그럴 때도 걸은 그것이 오직 공산당 놈들의 탓이라고 생각했다. 그 자식의 문제뿐만 아니라 모든 좋지 못한 일의 근원은 빨갱이 공산당 놈들에게 있는 것이라고 굳게 믿고 있는 것이다. 그 위에 걸은 그의 머리로써 그 밤의 일을 어떻게 해석해야 할는지를 몰랐다. 다만 한 가지 분명한 것은 공산당이 없어진 지금에 와서 누구를 보고 주먹을 내둘러야 할는지 그 주먹질의 대상을 잃어버린 일이었다.

다방을 나오면서 성기 형님에게 인사를 드렸다. 길주와 학구는 굽실 허리를 굽히고 지나갔으나, 걸은,

"형님 나오셨습네까?"

하고 공순히 인사를 하여 그 악수를 받았다. 쥐어진 손이 퍽 메마르고 찬 것을 느꼈다.

2

'평북집' 이란 판잣집에서 빈대떡을 뜯고 약주가 몇 잔 뱃속에 부어지자 셋의 마음은 똑같이 부풀어올랐다. 길주가 주인 아주머니에게 큰소리를 쳤다.

"아즈마니 오늘은 외상 아니우다. 넉넉히 가주구 왔수다. 걱정 마우."

"이 새낀 네가 내능 거 같구나."

학구가 잔을 비워 길주에게 건넸다. 길주는 쭉 들이켜고 잔을 탁 놓으며,

"야 그른데 너덜 덕구 알디? 덕구 말이야. 적위대장 하던 새끼, 그 새끼 지금 남대문 시당에서 포목당사하구 있더라. 그 새끼."

"그래에? 그 새끼 언제 왔대?"

"그 무식한 새끼가 공산당한테 니용만 당하구는 쬐께나서 안주 탄광에 들어갔다가 눅이오(6·25) 딕전에 도망테 나왔대."

"호웅, 내가 그 새끼 쬐께난 니유 알디. 그치가 적위대장 할 때

무슨 대회에서 연설을 하다가 실패했거덩. 뭐이라구 했나 하문, 여기 붉은 꽃, 푸른 꽃, 흰 꽃, 꽃이 많이 있수다. 이 꽃으로 꽃다발을 만들어서, 즉 공산당, 청우당, 민주당이라구 하는 여러 가지 꽃으로 만든 거올시다. 이 꽃다발을 우리덜이 바틸 사람은 누군가 하문 그것은 니승만 박사올시다, 했거덩. 하하하…….”

“말이야 옳게 했디?”

“살긴 괜티않대?”

“응, 네편네꺼지 얻구 꽤 얌전해졌던데.”

“흐응, 사람 새끼 달라딘 모양이디.”

학구가 혼잣말처럼 중얼거렸다.

“근데 용식이 요전에 명동에서 봤더니, 지금 대학교수 노릇한대더라.”

“갸는 본래 똑똑했디 않안.”

“문석인 뭘 하디?”

“간 지금 중령이다. 너 모르네. 공병대장이래. 요전에 한턱 잘 내더라.”

“그래 갸가 그래두 사람이 괜티않티.”

“남현이는 시곗방 채리구 돈푼이나 모았대문서.”

“갸 새낀 술 한잔 벤벤히 안 살 거다.”

“구두쇠 아니가 야.”

“그른데 그 너네 넢엣집 살던 그 쪼꼬망이 현실이 말이다. 고고 경감한테 시집가서 괜티않게 디낸대더라.”

“고고 빼빼한 게 괜티않았디.”

걸은 현실의 얘기를 들으면서 문득 현실의 사촌동생인 성희의 생각을 했다. 그리고 성희의 가족과 함께 여현에서부터 삼팔선을 넘어오던 생각이 났다.

그때 열여섯 난 성희는 룩작을 메고 그 아버지와 어머니, 그리고 동생과 함께 걸의 앞장으로 삼팔선을 넘었다. 어슬어슬해진 저녁에 숨을 죽이면서 삼팔선을 넘는 고개를 다다랐을 때 일행은 따발총을 든 소련병에게 발견되고 말았다. 성희 아버지와 어머니는 사색이 되고 성희는 동생을 부여안고 오들오들 떨고 있었다.

걸은 무표정한 얼굴로 따발총을 든 소련병이 가까이 오자 슬금슬금 다가서며 얘기를 붙이는 체하다 그대로 머리로 떠받아 버렸다. 그리고 재빠르게 발로 따발총의 탄알판을 걷어차 떼어 던지고는 쓰러진 소련병의 얼굴을 몇 번 밟아놓고 그 길로 단김에 삼팔선을 넘어 청단으로 내달았던 것이다.

논두렁에 걸려 쓰러진 성희를 일으키던 때의 그 잔가락으로 뛰던 숨결이 지금도 그대로 귀에 남아 있고, 공포가 가득히 서려 있던 그 눈, 이마와 콧등에 내돋았던 그 땀방울이 아직도 그대로 눈에 선했다.

그 후 성희의 부친이 사업에 성공하고 여학교를 나온 성희가 여대를 거쳐 미국으로 유학 갔다는 얘기를 들은 일이 있었다. 그것은 머나먼 옛날 얘기다. 술에 흐려진 걸의 머릿속에 잠시 성희의 모습이 떠오르곤 금방 사라지고 말았다.

약주 두 병을 나눈 세 사람의 화제는 가장 보람 있게 생각되는 공산당과 싸우던 때의 얘기로 꽃이 피었다. 학구가 전평(全評)을 습격하고 전화통으로 간부 대갈통을 후려갈기던 얘기를 했다.

"한참 티구받구 부시구 하는데, MP가 들어왔네. 그걸 모르구 돌아서면서 디리받았다가 끌려가서 혼났디 혼났어."

길주가 소매를 걷으며 말을 받았다.

"현대일보 디리틴 생각 나? 박 뭐이란 주필인가 하는 치보구 따졌디, 너 이 새끼 글줄이나 쓴다구 가주뿌리만 하구, 이북에 가봤

어, 이북엘? 하고 따지문서 귀쌈(뺨)을 한 대 댔더니 말 한마디 못
하두만."
　길주는 빈 접시를 높이 들어보이며 아주머니에게 안주를 찾았다.
　"뭣덜 그르케 재미덜 났소?"
　"뭐 땅 게 아니우다. 우린 지금 빨갱이 티던 얘기 합무다."
　아주머니가 두툼한 빈대떡을 가져왔다.
　"고 빨갱이덜은 거저 티야디요, 테 깔리야디요."
　걸도 같이 얼러서 해주 습격을 가다 인민군을 만나 싸우던 이야
기, 용산 기관구를 들이치고 영등포 공장 적색노조를 습격하던 이
야기를 했다.
　화제는 흘러서 5·10선거 전에 지방에 파견되어 공산당과 싸운
얘기가 나왔다. 10여 명 친구가 60~70명을 상대로 앞문으로 들어
가고 뒷문으로 들어갔다 하면서 많은 인원을 가장하고 싸우던 얘기
끝에, 그때 포위당해서 혼자 싸우다가 욕을 보게 되자 전신주에 머
리를 떠받고 자결한 용수(龍壽)의 얘기가 나왔다.
　"걘 참 도은 아댔디."
　학구가 음성을 낮추며 말했다. 길주는 고개만 끄덕였다.
　걸은 이북에서 용수의 집 이웃에 살았다. 같이 학교에 다니며 노
닐고 싸우던 생각을 했다. 그리고 지금 낯선 시골 뒷산에 외로이 묻
힌 그를 생각했다. 걸은 혼자 중얼거렸다.
　"머이(묘)에 한번 가봐 줘야 갔는데."
　길주가 잔을 들며 내뱉듯이 뇌까렸다.
　"돈이나 생기문 술이나 한 병 사가주구 한번 가보자꾸나."
　학구는 그것을 곁눈으로 슬쩍 훑어보고 걸에게 말을 건넸다.
　"야 걸아, 근데 그때 그 새끼가 지금 어디 있는디 너 아네?"
　"누구 말이야?"

"그 있디 않니. 밤둥에 바닷바람으로 우리 있는데 뛔와서 살레달라구 하던 치 말이야. 말두 잘 못 하구 빨갱이가 왔다구 싹싹 빌던 치 말이야. 국회의원잉가 뭐잉가 됐디 와."

걸은 잔을 어루만졌다. 가슴 깊이 숨어 있던 분노의 작은 불티가 조금씩 피어오르면서 굵다란 불길로 화하는 것을 억제하려고 했다.

밤중에 공산당원들의 습격을 받은 그 지방의 유지 김가(金哥)는 개구멍으로 빠져나와서 그들의 합숙소에 뛰어들어 이빨을 다각거리며 살려달라고 애원했던 것이다.

걸의 일행은 단박 뛰어가서 30여 분의 대난투 끝에 그 가족을 구출했다. 그때 용수가 죽은 것이다. 장례는 크게 치를 수 있었다.

걸은 상한 손을 걸머지고 친구들을 대표해서 고투로 쓰인 조사를 읽었다. 그는 반도 못 읽고 흐느끼며, "이 새끼 용수야, 와 만제 죽어언." 하고 통곡을 했다.

용수가 죽은 지 6개월 후 김가는 선거에 나가 감투를 썼다.

험악하던 치안도 대체로 확보되어 평온해진 가운데 일행은 서울로 올라갈 보따리를 쌌다. 그들은 마지막으로 한 번 용수의 무덤을 찾아가자고 했다. 돈이 필요했다. 걸의 일행은 김가를 찾아가서 약간의 돈을 부탁했다.

안채에서 벌어진 주석이 잠시 조용해지더니 계씨라는 인물이 나와 김가는 어디 가고 없는데 용건이 무어냐고 물었다.

용건을 듣고 난 그자는 잠시 들어갔다 나오며 두 손을 모아 비벼 댔다. 그리고 백씨가 없는 것을 사과 겸 역설하면서 안되긴 했지만 이것이라도 받아달라고 하며 약주 한 병을 내미는 것이었다. 걸의 얼굴에서 핏기가 걷어졌다.

"여보 선생."

그 목소리가 떨렸다.

“데 마루 밑에 있는 깜당 구두는 누구 꺼디요?”
“아아 저것은……”
그자의 손에 든 술병이 잔가락으로 흔들렸다. 걸은 그자의 손에서 됫병을 낚아채자 그대로 안방 마루를 향해 동댕이쳐 버렸다.
“가자!”
그것은 벌써 7년의 세월이 흐른 옛날 일이다. 길주가 한 잔 쭉 들이켜고 안주를 뜯었다.
“도은 술 먹구 그따우 니야기 고만두자우.”
그것을 보고 학구가 냉소하는 조로 한마디 던졌다.
“너 뭐 그 새끼 니애기하믄 싫네?”
“싫긴 뭐이 싫어?”
“모르는 줄 아니 이 새끼야, 너 요즘에 그 새끼 아들하고 만난다문서.”
“야야, 그따우 소리 하디 말라우.”
그러한 길주의 태도가 어딘지 어색해 보였다.
또 술잔이 몇 바퀴 돌아갔다. 그리고 누가 선창을 했는지 지난날 그들의 입으로 불려진 일이 있는, 지금은 좀처럼 들을 수 없는 노래가 합창되었다.

동지는 기다린다 어서 가자 이북에
등잔 밑에 우는 형제가 있다.
모두 도탄에서 헤매고 있다.

방안이 갑자기 조용해진 가운데 셋이 부르는 힘찬 노래 소리는 기실 어딘지 애처로웠다. 주인 아주머니가 빈대떡 부치던 손을 쉬고 귀를 기울였다.

또 잔이 얼마간 돌았다.

갑자기 밖이 소란해지며 주인 아주머니의 거센 사투리가 터져 나왔다.

"이거 뭘 이따우가 이서. 지짐당수한다고 사람을 어드케 보능 거야."

"야, 이놈아 이래두 이북에선 갖출 거 다 갖추고 살았다아 이놈."

길주가 말새끼처럼 벌떡 일어나 뛰어나갔다.

딱! 아이쿠!

그것으로 잠잠해지고 길주가 태연히 들어왔다.

"쌍놈우 새끼 고롱 거 다아……"

주먹에 간장을 쓱 바르고 둘을 건너다보며 싱긋 웃었다.

"와 그래?"

"그 새끼가 돈두 안 내구 따따부따하문서 아주머니보구 반말질을 했대."

셋은 함뿍 취해 일어섰다.

문앞 길섶에 젊은이가 꾸부리고 앉아 신음하고 있는데, 그 옆에서 그의 친구 같은 청년이 등을 문질러주다가 길주가 나서는 것을 보고 흠칠 놀라며 일어섰다. 그것을 보고 길주는 한쪽 어깨를 쓱 올려보이며 입을 비쭉했다. 걸은 몇 걸음 발을 옮기다가 되돌아가서 길주의 소매를 끌었다.

"거 함부루 사람 티디 말라우."

길주는 학구의 어깨에 기대 걸으면서 거의 혀가 굳어진 입으로 중얼거렸다.

"걸아! 네 말이—옳다 옳아—그런데 내가 안 틸 걸 텐—틸 놈을—텟디."

"틸 놈이 무슨 틸 놈이야. 빨갱이두 아닌데 그르케까디 틸 건 뭐이야."

"그래 그래 네 말이 옳아아 빨갱일 티야디, 티야디. 빨갱이 이놈우 빨갱이 나오나라아."

그러고는 혼자 흥에 겨워 노래를 부르는 것이었다.

> 최후에 야단났다 망치 들고 나가자.
> 생사람을 때랬더니 야단났구나.
> 나가나 들어가나 마찬가지다.
> 이리 티고 데리 티고 모주리 티자아.

소련 혁명 당시 동궁(冬宮) 습격 때 불렀다는 노래를 해방 직후 이북에서 흔히 공산당을 두고 야유하는 뜻으로 부른 것이다.

걸은 학구에게 길주를 맡기고 그 길로 예의 다방에 들었다.

취기를 좀 날리고야 삼촌 집에 기어들어갈 수가 있었기 때문이다.

열 시가 넘었는지 다방에는 손님이 없고 나무통에 꽂힌 향나무 그늘 밑에 성기 형님이 외로이 앉아 있었다.

걸이 굽실하고 인사를 하자 성기 형님은 나지막한 소리로 가까이 와서 앉으라고 했다.

성기 형님과 마주앉으니 별안간 머리가 핑 돌았다. 그리고 무엇인지 성기 형님에게 얘기하고 싶은 충동이 일어났다.

"형님 안됐수다. 이르케 술을 테먹구, 학구가 취직해서 돈이 생겼다구 먹자구 해서 한잔 먹었수다. 어드카갔소? 그르케 됐수다레."

"……근데 형님, 우린 형님을 믿습무다. 우리덜이야 뭘 모르디않소, 우린 거저 형님만을 믿구 있수다. 하래기만 하문 무엇이구 다 하디요."

"그른데 형님, 우린 뭘 하문 좋겠소? 뭘 하야될디 모르갔수 다 모르가시요."

"······빨리 고향에 가구 싶수다. 빨갱이덜 테부시야 되디 않소, 티두룩만 해주시구레."

걸은 이미 성기 형님을 의식하지 않고 술의 힘을 얻어 혼자 지껄이고 있는 것이었다.

"학구두 취직했다구 합두다만 나는 시원하게 네기디 않습무다. 길주 니야기는 공당에서 시시한 놈덜 까부신다구 합두다. 근데 주먹을 내두를 데야 따루 있디 않갔소. 빨갱이 아닌 사람 티능 건 난 찬성 안합무다."

"······빨갱이 아니구두 나쁜 놈덜이 있긴 합두다. 틸 놈두 있긴 합두다. 그른데 형님."

걸의 취한 눈동자가 멀거니 성기 형님을 쳐다보았으나 그 시선은 초점을 잃고 있었다.

성기 형님은 그저 말없이 앉아서 걸을 건너다볼 뿐이었다.

"빨갱이부텀 테없애야 하디 않소? 국제 정세니 유엔이니 난 모르갔수다. 거저 빨리 그 새끼덜 까구만 싶수다레."

"······형님, 난 원수를 가푸야 하디 않소? 나 이남으로 온 댐에 우리 아바지 잡아다 가두와서 죽게 한 놈덜 난 그대루 둘 수 없수다. 형님, 이리케 오래 가문 니북에 두구 온 동생 새끼 빨갱이 다 되디 않갔소."

걸의 얼굴에 괴로운 표정이 흐르며 보기 흉하게 일그러졌다.

"형님, 성기 형님, 빨갱이 티두룩 해주우. 그때터럼 해봅수다."

"······니 박사한테 형님이 가서 니야기하믄 되디 않소? 우린 아직두 주먹이 든든하우다."

걸은 주먹을 들어 탕 탁자를 두들겼다. 레지가 이맛살을 찌푸렸다, 그러나 성기 형님은 돌부처 모양 앉아 있었다.

“요전에 돈수 형님이 자기 있는 농당에 오라구 합두다. 이젠 가긴 가야겠수다. 삼촌 밥 얻어먹기두 이젠 안 되가시요. 이젠 땅을 파갔수다. 땅을 파가시요. 내가 먹을 거만 내가 만들어가시요. 근데 콩이 될디 팍(팥)이 될디 모르갔수다.”

“……그른데 난 딴 아덜터렁 쪼꼼두 형님 원망하딘 않습무다.”

탁자에 놓인 성기 형님의 두 손이 잠시 파르르 떨렸다. 눈에도 이상한 광채가 돌았다.

“형님……”

성기 형님이 불쑥 일어섰다. 걸도 반사적으로 일어섰다. 어느새 걸의 눈동자가 제대로 자리잡혔다. 와락 성기 형님의 손을 붙들었다.

“형님 와 그루? 화났소?”

성기 형님이 가만히 그것을 뿌리쳤다.

“몹시 취했구먼. 이젠 집으로 가디.”

그러고는 그대로 몸을 돌렸다. 걸은 잠시 멀거니 서서히 걸어나가는 성기 형님의 축 늘어진 두 어깨에 시선을 보내다가 문밖으로 사라지자 언뜻 정신이 들어서 허둥지둥 그 뒤를 따랐다.

“형님, 용서하시우. 난 그릏게 아니우다. 술 테먹구 안됐수다, 형니임.”

문을 열고 어두운 한길에 나섰을 때 성기 형님은 벌써 오가는 사람들 틈에 끼여 저만큼 걸어가고 있었다.

3

이튿날 걸은 아침 일찍이 시장으로 나갔다. 삼촌이 차려놓은 라디오 수선가게의 문을 열고 차분차분 물건을 늘어놓았다. 전부 꾸

리면 혼자서도 쉽사리 메고 성큼성큼 걸을 수 있는 정도의 물건이
지만 그것이 삼촌네 네 식구와 걸을 먹여 살리는 밑천이었다.

조금 더 있으면 열네 살 난 조카 옥순이가 그 앞에 양담배 같은
물건을 늘어놓게 된다. 그것도 적잖은 수입이었다. 가게를 벌인 사
람들이 차츰 모여오고, 평북 사투리가 터져나오면서 이 시장 한구
석에는 늠름한 활기가 떠돌기 시작했다.

걸은 손재간이 없어서 라디오 수선을 거들 엄두도 못 냈다. 그러
나 가끔 이 구석에 어깨들이 수작을 걸어올 때면 걸은 그들 앞에 턱
나서서 벌어진 가슴을 내밀었다. 그러면 그만이었다. 걸의 날파람
은 대단한 것이었고, 특히 그 대갈받침(헤딩)은 정평이 있었다.

그런데 걸은 이즈음에 와서 기가 죽은 사람처럼 생기를 잃어갔
다. 냅뜰성이 없어지고 꿍꿍 안으로 감아들기만 했다. 삼촌이 걱정
하여 어디 몸이 편찮으냐 하였으나 걸 자신도 그렇게 맥이 풀리는
연유를 알아낼 수 없었다. 옆에 약방을 내고 있는 삼촌 친구가 비타
민 부족일 것이라고 약을 주었으나 한 병을 다 먹어도 전연 효과가
없었다.

오정 가까이 걸은 이리저리 시장터를 헤맸다. 물감장사를 하는
삼봉이도 만나고 양복장사를 하는 택일이도 만났다. 경기는 괜찮은
모양이었다. 모두 땀을 뻘뻘 흘리면서 일하고 있는 것이 기특했다.
삼봉이는 제법 색시도 얻고 딸자식까지 보고는 성격마저 아주 달라
진 것 같았다. 우는 어린 것을 안고 달래는 것을 보면 아무리해도
이 친구가 전에 기관구 파업 선동자들 소굴을 선두에서 들이치던
친구같이 생각되질 않았다.

가게에 돌아온 걸을 보고 삼촌이 눈짓을 했다. 옥순이가 양담배
를 몽땅 떼이고 순경을 따라가면서 울고불고 야단이라는 것이다.
걸은 사람들을 헤치며 순경 일행을 따랐다. 가까이 다가서며 걸은

비스듬히 순경 얼굴을 들여다보았다. 그리고 빙긋이 웃었다. 정복에 정모를 눌러쓴 순경은 바로 한때 같이 쏘다니며 주먹을 휘두르던 다름아닌 덕배였다. 걸은 덕배의 옆구리를 쿡 찔렀다. 휙 돌아보는 사나운 얼굴이 금방 흩어지면서 옛 친구 그대로의 얼굴로 변했다.

저녁에 학구와 걸은 덕배를 털었다. 길주는 어디 갔는지 찾을 수가 없었다. 순댓국을 놓고 소주를 부어넣으면 순경도 다를 것이 없었다.

"덕배야, 너 뭐 그렁 거 하구 댕기네? 양담배 당수 거틍거 얼마나 된다구 떼구 야단이가."

"할 수 있네? 하라문 하야디, 근데 그를 땐 좀 헹펜 살피구 감추두룩 하람"

"요댐에 좀 알레 달라우. 거 어디 옥순이넨 보간, 고고 고래두 이북에선 없능 거 없이 크디 않안? 근데 지금은 녀학교두 못 가디 않네."

학구가 한마디 했다.

"덕배야 , 너 잡을래문 좀 큰 거나 잡으람. 겨우 먹구 살라구 피난민 당수하는 거나 떼구 옆덴."

"나두 모르디. 경제 덕으루 그르카야 된대디 않니."

"경제구 뭐이구 먹구 살아야 되디 않네."

"……."

"너 수지 맞디?"

"무슨 수지야?"

"거 뭐 그르디마. 다 알구 있능걸."

"이 새끼 아직도 넌 아가리가 티껍구나(더럽구나)."

덕배는 일이 있다고 하면서 먼저 일어나 계산을 끝내고는 오백 환을 더 놓고 나갔다.

"야, 너 멋있게 해서 출세해라. 어디 덕 좀 보자아."

덕배가 나간 후 걸은 어제 저녁 다방에서의 얘기를 했다.

"내가 아무래두 취해서 실수한 게 틀림없어. 괜히 들으갔다 그르케 됐구먼."

"야, 그까지 꺼 뭘 걱정하네. 그거 사실 아니가야? 그 형님 뭐 먹딘 않았디야."

"아니, 먹어두 괜티않디. 뭐이가 그래? 안 먹으문 다른 새끼가 테 먹는 판 아니가야."

"그래두 그거야 어디."

"안 되긴 뭐이 안 돼. 성기 형님두 그 네배당에 댕기문서 예수 믿 능 게 탈이디 뭐이가. 네배당 댕기는 사람은 약해디거덩. 하느님두 도티만 사람 새끼가 그래 하느님 하는 일 할래니 될 게 뭐이던."

"그것두 그르티."

"네배당 댕기멘서두 먹는 놈은 잘 먹는다야. 그른데 이건 어드케 된 건디 말이 안 되거덩. 너 그 김가 놈 봐라."

"김가 놈?"

"어지께 니야기하디 않던. 그 용수 머이 보레 갈랠 때 나오디두 않구 술만 한 병 내보내던 새끼 말이야."

"……."

"그 새끼 내가 들었는데 국회의원 하면서 돈 가지구 지금은 무슨 회사 사장인가 하문서 대단하대데. 그리구 거기다 배때기가 불러서 무슨 정티운동 한대나. 글쎄 그 따우 새끼가 잘되는 판이래두 그래"

걸은 소주를 쭉 들이켜고 한참 만에야 입을 열었다.

"거 참, 와 그르케 될까?"

걸은 멍하니 밖을 내다보면서 무슨 생각을 했다. 그것을 모를 게 하도 많다는 생각이었다.

"어지께 밤두 내가 좀 말하다가 고만뒀다만 길주 새끼가 요좀에 그 김가 아들 새끼하고 때때루 만나는 모양이야. 술이나 생기는 모양이거덩. 아새끼 그르케 되문 동내치(거지)나 다를 거 뭐이가."

어두운 밤길에 집으로 돌아가는 걸과 학구의 발걸음이 약간 비틀거렸다.

"야 걸아, 이젠 조꼼만 먹어두 비틀거리게 됐으니 다 틀렸다 틀레서."

학구가 혼자 한탄을 했다.

을지로 3가까지 걸어 나와 버스를 기다리는데 껄껄 트림을 하고 섰던 학구가 갑자기 툭 하고 걸의 허리를 쳤다.

"야 데거 봐, 데거 데거 요르케 들어맞누마 요르케."

저편에서 신사차림을 한 인물을 싸고 4, 5명이 걸어오는 것이 보였다. 자동차 라이트가 그 인물의 얼굴을 비췄다. 어디서 본 것 같은 얼굴이었다.

"데 새끼 알디? 김가 아니가야, 김가. 그 새끼야 바루. 그루구 그 옆이 아들 새끼구 또 그 뒤에 길주 새끼가 오디 않네. 새―― 끼. 내 말이 맞았다."

일행이 가까이 밀려오자 학구가 쓱 그 앞으로 나서며 퉁명스럽게 인사를 걸었다.

"아, 김 선생님 아니십네까? 오래간만입네다."

김가가 언뜻 서서 힐끗 쳐다보고 잠시 멍하니 섰더니 흠칠하고는 그대로 지나가려고 했다. 길주는 비실비실 길 저편으로 몸을 피했다. 그와 반대로 어깨 비슷한 청년이 쓱 앞으로 나서며 김가와의 사이를 가로막았다. 그걸 보자 걸은 확 가슴에 치솟는 뜨거운 덩어리를 느꼈다.

"뭐야 이거 다. 김가야 인사 받으람. 되디 못하게. 길주야 넌 어케 된 거가? 데 따우 따라댕기구.”

두 청년이 힐끔 고개를 돌려 길주를 보았다. 길주는 하는 수 없이 엉금엉금 걸의 앞에 와서 애원하듯이 변명을 했다.

“야 걸아 오해하디 말라우. 거 뭘 그르네, 말하문 다 알디 앙칸.”

길주는 손짓으로 두 청년을 보내고는 걸과 학구를 번갈아 쳐다보았다. 생침을 꿀꺽 삼키는 소리가 들렸다.

“내일 말하가서. 그르케 알아달라우.”

하고는 연신 김가가 간 쪽을 돌아보았다. 학구가 주먹을 어깨 위에서 흔들었다.

“이 새끼야 가아.”

길주는 언뜻 방어태세를 취하려다가 그대로 슬렁슬렁 김가가 간 쪽으로 뒷걸음을 쳐서 어둠 속으로 사라지고 말았다. 학구가 거기다 대고 한바탕 욕설을 퍼부었다. 걸은 얼굴을 찡그리며 중얼거렸다.

“다레 와 데리케 된?”

4

이튿날 걸은 예의 다방에서 오랜만에 상경한 돈수 형님을 만났다.

반가웠다. 그제와 어제 일로 더욱 산란해진 마음에 포근히 감싸주는 것을 느꼈기 때문이었다.

“형님, 나 메칠 있다 농당으로 가갔수다. 뭐 여기 이시야 님꼴사나웅 거밖에 보이야디요.”

돈수 형님은 빙긋이 웃었다.

“뭐이 그렇게 눈꼴 사나운가?”

"뭐 다 씨원티 않수다. 성기 형님은 이젠 틀링 거 같습두다. 뭐 하능 게 이시야디요."

걸은 이틀 동안에 일어난 학구니 길주니 김가의 얘기를 했다.

"대한민국에야 이젠 빨갱이 없디 않소? 공당에 무슨 시시한 새끼가 있갔소? 형님은 내가 그때 괜한 사람 빨갱이라구 해서 그런 줄 알구 텠다가 벵신 만둥 거 잘 알디 않소."

"학구가 뭐 덮어놓구 사람을 티구 대니지야 않갔지, 학구는 어딘지 마음이 착하고 바른 데가 있으니까."

"그런데 길주 새끼는 와 그를까요?"

"글쎄 무슨 사정이 있는 게로구먼."

"사정이구 뭐이구 그 김가하구 같이 댕길 사정이 있을 거 뭐이에요? 형님, 나는 와 그른디 길주 새끼가 그 옆에 붙어가능걸 봤더니 갑자기 김가 놈이 미워딥두다. 참 미워 죽갔습두다. 글쎄 김가 같웅 거 따라 댕길 거 뭐이에요?"

"김가든 누구든 무작정하구 따라다녀서는 안 되지. 길주야 그렇진 않겠지만 남의 앞잡이가 돼서 용돈이나 얻어 쓰면서 공연한 사람들 치구 다녀서야 안 되지. 절대 안 되는 일이지."

돈수 형님의 말끝이 떨려 나왔다. 걸은 미처 그 말뜻을 새기지 못해 잠깐 괴로운 표정을 지었다.

"요좀엔 암만 생각해두 모를 일이 많아서요. 학구가 그룹두다. 한데 피난민덜은 담배 팔아먹다가두 떼우구 녹아나는데, 글쎄 김가 같웅 건 돈 벌구 잘되시야 됩네까 어디."

"글세 돈은 벌겠지만 그것이 잘되는 일인지 못되는 것인진 두구 봐야 알 일이지."

걸의 표정이 또 난처해졌다.

"어지께 밤은 김가를 테갈기구 싶은 생각이 듭두다 한데 꾹 참고

고만됐디요.”

　차가 오자 이야기는 중단되었다. 쓴 커피를 마시면서 돈수 형님
은 걸과 또 걸 또래의 젊은이들을 생각하는 것이었다.

　이런 직정(直情)은 다른 데서는 절대로 찾아볼 수 없는 것이라고
생각했다. 그리고 지난날 표범처럼 뛰던 그들 모습을 생각했다. 주
먹만 내두르면 모든 것이 잘될 것이라고 믿었던 어리석은 꿈이 깨
어지고 지금 이처럼 산란해진 마음을 여기 보는 것이다. 시대의 상
황이 불가피하게 요구했던 필요악의 에너지가 지금 타성을 벗어나
려고 꿈틀거리는 몸부림을 느끼는 것이다.

　“걸인 6·25 때 특수부대에 참가했었지.”

　“네.”

　“그때 어떻던가? 치고 받고 때리는 것처럼 되지는 않지?”

　걸은 얼굴을 붉히며 히뭇이 웃었다.

　“안 되갔습두다. 주먹보다는 총알이 더 빠르지 않소.”

　돈수 형님의 걸에 대한 제일과가 시작된 셈이었다.

　비정하기 짝없는 일이지만 어느 때나 한번은 부딪쳐야 할 일이
다. 그것은 빠르면 빠를수록 좋은 것이라고 생각되었다.

　돈수형님은 얘기의 뜻을 새기지 못해 간간히 괴로운 표정을 짓
는 걸의 멍이 든 이마를 보았다. 몹시 벽에 부딪힌 일이 있어 그 기
능의 일부를 상실한 걸의 머리가 바로 눈앞에 있는 것이다.

　돈수 형님은 일종의 전율을 느꼈다. 멀리서 깨끗한 한 표를 떠들
어대는 스피커 소리가 들려왔다.

　돈수 형님과 헤어진 걸은 망연히 거리를 거닐기 시작했다. 널따
란 공지 한구석에 사람들이 모여 있었다. 자동차 위에 40세 가량 되
는 신사가 목청을 돋우어 육성으로 떠들어대고 있었다. 걸은 자기
도 모르게 걸음을 멈추고 그 틈에 끼여 들어갔다.

"……여러분의 깨끗한 한 표가 새로운 생활을 보장하는 관건이
될 것이고……."

"……진정한 우리의 지도자가 과연 누구인가를 식별하는 여러분
의 명철한 판단력이……."

연사의 얼굴은 차차 홍조를 띠기 시작했다.

"……일부 권력층이 아니고 전 국민이 모두 잘 살 수 있는 진정
한 균등사회가……."

"……우리는 이대로 방관하고 있을 것인가………아니다."

"……새로운 평화적 통일 방안을 수립함으로써 이 숨막히는 현
실을 타개하고……."

걸은 예의 괴로운 표정을 지었다.

──평화적? 싸우지 않고 가만히 하자는 뜻일 게다. 그러면 빨갱
이들하구 싸우지 않고 될 수 있다는 뜻이 아닌가? 그럴 수가 있
나──

"잠깐만"

걸은 불쑥 손을 들고 한걸음 나서며 연사의 얘기를 가로챘다.

"물어볼 말이 있수다. 평화덕 통일이랑 게 뭐입네까?"

모든 청중의 시선이 일제히 걸에게 쏠렸다. 연사는 약간 당황한
빛을 보였다.

"네, 그것은 무력통일이 봉착한 정세를 타개기 위한…… 유엔의
감시하에…… 지금 국제 정세는……."

걸은 또 얘기를 가로막았다.

"국제정센 모르갔수다. 근데 빨갱이들하구 싸우디 않구 어드케
조용히 통일 되갔소?"

그러자 걸의 옆에 섰던 청년들이 웅성거리기 시작했다. 그 중 한
명이 연사를 손가락질하며 소리를 질렀다.

“저 새낀 빨갱이다.”

뒤따라 일제히 집어치우라고 고함을 질렀다. 연사보다 도리어 걸이 당황했다.

“아니 이거 와덜 떠들우? 니야길 들으야디.”

이번엔 걸의 얘기에 힘을 얻은 청중들이 청년들에게 항의했다.

“떠들지 맙시다아.”

“얘기 듣구 봅시다아.”

청년들 손에서 돌멩이가 몇 개 날았다. 그리고 우욱 하고 걸의 옆을 지나 연사 있는 쪽으로 몰려가려고 했다. 순간 걸은 자기도 모르게 앞장을 선 청년의 다리를 걸어찼다. 청년은 보기좋게 앞으로 거꾸러졌다.

“말루 하디 와 그래?”

청년이 벌떡 일어서며, 대뜸 주먹을 들어 걸을 후려갈겼다. 보다 빨리 걸이 허리를 낮추자 청년은 또 한 번 제바람에 몸을 던져 모난 돌멩이에 머리를 쥐어박았다.

“뭐야 뭐야?”

“쳐라 쳐라.”

청중은 멀찍이 피하고 자동차는 어느새 연사를 싣고 자취를 감추고 말았다.

“빨갱이? 야 이 새끼덜 봐라, 내가 빨갱이야? 어림두 없다야. 이 새끼덜, 도대체 와덜 덮어놓구 뎀베드능 거야? 돌멩이는 와팽게티능 거야?”

걸의 눈에 이상한 빛깔이 번득였다. 그것은 몇 년 만에 비친 표범의 눈빛이었다.

두 명의 청년은 그 기세에 눌려 눈치만 보며 뱅뱅 걸의 두리를 돌다가 거꾸러진 청년을 일으켜 끌고 군중들 가운데로 뛰어들어갔다.

그 중 한 명은 어제 저녁 김가와 함께 가던 청년 같았다. 걸은 그들
이 사라지는 저편 가게 옆에서 얼씬 길주의 그림자를 본 듯했다.
　"길주야."
　걸은 날쌔게 군중을 헤치고 달려갔다.

　　　5

　길주를 못 찾고 발길을 돌린 걸은 그대로 거리를 걷고 있었다.
　—새—끼덜, 유티한 수작을 하누만, 내가 빨갱이라구. 누군 줄
알아, 흥 어느 땐 줄 알아—
　—고런 덩도루 누굴 티갔다구—
　우선 우스운 생각이 들었다. 그리고 잠시나마 전신에 피어린 투
지를 생각했다. 아직도 꺼지지 않은 힘의 불티를 확인한 기쁨이 있
었다. 불덩어리가 되어 돌아다니던 지난날이 그립고 정다웠다.
　제멋에 젖어 있던 걸은 갑자기 경사지는 마음을 느꼈다.
　—확실히 그것이 길주였을까? 그리고 연사를 힐난하던 청년들
의 욕설, 뛰어들던 그 자세, 그것은 나와 학구와 길주와 또 그리고
친구들의 그 옛날의 모습과는—
　몸이 화끈 불같이 달아올랐다.
　—그럴 리가 없디—그 따우덜 하능 것과야 달랐디—무엇
이—그때야 어디 지금터렁 펜안했나, 결사덕이댔디 —그루구 또
빨갱이하구는 말이 안 되거덩. 그러니까 티야디, 거주뿌리만 하거
덩—그루구—그치는 빨갱이 아니거덩, 말루 하야디, 그루구—
　더 중요한 무엇이 있을 것 같은데 걸의 머리에는 좀처럼 떠오르
지가 않았다.

——나는 몰라서 물어볼라구 항 건데, 그 새끼덜은 와 갑재기 덤 베들어 그 사람을 틸라구 했을까——

그는 걸으면서 손바닥으로 자꾸 머리를 쳤다. 악기점 레코드가 숨찬 가락으로 마구 맘보곡을 두드려대고 있었다.

어디를 어떻게 헤매었는지 걸은 어느덧 명동 으슥한 폐허 밑에 우두커니 서 있었다. 해는 기운지 오래고 저편 개수 중인 건물이 우 뚝 도깨비처럼 서 있었다.

——그 새끼덜과는 다르디, 절대로 다르디, 같애서야 안 되지——

그러나 그것은 어디까지나 직감에 그치는 것이었다. 아무리 해 도 뚜렷이 따르는 논리를 찾아낼 수는 없었다.

——나는 바보가 되고 말았구나——

돈수 형님이 그리워졌다.

——내일 당장 보따리를 싸가지구 돈수 형님한텔 가야디——

걸은 꼼짝도 않고 오래도록 그 자리에 서 있었다. 빛은 말끔히 자 취를 감추고 가게가 보이는 저편에 전등불이 켜졌었다. 멀리 지나 가는 전차와 자동차 소리가 이 어두운 폐허를 더욱 잠잠하게 했다.

오랜 시간이 흘렀다.

뜨르르. 모아놓은 벽돌과 흙무더기가 미끄러져 내리는 소리가 났다. 걸은 번쩍 정신을 거두었다. 본능적으로 어떤 위협을 느끼고 날카로운 눈초리를 주위에 부었다.

네댓 명의 그림자가 버티고 서 있었다. 그것이 조금씩 조금씩 발 을 옮기며, 말없이 가까이 다가왔다. 걸은 두어 걸음 물러서며 앞선 그림자의 손에 쥐어진 번득이는 것을 보았다. 싸고도는 그림자들을 쭉 훑어보았다. 그 뒷놈이 혁대를 들고 또 다른 한 놈은 곤봉을 들 었다. 그 외는 빈손 같았다. 먼저 치워야 할 놈은 선두와 혁대 든 놈 이라고 걸은 작정했다.

“너덜 뭐이가? 와 이르나 말을 해라.”

“…….”

“나는 빨갱이가 아니면 안 싸우는 주의다.”

“…….”

“…….”

“너덜 빨갱이가?”

“…….”

“빨갱이야?”

“이 자식!”

고함과 함께 휙 하고 소리를 내며 단도날이 걸의 옆구리를 스쳐 갔다. 걸의 걷어찬 구둣발이 그 얼굴에서 터졌다. 피익 하고 혁대가 독사 모양 꼬리를 들어 걸의 바른 어깨를 쳤다. 걸의 몸뚱어리가 막대기처럼 서서 날자 그는 자빠지면서 손으로 얼굴을 움켜쥐었다. 그와 동시에 걸의 뒷덜미에 곤봉이 떨어졌다. 걸은 무릎을 꿇었다. 그대로 발길과 곤봉이 쏟아져내렸다.

“하——악!”

짐승 같은 소리가 걸의 입에서 터지자 곤봉을 든 놈이 한 바퀴 공중에서 돌고 철썩 땅에 떨어졌다. 걸은 다시 벽을 등지고 어깨를 들먹거리며 거칠게 숨을 내뿜으면서 말없이 대치하고 틈을 엿보는 시간이 흘렀다. 씨걱씨걱 숨소리만 들렸다.

벽돌장이 날아왔다. 걸의 눈에 맞보이는 그림자가 자꾸 겹쳐보이기 시작했다. 가슴은 타고 몸에서는 걷잡을 수 없이 스르르 힘이 빠져나가는 것 같았다.

우욱 하고 그림자가 무더기로 몰려들었다. 한 놈을 받아넘기면서 그대로 옆으로 쓰러졌다. 일어서려는 걸의 가슴과 어깨와 허리와 머리에 사정없이 주먹과 구두가 날아왔다. 머리에서 앵 하는 사이렌과 같은 소리가 나면서 정신이 흐려졌다.

——마지막이다——하는 절망과 함께 번개처럼 머리를 스쳐가는 것이 있었다.

용수처럼!

분노와 원한과 설움이 한꺼번에 머리를 뒤흔들어 놓았다.

"용수야아!"

걸의 날카로운 비명이 어둠 속을 비껴갔다.

그때였다.

아까부터 폐허 뒤에서 끙끙 신음 소리를 지르고 있던 한 그림자가 표범처럼 달려들었다. 배후로부터의 불의의 습격에 폭행자들은 비명을 올렸다. 순식간에 두 명이 거꾸러졌다. 그림자는 한 놈의 멱살을 비틀어잡고 벽에다가 쥐어박았다.

걸은 혼미한 속에서 벽돌장을 걷어차는 구두 소리와 뼈와 뼈가 맞부딪치는 소리를 들었다.

"이 자식 배반했구나."

이런 소리가 들렸다. 또 쿵 하고 무거운 몸뚱어리가 땅에 떨어지는 소리가 났다. 처다보는 눈에 어렴풋이 우뚝 선 그림자가 보였다.

"배반? 이른 배반이래문 백 번이래두 하디."

거친 숨결과 함께 이런 소리가 들렸다. 귀 익은 목소리였다. 우르르 벽돌장과 흙덩이가 무너지는 소리와 함께 당황한 구두 소리가 멀어졌다. 우뚝 솟은 그림자만이 걸의 앞으로 다가왔다. 걸은 전신의 힘을 모아 반신을 일으키려고 했다.

"걸아"

"누구야?"

"나야, 길주야"

"길주? 너 새끼가, 이 새끼 잘 만났다."

걸은 와락 달려들며 머리로 가슴을 떠받았다. 길주는 뒤로 쓰러졌다. 길주의 머리 위에 주먹이 쏟아졌다. 길주는 그것을 피하며 걸을 걷어찼다. 동시에 일어선 둘은 붙자마자 또 쓰러졌다. 엎치락뒤치락 서로 얼싸안고 땅 위를 굴러갔다.

무엇 때문에 걷어차는 것인지, 무엇 때문에 얼싸안고 돌아가는 것인지, 그저 이렇게 하지 않고는 견딜 수 없는 안타까움이 똑같이 두 사람의 마음을 들끓게 했다.

걸이 밑에 깔렸다.

"이 새끼, 너 김가 꺼 테먹어서 아직두 꽤 쓰누나."

걸이 응 하고 힘을 주자 길주가 옆으로 쓰러졌다. 서로 멱살을 부여잡았다. 그리고 그대로 말없이 꼼짝도 안했다. 걸이 먼저 손을 놓았다. 길주가 따라 손을 거두었다. 그리고 어둠 속에 누운 채 한참 서로 건너보았다. 같이 일어섰다. 걸이 비틀 하고 몸이 기우는 것을 길주가 붙들었다.

"아프네?"

"괜티않아."

걸은 다시 무릎을 굽히고 주저앉아서 떨어진 옷소매로 피와 땀과 흙이 엉킨 얼굴을 문혀냈다. 길주가 그 옆에 주저앉으며 손으로 얼굴의 땀을 문질러냈다. 한참 동안 서로 말이 없었다. 걸은 머리를 무릎 사이에 처박았다.

한참 그대로 쪼그리고 앉았던 걸은 차츰 머리와 가슴과 허리와 다리에 맹렬히 쑤셔대는 아픔을 느끼기 시작했다.

이 으스러질 것 같은 고깃덩이가 지금 이 폐허 밑에 웅크리고 앉아 있다는 것——분명히 느낄 수 있는 것은 단지 이 한 가지뿐이었다.

길주가 일어서며 걸의 팔을 잡아당겼다.

"야 펭북집에나 가서 한잔 하자."

걸이 고개를 들었다.

"무슨 돈으루"

"내게 좀 있다."

"뭐? 김가 새끼한테 받은 거?"

"그르믄 멜 해. 도죽질한 돈 테멍능 건 일 없어."

"야야, 빨갱이 같은 소리 관둬."

"있는 돈 팽개티간? 말 말구 가자."

"이 꼴 하구 어딜 가?"

"괜티않아. 그 아즈마니한테 가서 입성(옷)이나 대래달래잠."

목이 타고 다리가 휘청거렸다. 둘은 서로 얼싸안다시피 부축하고 마치 상한 짐승처럼 어슬렁어슬렁 어두운 길을 걸어나갔다.

저편에 사람들이 오가는 화려한 거리가 보이고, 악기점의 노래 소리에 뒤섞여 악을 쓰고 있는 선거운동의 스피커 소리가 들려왔다.

불꽃

제1부

산과 산, 또 산. 이어간 산줄기와 굽이치는 골짜기. 영겁의 정적.

멀리서 보면 북에서 남으로 흐르는 이 골짜기가 마치 푸른 모포를 드리운 것같이 부드러운 빛깔로 보였다.

그러나 골짜기를 뒤덮고 있는 관목의 가지와 잎사귀에 가리어 험한 바위가 짐승처럼 엎드리고, 담그면 손목이 끊길 것 같은 차디찬 냇물이 그 밑을 흐르고 있었다. 이 골짜기가 내려다보이는 서녘, 부엉산 산마루. 거기 동굴이 있었고 그 동굴을 등지고 고현(高賢)은 앉아 있었다. 기대고 있는 바위가 퍽 차가웠다. 해가 산마루 뒤로 기울기 시작하면서 골짜기의 이편에 지어졌던 그늘이 차차 저편 산 허리로 물들어갔다. 그곳 검푸르게 우거진 솔밭 한가운데 현의 증조부의 산소가 보였고, 거기서 눈길을 북으로 돌리면 보이지 않는 오욕(汚辱)의 날[刃]이 영겁의 산줄기를 끊어놓고 있었다. 아니 지금은 그 흔적뿐, 포성과 함께 피를 품고 남쪽으로 옮겨간 오욕의 날. 오욕, 인간이 땅과 인간에게 가한 오욕.

현은 손바닥으로 턱을 쓰다듬었다. 짐승처럼 사람의 눈을 피해 쫓겨다닌 기나긴 시간이 턱과 뒷덜미에 흐르고 있었다. 가마솥 같이 거친 턱수염, 덜미를 뒤덮은 머리카락, 그리고 가슴에는 무수한 가시가 돋쳐 있었다.

이 동굴에 기어오른 지 두 시간. 방금 소총의 손질을 끝냈다. 두 달 남짓, 누더기로 감싸 동굴 안 바위 위에 올려 둔 소총은 싸리를 박아놓았던 총열 안 탄도를 남기고 거의 붉은 색깔로 변해 있었다.

‘세세세엘(CCCP)’ 소련제 아식 보총(A式步銃). 그와 흡사히 녹슨 세 발의 탄환. 손바닥에 스머드는 싸늘한 그 감촉.

현은 가만히 무릎에 놓은 소총 멜빵을 어루만져 보았다. 따각 하고 고리가 총신 목판을 치는 소리를 냈다. 견디기 어려운 죽음 같은 고요가 그의 전신을 엄습했다.

사르르 바람이 일기 시작했다. 바위에 돋은 풀잎사귀가 하늘거렸다. 그리고 뒤이어 풀숲에서 벌레 소리가 들려왔다. 갑자기 외로움이 현의 가슴에 흘러들었다. 현은 외로움을 누르려는 듯이 두 팔을 가슴 위에 얹었다. 동굴 천장에서 떨어지는 물방울 소리가 뚝 하고 났다. 그는 가만히 고개를 돌려 어두운 동굴 안을 들여다보았다.

31년 전 바로 이 동굴 안에서 그의 부친이 스물네 살의 짧은 생애를 끝마쳤던 것이다.

1

　1919년 3월 상순. 일요일도 아닌 어느 날 하오. 서울에서 북으로 백여 리 떨어진 P고을. 이곳 조그만 교회 안에는 남녀 교인 30여 명의 조용한 모임이 열리고 있었다.

　한 늙은 교인이 일어서서 손을 움켜쥐면서 고개를 숙이자 여러 교인들도 자리에 앉은 채 눈을 감았다. 노인의 기도 소리가 천장에 튀어 울렸다. 간간이 교인들 입에서 "아아멘" 소리가 흘러나왔다.

　기도가 끝나자, 노인은 옆에 놓인 보따리를 풀어 차곡차곡 접어 놓은 헝겊을 들어 한 장씩 나눠주었다. 교인들은 말없이 그것을 펴 보았다. 그것은 삼색으로 물들여진 태극의 기폭이었다. 한 젊은이가 싸리로 깎은 한 묶음의 댓가지를 가져왔다. 모두 말없이 그 댓가지에 기폭을 달았다. 어떤 교인은 그것을 좌우로 가만히 흔들어보고, 어느 젊은 여인은 기폭을 손으로 꼭 쥐어보았다.

　일행은 조용히 밖으로 나갔다. 교인들의 경건한 얼굴에 갑자기 긴장의 빛이 떠올랐다. 교회를 나와 거리에 나서자 깃대를 나누어 주던 키 큰 젊은이가 선두에 섰다. 결의에 얼굴이 핀 젊은이는 번쩍 두 팔을 들며 만세를 절규했다. 30여 명이 그 뒤를 따랐다.

　대한독립만세! 일행의 걸음은 갈수록 빨라지고, 목이 터질 것 같은 만세 소리는 더욱 높아갔다. 몇 차례의 만세 소리가 그치면 흥분된 가락의 찬송가가 뒤를 이었다.

　"믿는 사람들아 군명 같으니 앞에 가진 주를 따라갑시다……."

　이 때아닌 만세 소리에 문을 열고 내다보는 군중들의 눈은 휘둥그레졌다. 어떤 사람은 놀란 표정을 하고 황급히 문을 닫았다. 어떤 사람은 저도 모르게 밖으로 뛰어나와 뒤를 따라가며 마구 미친 듯이 만세를 불렀다. 창백한 얼굴, 찢어진 입부리, 휘청대는 다리와 다리. 감동과 공포에 찬 눈, 눈, 눈.

경찰서 가까운 싸전가게 앞에 군중들이 밀려갔을 때 목에서 찢어진 만세 소리는 마치 울음처럼 들렸다. 경찰서의 담장 위에는 밀물 같은 이 군중들을 기다리는 싸늘한 총구가 햇빛에 번득이고 있었다.

싸전가게에서 이 군중의 선두에 선 키 큰 젊은이를 발견한 혹부리 주인은 "악!" 하고 경악의 비명을 질렀다. 목에 달린 혹이 주르르 경련을 일으켰다. 손발이 떨리고 눈앞에 확 검은 장막이 내리는 듯했다.

"저 녀석이, 저 녀석이."

하고 외쳤으나, 그 소리는 목구멍 안에서 굴고 있었다. 무거운 덩어리가 머리 위를 꽉 짓누르는 것 같았다. "어이쿠!" 주인은 그 자리에 털썩 주저앉았다.

그러자 비명 같은 만세 소리에 뒤섞여 튀는 듯한 총소리가 요란하게 들려왔다.

"집안이 망했구나!"

주인은 가슴을 쥐어뜯었다. 뿌륵 하면서 뜯겨진 옷고름이 떨리는 손아귀에 남았다.

또 콩을 볶는 듯한 총소리가 들려왔다. 만세 소리는 멎고 날카로운 비명과 함께 우르르 흩어져 달아나는 어지러운 신발 소리가 들려왔다.

주인의 눈에 총을 맞고 피를 흘리며 저편 가게와 골목으로 뛰어드는 군중들이 보였다. 총알이 그 뒤를 쫓았다. 주인은 번쩍 정신을 차렸다. 벌떡 일어나 버선발로 뛰어나가서 가게문에 덥석 손을 대었다. 그리고 미친 듯이 문짝을 뜯어 밖으로 내동댕이치기 시작했다. 마지막 한 장을 밀어던지고 몸을 날려서 방 안으로 통하는 문짝에 손을 대었을 때 덩그런 가게 안에 총에 몰린 몇 사람이 뛰어들었다.

경악에 눈초리가 찢긴 주인은 쌀 되는 굴대를 들고 "개액" 하고 짐승 같은 소리를 지르며 덤벼들었다.

"나가아. 썩 나가아!"

고함이 목젖에 걸려 비껴나갔다. 이 주인의 기세에 그들은 다시 밖으로 뛰어나갔다. 그중 한 명이 가게 문턱을 나서자 총에 맞아 시궁창에 몸을 처박았다.

주인은 펄쩍 가게 한가운데 다리를 겯고, 황급히 도사리더니 떨리는 손으로 담뱃대를 끌어당겨 불을 그어댔다. 그러고는 눈을 꾹 감고 뻑뻑 담배를 빨았다. 군중을 쫓아 총질하며 가게 앞까지 이른 경찰들은 사납게 일그러진 얼굴로 힐끔 안을 들여다보고는 그대로 달려가 버렸다. 그럴 때마다 한편 눈을 지그시 뜬 주인은 "허우" 하고 한숨을 내쉬었다.

한 시간 후 피투성이의 시체가 늘어진 도로를 줄줄이 묶인 군중들이 개새끼처럼 끌려가기 시작했다. 경찰은 절름거리는 상한 다리를 총대로 후려갈겼다.

공포와 죽음의 그림자가 며칠 이 고을 위에 무겁게 뒤덮고 있었다. 8명이 죽고 20여 명이 상했다. 80여 명은 경찰서 유치장과 복도에, 그러고도 모자라 마구간에까지 꾸역꾸역 수용되었다. 그 안에서 밤새 무딘 신음 소리가 들려나왔다.

일행의 선두에서 만세를 절규하던 젊은이는 총에 맞은 다리를 간신히 끌며 친구 두 명의 부축으로 그곳서 40리 떨어진 부엉산 산마루 동굴 속에 몸을 감췄다. 출혈이 심했다. 40리 길에 염증이 생겼다. 몽롱한 정신 속에 고통을 견디는 젊은이의 얼굴에는 차차 죽음의 빛이 짙어갔다. 한밤을 신음으로 지낸 젊은이는 날이 밝자 친구가 떠다준 골짜기의 얼음같이 찬 냇물을 마시고는 죽었다.

다음 날은 비가 내렸다. 살아남은 두 명은 이 동굴까지 뻗친 경찰의 손에 잡혀가고 젊은이의 시체는 그의 부친에게 인도되었다. 싸전 주인인 젊은이의 부친은 눈물 한 방울 없이 아들의 시체를 공동묘지에 묻었다. 그는 죽은 아들을 가엾다기보다 증오했다.

"이것은 내 아들이 아니오."

하고 냉정히 딱 자른 그의 한마디는 일본 경찰이 입회한 탓만은 아니었다. 아비를 두고 죽은 자식이 아니라 요물이라는 것이었다.

본가에 갔던 며느리는 소식을 듣고 몇 번 기절한 끝에 간신히 몸을 가누어 달려와 남편의 무덤 앞에서 한밤을 새웠다. 아침에 사람들이 묘를 찾아갔을 때 흙투성이가 된 며느리는 거의 실신한 병자같이 되어 있었다. 스무 살에 과부가 된 며느리는 본가에 돌아가 아홉 달 만에 아들을 낳았다. 이름을 현이라고 불렀다.

한 달 후 어린것을 안고 시집을 찾아간 며느리는 시아버지가 석 달 전에 맞았다는 젊은 여인에게 머리를 숙여 공손히 인사를 드려야 했다.

며느리를 데리고 공동묘지를 찾아갔다 돌아오는 길, 주인은 말 없이 "협협" 하고 느끼기만 했다. 며느리는 자기보다 몸을 가누지 못하고 비틀거리는 시아버지가 대문을 들어서자, 왈칵 목에서 피를 토하고 거꾸러지는 것을 부축해야 했다.

사흘 만에 정신을 가다듬은 주인은 며느리더러 손자를 두고 본가로 돌아가 때를 보아 재가를 하라고 일렀다. 그러나 며느리에게는 이미 남편과 같이 지냈고 또 남편이 죽은 이곳에 머물 결심이 되어 있었다. 며느리는 조용하고 분명한 어조로 시아버지의 분부를 거절했다. 그때부터 현의 모친의 눈물과 피와 땀에 엉킨 30여 년의 인종의 삶이 시작되었다.

2

싸전 주인은 이 일 년 간 갑자기 얼굴에 깊은 주름이 패고 머리와 수염이 회색으로 변했다. 고 노인(高老人)이라고 불리기 시작했다.

고 노인은 자라나는 현을 냉랭히 대하는 듯하면서 남모르게 귀해했다. 현이 계집애가 아니고 사내라는 데 있었다. 그러나 자기의 핏줄을 보는 고 노인은 어린 현에게서 때때로 어두운 그늘을 보는 듯했다. 그렇게도 맹랑하게 죽은 자식. 그 자식의 생명을 이어 그렇게도 야릇이 태어난 손자.

고 노인은 아들이 죽은 다음해 가을, P고을에서 이백여 리 떨어진 곳에 모셨던 선친의 무덤을 파서 뼈를 옮겨다가 부엉산에서 건너다보이는 저편 산허리 양지바른 곳에 이장했다. 선친의 묏자리 탓에 아들에게 화가 미친 것이라는 늙은 풍수쟁이의 얘기를 들으며 고 노인은 이제는 마음 든든하다는 듯이 어금니를 물었다.

다음 해 겨울 고 노인은 아들 영선을 보았고 또다시 겨울이 찾아오기 직전 죽은 아들의 뼈를 옮겨다 선산 발치에 묻었다.

그것은 현이란 핏줄을 남긴 탓이며, 자라나는 현에게 바랄 만한 싹이 보인다는 때문이라고 했다.

그러나 며느리에게는 엄격했다. 첫째, 아들이 죽은 책임의 절반은 며느리의 타고난 팔자에 있었다는 것, 둘째, 젊은 과부가 어느 때 어떻게 될 것인지 믿을 수가 없다는 것이었다. 고 노인은 본시 여자란 것에 한 푼의 가치도 두지 않고 있었다. 그러한 고 노인이 현에게 떼어준 강 건너 논밭 몇 마지기가 현의 모친의 손을 갈퀴같이 만들어놓았다.

현 모는 거의 남의 손을 빌리지 않고 땅을 다루었다. 어린 현은 노끈에 매어져서 밭머리 나무 밑에서 놀았다. 해가 떨어져 어두운

길을 더듬어 두 칸 방인 초가로 돌아오는 때면 스며드는 외로움이
시달린 팔다리를 더욱 쑤시게 했다. 저녁을 먹고 누우면 과로한 탓
으로 앓는 소리를 했다. 때로는 울음소리로 변했다.

고 노인은 여전히 싸전을 보며 때때로 생각난 듯이 강을 건너와
현을 보고 갔다. 어느덧 현은 할아버지가 말없이 옷고름에 매어주
고 가는 동전 냄새를 그리워하도록 자랐다.

가혹한 현 모의 삶에 마음의 의탁은 현이 자라나는 것을 보는 기
쁨과 고 노인의 눈을 꺼리며 일요일마다 찾아가는 교회의 복음이
었다.

교회에 들어서면 현 모는 거기서 어느 때나 남편의 체취를 느낄
수 있었다. 드높은 천장에 울리는 그윽한 오르간의 선율. 하나님을
찬송하는 노래와 경건한 기도 소리. 예상하는 피안의 안식처에서가
아니라 바로 그곳에서 남편을 대할 수 있었다.

찬송가의 가락에서 남편의 음성을 느끼고, 기도 속에서 남편의
모습을 그릴 수 있었다. 환상이면서 그것은 더욱 가까이 있는 것,
상한 마음과 시달린 팔다리의 아픔을 잊게 하는 것, 현 모는 이처럼
일주일에 한 번 교회 안에서 남편과 상면하고 있었다.

"퍽 괴로워요."

"얼마나 고생이 되겠소?"

"보세요, 현은 이처럼 자라고 있어요."

"당신이 그처럼 애쓰는 탓이오."

"현이 곧 나요, 나는 항상 당신의 옆에 있는 것이오."

"저를 도와주세요. 견디기 어려운 때가 많아요."

"주께서 도와주실 것이오. 주께서는 모든 것을 살피고 계시니까."

현에 대한 사랑. 남편에 대한 흠모. 저기 하나님의 깊은 은혜가
있었다.

현이 네 살 되던 해 가을.

고 노인은 현 모보고 현을 계속 교회에 데리고 가려거든 그대로 맡겨둘 수가 없다고 일렀다. 그때부터 현은 일요일이면 할아버지 싸전에서 놀았다. 어린 현에게는 아버지라는 개념이 극히 희미한 것으로 인식되어 있었다. 아버지는 저 높은 하늘나라에 계신다는 어머니의 얘기. 푸른 하늘과 흐르는 구름과 은하수.

그러므로 아비 없는 자식이라는 걷잡을 수 없는 모멸보다 오히려 현에게는 할아버지의 목에 달린 혹이 조롱당했을 때의 충격이 더욱 강렬했다.

현은 어느 일요일, 할아버지의 혹을 두고 조롱하는 싸전 근처의 애들에게 맹렬히 대들어 얼굴에서 피를 내고 갈가리 옷이 찢긴 일이 있었다.

할아버지의 명예를 위해 싸운 자랑에서 현은 의젓이 할아버지에게 사연을 얘기하고 은근히 공명과 찬사를 기다렸다. 그러나 할아버지의 입에서 떨어진 것은 뜻밖에도 질책이었다.

"뭐 혹 얘기? 그래…… 그렇다고…… 이런 꼬락서닐 하고, 누구하고? 뭐? 김 주사 아들 녀석을? 이런! 야 이 녀석아 웬 말썽이냐, 제발, 네, 애비처럼……."

허둥지둥 가게를 달려 나가는 할아버지의 뒷모습을 바라보는 현의 가슴에 예기치 않았던 불안이 밀려들었다. 할아버지에게 가해진 모멸. 분연히 일어선 행동의 동기. 용감했던 대결. 까닭 모를 할아버지의 심뇌와 분노. 그것은 마치 주인에게 대드는 사람에게 덤벼들다 되레 주인의 몽둥이를 맞고 꼬리를 거두는 개에게 비길 수 있는 의혹과 환멸의 감정이었다. 그 후 현은 그러한 경우 말없이 발길을 돌렸다. 처음에는 견디기 어려운 고통이었으나, 나중에는 도리어 일종의 쾌감까지 느끼게 되었다. 현이 열 살을 넘으면서부터 가끔 죽은 아버지 얘기를 물을 때가 있었다. 그럴 때면 현 모는 초점 없는 시선을 저편에 부으며 흠모와 자랑에 떠는 목소리로 일렀다.

"참 훌륭한 분이었어. 남을 위하는 마음이 두터웠고 바른 일을 위해서는 무엇이고 두려워하시지를 않으셨지. 야학을 짓고 애들을 가르치기도 하시고 지나가는 가엾은 행인을 그대로 보내시는 일이 없었지. 그리고 이 고을에서 너의 아버지처럼 의젓한 이는 또 없었단다."

그러고는 현의 얼굴을 유심히 들여다보고는 그 눈매와 입언저리에서 죽은 남편의 모습을 엿보고,

"아버지 얼굴을 보려거든 거울을 들여다보렴."

하며, 손가락으로 현의 머리를 똑똑 두드리곤 했다. 가엾고 귀여운 내 아들, 단 하나의 내 생명.

그러나 현 모에게 있어서 돌아간 남편에게 내리는 고 노인의 가혹한 평가는 가슴을 에는 아픔을 주었다. 그것은 현이 열일곱 살 나던 해 여름. 발 같은 햇빛이 내리쏟던 어느 날, 고 노인은 자기는 아들의 모에서 멀찍이 떨어져서 현더러 절하게 하곤 자리에 제물을 펴놓고 먼저 한 잔을 마시고 나서 또 한 잔을 따라 현보고 마시라고 일렀다. 현 모는 그것을 보고 고개를 돌렸다. 현이 놀라며 머뭇거리는 것을 보자 고 노인은,

"너두 이건 마실 나이가 되었느니라."

하며, 손을 흔들어 재촉을 했다. 현은 그래도 잔을 들고 주저하다가 간신히 한 잔을 삼키고는 느껴서 기침을 했다.

"술은 어른 앞에서 배워야 하느니. 그래야 술버릇이 점잖아지지."

"……."

"…… 요즘 젊은 녀석들은 버릇이 없어. 신학문 했다는 녀석들은 버릇이 없어 탈이란 말이야."

“…….”

“신학문이니 뭐니 하지만 글은 제 이름자만 쓰면 족한 것이고 예의범절은 『명심보감』 한 권이면 알아본단 말이야.”

“그런데 할아버지…… 돌아가신 아버지 얘기 좀 들려주세요.”

“음, 네 애비가 사람은 똑똑했지. 유달리 영특했기에 나는 내 앞장감이 생겼다고 적지않이 바란 것이 있었다만, 이르는 말을 안 듣고 야소교를 믿기 시작해서부터 잘못되어 갔지.”

고 노인은 저편 언덕에 햇살을 받고 눈부시게 솟아 있는 예배당을 내려다보고 이맛살을 찌푸렸다. 현 모는 고개를 숙였다.

“그때부터 네 애비는 산소에 가서 간신히 절을 했다만 죽어도 음복은 안 했거든. 절조차 어디를 보고 했는지 모르고, 조상을 위하는 미풍을 저버리구 생고집만을 부리다가 그 몰골이 되고 만 것이지. 어디서 흘러왔는지 그 야소란 귀신이 탈이란 말이야.”

현은 말없이 풀을 뜯고 있는 어머니를 훔쳐보고는 취기를 느끼며 다시 물었다.

“그러나 아버지는 훌륭한 일을 하시고 돌아가신 것이라고 저번에 선생님도 말씀하시던데요…….”

고 노인이 버럭 화를 내고 소리를 질렀다. 성성한 흰 수염이 떨렸다.

“어떤 놈이 그런 소릴 하던. 훌륭한 일을 했다구? 애비 두구 죽는 불효가 훌륭하다던, 네 어미를 청상과부 만든 것이 훌륭하다던?”

“그러나 나라를 찾으려구 한 일이 아닙니까?”

현 모가 현의 소매를 잡아당기며 눈짓을 했다.

“나라라구, 그래 그놈의 나라가 뭘 하는 나라랬다던? 벼슬하는 놈들만 버티고 앉아서 백성들 것을 모주리 훑어가기질이나 하구, 안 내면 잡아다 볼기나 치구. 그런 놈들의 나라가 뭣이 아쉬워서 도

46

루 찾느니 뭐이니 야단이냐 말이다. 나라를 판 놈들도 바로 그놈들인걸. 그래 그렇지 않다 치고 나라를 찾는다니 뭐라고 제가 나서서 야단을 했다는 거냐."

"그러나, 할아버지."

"글쎄, 그때보다야 지금이 살기가 낫고 사람들도 많이 깼지. 네 애비 죽은 생각을 하면 나도 가슴이 아프다만, 그래 어리석은 짓을 했지 뭐이냐. 그 총칼 가진 놈들 앞에 무슨 수가 있겠다구 맨손으로 덤벼들었단 말이냐. 죽으려구 환장을 한 것이지."

"……."

"네 애비가 살아 있었으면 네 어민들 무슨 고생을 그리 하겠느냐. 네 어미 볼 때마다 죽은 네 애비가 고얀 생각이 들더구나."

고 노인의 음성이 차차 젖어들었다.

"네 애비가 살아 있었으면 이 늙은 것두 오죽이나 편하겠니. 요즘은 도무지 습증 때문에 요동을 할 수가 없으니 말이다."

잠시 입을 다물었던 고 노인은 이마의 땀을 훔치고 다시 노기 띤 소리를 질렀다.

"그래. 네 애비 훌륭한 일 했다니, 그놈들은 어째서 번번이 살아서 너한테 쓸데없는 귀띔을 한단 말이냐. 고을 놈들도 봐라. 네 애비가 죽은 뒤에 무어 거들어주는 놈이 하나 있더냐. 이런 놈의 세상이니라. 네 애비를 쏜 놈두 일본 놈이 아닌 같은 조선 종자 보조원 녀석이었느니라. 네가 공립중학엘 못 가고 사립 가게 된 것두 그 때문이 아니냐."

현의 등 뒤에서 현 모의 참고 견디려고 애써도 새어 나오는 오열이 들려왔다.

"사람은 순리대로 해야 하느니라. 나라 빼앗긴 것이 좋을 리야 있으랴만 종자가 원래 제 구실 못 하는 말종이니 말이다. 그리구 언

제는 나라가 사람 살렸다던? 그저 세상형편에 따라 제 주먹으로 제
일처리를 해야지 믿을 것은 자기밖에 없느니라. 딴 녀석을 위해 손
가락 하나 까닥거릴 것도 없고, 손톱만큼이라두 남의 도움을 바랄
것도 없어. 제 몫으로 제 살림을 해야지."
　고 노인은 얘기를 그치고 현 모를 건너다보았다. 잠시 침묵이 흘
렀다.
　"얘기가 좀 과했나 보다만 말인즉 그렇다는 게지."
　고 노인은 담배를 한 대 담아 물고 "으흠으흠" 헛기침을 몇 번 하
더니,
　"이젠 집으로 돌아가자."
하고는, 먼저 일어서서 뒤도 안 보고 성큼성큼 산을 내려갔다.
　집으로 돌아온 현 모는 눈이 붓도록 울었다. 그리고 현더러 다시
는 할아버지 앞에서 아버지 얘기를 꺼내지 말라고 애원했다.
　그러나 현은 할아버지의 얘기가 그처럼 가혹한 것이기만 하다고
는 생각지 않았다. 물론 그렇다고 부친의 죽음을 할아버지처럼 생
각할 수는 없었다.
　오직 그때 부친이 그렇게 하지 않고는 견디지 못한 어쩔 수 없었
던 마음 가운데의 그 무엇, 빈손으로 의젓이 죽음과 대결하고 생명
을 태웠던 그 무엇에 대한 모색과 두려움이 현의 첫 술에 타는 가슴
속에서 사납게 회오리치고 있었다.

　3

　현은 중학에서 수영선수를 지낸 일이 있었다. 그것은 현이 운동
에 특별한 관심을 둔 때문은 아니었다. 알몸으로 혼자 물속에 몸을

담그고 마음대로 헤엄칠 수 있는 것이 번잡한 어느 운동보다도 현의 성격에 들어맞았던 것이다.

어느 날 현이 늦게 혼자서 헤엄치고 있을 때 그것을 엿본 수영 코치는 즉석에서 그를 선수단 속에 집어넣었다. 선수 생활에 필요한 얼마간의 금전 지출에 고 노인은 비위를 상했다.

"학교엘 보내면 공부나 할 게지 돈을 들여가며 헤엄이라니 무슨 짓이야. 헤엄 잘 치는 놈 물에 빠져 죽는 영문도 모르는군."

그러한 할아버지의 비위 때문이 아니라 현은 곧 수영에 염증을 느끼기 시작했다. 규정에 얽매인 조직 생활, 일 초를 다투는 경쟁의식.

그것은 거침없이 뛰놀 수 있는 수영을 견디기 어려운 하나의 체형으로 만들었다.

일 년도 못 가서 현은 애원하다시피 간청한 끝에 선수 생활에 종지표를 찍고 말았다.

그 후 현은 식물 채취에 취미를 붙이기 시작했다. 산과 들을 헤매 다니며 사지각색의 화초를 채취하는 데는 특별한 즐거움이 있었다. 허리가 굽은 식물학 선생과 함께 들을 헤매는 한나절, 한마디 대화도 교환 않는 것이 예사였다. 지쳐서 누우면 높고 푸른 하늘에 흐르는 구름이 눈을 시울케 했고, 말 없는 꽃과 풀줄기에서 흐르는 생명의 소리를 들을 수 있었다.

5학년이 되던 해 초여름.

시간을 마친 M선생이 교실을 나서자, 그 자리에서 일경 고등계에 끌려가고, 이튿날 같은 반 학생 두 명이 붙들려간 뒤, 현과 같은 P고을 출신인 R을 포함한 다섯 명이 행방을 감춘 사건이 일어났다. 젊고 팔팔한 M선생은 시간이면 가끔 암시적인 얘기를 하는 적이 있었다. 그 어조에는 항상 냉소하는 가락이 섞여 있었다.

들려오는 사건의 내용은 M선생이 주최하여 몇 명의 학생이 불온

한 독서회를 열었고, 모종의 과격한 행동까지 꾀했다는 것이었다. 현은 어느 땐가 R한테서 그런 권유를 받은 일이 있었으나 당장 해야 할 숙제나 시험만 해도 자기에겐 과중하다고 거절했던 일을 생각했다.

끌려간 M선생은 학생들의 은근한 여론 속에서 하나의 우상이 되고 말았다. 더욱이 옥중에서 쪽지를 보내 학생들을 격려했다는 소문은 어쩔 수 없는 흥분의 도가니를 이루게 했다.

며칠 후 현은 R의 부친이 외아들의 행방불명과 경찰의 추궁에 기겁해 뇌일혈로 돌아가셨다는 얘기를 전해 들었다. 그는 어쩐지 그 도가니 속에 혼연히 몸을 담글 수 없는 주저를 느꼈다.

(무엇을 하려고 한 것일까. M선생 혼자서는 단행할 수 없었던 그런 거대한 일이었을까. 연행해 가던 형사의 굵직한 팔다리. 창백한 얼굴에 안경만이 빛나던 M선생의 메마른 얼굴. 옥중에서 연락된 종이쪽지. 우상화. 흥분의 도가니. 소년 잡지에 나오는 모험담. 8인조 소년 모험단 단장 R의 행방. 그 부친의 죽음. 전과 다름없이 이어져가는 생활. 눈앞에 닥친 시험)

이듬해 봄, 현은 학교를 졸업했다. 친구들이 고등학교니 전문대학이니 서두는 때에도 현은 오직 집으로 돌아갈 생각만 하고 있었다.

현의 성격을 잘 알고 있는 담임선생도 너무나 무관심한 그 태도에 놀랐다.

"이만하면 저는 족합니다. 무리를 할 생각은 없습니다. 저는 집에 돌아가 어머니를 모시고 편히 살아갔으면 합니다."

"그러면 인생에 대한 아무런 목적도? 청년다운 아무런 야망도?"

"네, 남을 괴롭히지 않고 그저 저는 저대로 살아간다는 것, 저는 그것뿐입니다."

현은 돌아가는 차 안에서 눈앞을 스치는 낯익은 시골 풍경을 내다보며 생각에 잠겼다.

(그저 나대로 살아가겠다는 것은 할아버지 같은 그런 생각일까. 아니 할아버지와는 다르다고 생각되지만 설혹 같은 것이라면 그것이 또 어떻다는 것이냐. 인생의 목적? 야망? 포부?)

모두 그에게는 걷잡을 수 없이 희미한 술어에 지나지 않았다.

(남이야 어떡하든 내야 얼려들 것이 무엇이랴.)

검푸른 부엉산 밑에 질펀한 들이 눈앞에 전개되고, 창문으로부터 흙냄새 섞인 바람이 날아들었을 때, 상쾌한 아픔이 찌르르 가슴을 스쳐갔고 전류 같은 흥분이 전신의 혈관을 굽이쳐 흘렀다.

그리운 땅. 그에게 있어서 오직 이것만이 분명한 것이었다.

현은 어머니의 힘을 덜어주는 일이 즐거웠다. 모자가 같이 아침을 치르고 들로 나가서 밭을 갈고 씨를 뿌렸다. 현이 삽으로 도랑을 칠 때면 어머니는 삽에 맨 줄을 당겼다. 저녁이면 어머니는 먼저 돌아가 밥을 지어놓고, 민요처럼 찬송가를 부르며 아들을 기다렸다. 푸성귀 찬이나마 그것은 철에 맞아 신선한 맛이 있었다.

그러한 가운데도 어머니는 일요일의 예배를 빠지는 일이 없었다.

흰 무명옷으로 차린 어머니가 성경책을 들고 사립문을 나설 때마다 현은 그 뒷모습에서 젊었을 시절의 어머니를 그려보곤 했다. 어머니의 그 얼굴에서 슬픔과 신고의 그늘을 거두면, 아직도 꺼지지 않은 아름다움의 자국이 피어져서 현의 안막에 젊은 어머니의 얼굴이 되살아오는 것이다. 그리고 오랜 세월 오직 자기에게 바쳐진 희생된 어머니의 젊음에 생각이 가면 현의 마음은 스스로 암연해지는 것을 어찌할 수 없었다.

무병한 어머니는 때때로 허벅다리를 어루만지면 신음하는 때가 있었다. 현이 걱정을 하면 까닭 없이 얼굴을 붉혔다. 한번은 몹시 열을 내고 몽롱한 상태에 빠져 거리의 의사를 부른 일이 있었다. 무슨 까닭인지 어머니는 흐릿한 정신 가운데서도 두 손으로 한편 허벅다리를 꼭 누르며 의사의 진단을 거부했다. 현은 그 손을 물리치고 어머니가 손으로 누르던 곳을 들여다보았다. 무릎 가까이가 몹시 곪고 붉은 줄이 기어오르고 있었다. 그리고 현은 그 붉은 줄의 좌우에 생생히 남아 있는 무수한 상흔을 보았다.

그것은 끝이 뾰족한 것으로 찔러서 낸 상처였던 것이다. 그 상처가 무엇을 의미하는 것인지, 현이 그것을 깨닫기에는 그로부터 5년이 지나야 했다.

2년이 흘렀다. 그해 추석. 묘지에서 돌아온 현은 마냥 꽃밭을 가꾸고 있었다. 현의 집 꽃밭은 이 마을뿐 아니라 강 건너 P고을의 어느 가정에서도 볼 수 없는 화려한 것이었다. 이른 봄부터 늦은 가을에 이르는 동안 십여 종의 꽃이 뒤이어 마당을 장식했다.

마루에 걸터앉아 현의 넓적한 어깨에 시선을 붓고 있던 어머니가 혼잣말처럼 얘기했다.

"영선이는 내년에 대학을 간다지?"

"뭐 그런답디다."

현에게는 아무 흥미도 없는 화제였다.

"너는 그대로 집에서 농사나 지을 테냐?"

"네."

현이 휙 고개를 돌려 쳐다보자, 어머니는 시선을 땅에 떨구었다. 현은 손을 털고 일어서서 어머니 옆에 와서 앉았다.

"저는 어머니 모시고 이렇게 지내면 됩니다."

부엉산 쪽을 바라보던 어머니는 한참 있다 입을 열었다.

"나는 조금만 일삯을 사면 농사를 지을 수 있으니 할아버지보고 얘기해서 너두 대학에 가도록 하렴."

현은 벙어리처럼 한참 말을 못 했다. 이 일 년이 넘는 기간 어머니의 힘을 덜게 했다는 자위가 하나의 착각이었다는 것을 현은 이 일순에 느낄 수 있었던 것이다. 현은 바람에 흔들리는 흰 코스모스와 붉은 달리아를 보며 한참 시름에 잠겨 있었다.

(결국 무위에 그친 일 년간. 어머니의 착한 가슴에 솟는 불퇴전의 의지. 그것은 사랑.)

그러나 어머니의 운명에 어떻게 할 수 없는 숙명적인 고독과 신고의 그림자가 뒤따르고 있는 것 같은 불안이 현의 마음을 어둡게 했다.

고 노인은 아들 영선에게, 글은 이름자만 쓰면 족하다는 원래의 처세철학을 적용시키지 않았다. 연소 때부터의 적수 김 주사의 아들이 연전 군수로 나간 때부터 마음에 기약하는 것이 있었던 때문이다. 현이 중학을 나올 수 있었던 것도 고 노인의 영선에 대한 교육열의 부산물이었을는지도 몰랐다.

현은 차라리 할아버지가 완강히 거부했으면 했다. 그러나 고 노인의 도리(道理)는 현의 청을 최소한도의 출혈로 받아들였던 것이다.

다음해 봄에 현은 낡은 트렁크를 들고 일본으로 건너갔다. 아름다운 나라라고 생각했다. 사람들도 생각한 것보다 인정이 있고 살뜰했다. 그러나 어딘지 빈틈 없이 빡빡한 것이 싫었다.

엄지발가락을 겹쳐놓은 앉음앉음에서 정신을 가다듬는다는 자학. 칼질하는 것조차 도(道)로 불려지고 부정을 탄다는 지붕 밑에 무리하게 기를 쓰는 육체의 힘. 일본은 그때 이미 전 중국을 석권하고 있었으나 현은 놀라움보다 어딘지 요기가 감도는 인상을 받았다. 일본도의 푸른 날. 번뜩이는 찰나에 떨어지는 사람의 모가지. 정예의 천황의 군대와 빈약한 미훈련의 중국군, 어렸을 때 P고을에서 본 호떡집 주인의 모습.

3년의 예비 단계가 끝나고 학부에 들어가는 날 백발의 총장은 점

잖은 어조로 대학 생활의 커다란 하나의 소득은 좋은 벗을 얻는 데
있다고 했다. 그러나 현은 친구라면 친구라고 할 수 있는 그런 정도
의 아오야기라는 한 명의 일인 학생과 가까워졌을 뿐이었다. 나가
사키[長崎] 출신인 아오야기는 소위 만주 사변으로 부친을 여의고
잡화상을 경영하는 어머니의 밑에서 자라난 독자였다. 핏기 없는
얼굴을 하고 이가 높은 게다를 신어야 키가 겨우 현의 귀밑에 닿았
다. 그렇게 흡사한 외로운 경우에서 자라난 두 성격이 서로를 당겨
서 가까이했는지도 몰랐다. 아오야기는 즐겨 '다쿠보쿠'의 노래를
읊었다.

  동해의 작은 섬 바닷가 흰 모래터에

  나 홀로 눈물 젖어 게와 노닐다.

그는 항상 가락을 붙여 이 노래를 불렀다.
현이 대학 생활에서 얻은 지식은 강의에서보다 오히려 독서에
있었다. 당시 일반 학생들의 교양에 다대한 영향을 준 영국 옥스퍼
드 학파의 이상주의 철학에 관한 서적이 그를 매료시켰다. 거기에
는 개인 존재에 대한 깊은 배려와 이상에 대한 겸허하고 불타는 정
열이 있었다.
일부 학생들은 그런 것은 자본주의의 마지막 몸부림에 지나지
않는다고 비웃으며, 그때 아직도 꺼지지 않고 보이지 않는 한구석
에서 타고 있던 마르크시즘에 대해 이상한 관심을 기울이고 있었
다. 물론, 거기에는 종전의 사상과는 판이한 새롭고 직선적인 논리
의 명확한 전개가 있기는 했다. 그러나 도식화한 관념으로 역사를
판가름하고 집단의 위력으로 인간을 죄어 틀에 박으려는 살벌한 냉
혹과 숨 막히는 병적 흥분이 있는 듯했다. 그것은 차차 일인 학생들

간에 젖어들기 시작한 전체주의 경향과 흡사한 체취를 풍기고 있어
서 현은 본능적인 혐오를 느꼈다.

현에게는 현실의 국가적 요구에 응해야 하는 긴박한 조건도, 눈
앞에 매달린 긴급한 과제도 없었던 까닭에 별다른 제약 없이 그 성
품에 맞는 의론을 선택할 수 있었다. 그러나 그러한 것은 현에게 있
어서 결국 종이 위에 쓰인 인간의 하나의 꿈으로서 직접 그의 행동
에 변동을 일으키는 힘은 가지고 있지 못했다.

오직 현의 마음을 움켜잡고 있었던 것, 그것은 한 달에도 몇 번
꿈에 보는 P고을. 봄철에 피는 부엉산의 진달래꽃, 내려다보이는
푸른 골짜기, 여름이면 그 숲 속에 열리는 산딸기, 목마르면 떠마신
차디찬 냇물, 선산의 잔디, 마을 사람들, 싸전을 보고 계실 할아버
지, 외로이 계실 어머님.

4

"해치웠어, 기어이 해치웠단 말이야."

으슥히 추운 겨울에 들어선 어느 날 아오야기는 한 장의 호외를
움켜쥐고 현의 하숙으로 뛰어들었다. 진주만 공격. 이어서 싱가포
르 함락. 필리핀 상륙. 자바 점령. 축하 행진. 광적인 흥분과 도취가
떠돌고 거리에는 국방색이 범람해 갈 때, 현은 어딘지 각본에 어긋
나는 연극이 연기자도 관중도 얘기할 수 없는 엄청난 종막을 향해
줄달음치고 있다는 인상을 받았다.

동양 윤리를 강의하는 다카다 교수는 갑자기 엄숙한 표정을 짓
게 되었고, 서양 문명의 몰락과 절망, 동양의 정신문화의 세계사적
의의를 강조하기 시작했다.

그날도 다카다 교수는 마치 십 억 아시아 민족 전체를 눈앞에 놓은 듯이 신이 나서 떠들어대고 있었다.

"'오노오노 소노 도코로오 예시무(각기 그 응당한 자리에 서게 함)……'란 만고불변의 진리다. 개인을 절대적 단위로 하고 무원칙적인 평등과 무제한한 자유를 목적으로 한 서구의 사회 질서는 극도의 혼란을 조장케 되었고 그 문명은 바야흐로 몰락의 과정에 돌입하게 되었다. ……으흠."

"그러므로 일찍이 니체나 슈펭글러는 솔직히 그들 자체의 몰락을 예언했고……."

"……서구 사상 자체의 모순의 필연적 기형아로서 출생한 유물변증법은 계급 투쟁을 도발하여…… 서구의 기계 문명은 총 와해에 있고…… 이때야말로 빛은 동방으로부터…… 천손(天孫) 민족이 궐기할 때는 당도한 것이다……."

"'오노오노'…… 그것은 존재의 조화 원리를 투시한 것이며 겸허한 인간 정신의 가치는 '고에 다카라카니 우다우 모노(소리 드높이 노래하는 것)'이다……."

이까지는 또 몰랐다.

"역사적 대사명…… 팔굉일우(八紘一宇), 얼마나 장엄한 선언이냐……. 대동아 공영권 건설의 정신이 바로 이것이다……. 미영의 굴레에서 억압된 황색 민족을 해방하고…… 새로운 아시아의 질서를 회복한다……. 일본은 그 맹주(盟主)가 되는 사명을 지니고 있는 것이다. 얼마나 비장하고 장엄한 사명이냐."

그래서?

"따라서 국민 각자는 높은 긍지를 파지하고 전 아시아 창생의 구출과 나아가 거룩한 정신을 펴기 위해…… 자아를 멸하여 이 대목적에 헌납해야 한다. 그것이 하나의 섭리인 것이다. 그것은 또한 얼마나 빛나는 영광이겠느냐……."

"보라, 들에 노니는 축생일지라도 그들 자신을 멸함으로써 그 가치를 발휘하고 있지 아니하냐……. 그들은 그들의 한 가닥 뼈마저 달게 인간을 위해 바치고 있는 것이 아니냐. 창생의 절(絶), 섭리의 묘(妙)."

달게?

"축생조차 그러하거늘 하물며 인간에 있어서랴. 아시아 민족이 각기 그 응당한 자리에 서게 하기 위해서 자아를 멸하여 대의에 살아야 한다. 슬프고도 아름다운 인간 존재의 원칙이다!"

불쾌!

거기에는 현의 부친도 그 희생자의 한 사람인, 평화적 시위의 군중에 총탄을 퍼부은 일경의 행동을 정당화하고 할아버지와 같은 무원칙적 순종의 인생을 요구하는 강요가 있었다. 천손 일본 민족과 아시아의 여러 민족. 인간과 축생. 고양이와 쥐와의 우애와 단합.

더욱 현의 비위가 상한 것은 교수의 고고한 것 같은 표정과 강의답지 않은 웅변에서 누구도 원치 않는데 스스로 나서서 결과적으로 남을 괴롭히는 선민의식과 값싼 영웅주의적 감상, 그리고 자기 기만을 발견한 것이다. 현은 어느덧 자기 손이 들려진 것을 깨달았다. 교수는 유창한 자기 강의에 취하고 있다가 얘기를 멈추고 불쾌한 얼굴을 했다.

"한 가지 질문이 있습니다. 자아 멸각과 대의에 순해야 한다는 뜻은 잘 알았습니다. 그런데 선생님께서는 소나 돼지가 인간을 위해 달게 그 생명을 바친다고 하셨는데 물론 인간은 그들 고기를 부득이 먹어야겠지요……. 그런데 저는 어렸을 때 도살장에 가본 일이 있습니다. 소는 도살장에 끌려들어갈 때 발을 버티고 들어가기를 주저했습니다. 특히 돼지 같은 것은 굉장한 소리를 지르며 야단을 하다가 도살당하는 것을 보았는데…… 그들은 결코 달게 그 생명을 바치는 것 같이는 안 보였습니다. 이 점에 대해서 약간의 설명을…… ."

교수는 쓴웃음을 짓고, 학생들은 소리를 내어 웃었다. 그러나 저도 모르게 웃고 난 학생들도 웃음이 사라지자 석연치 못한 것을 느끼는 것 같아 보였다.

현은 자리에 앉으며 벌써 자기의 행동을 후회하고 있었다. 교수가 불쾌히 생각한다는 것은 문제가 아니었다. 공연히 충동을 받고 발끈하고 일어선 자기의 멋이 싫어졌던 것이다. 십 억 아시아 민족의 청탁이나 받은 듯이 스스로 일어서서 항의한 것이 싫어졌다. 그래서 어쩌자는 것이었던가?

"비유라는 것은 때로 오류를…… 그러나 이 경우는…… 동양인의 직관력은…… ."

중얼거리는 교수의 얘기가 귀에 들리지 않았고 그는 다만 자기 혐오 속에 깊숙이 잠겨 들어가고 있었다. 그것은 마치 드러냈던 자기의 알몸이 부끄러워 다시 껍질 속에 몸을 처박는 소리와도 같았다.

철학사를 가르치는 젊은 히다키 조교수는 다카다 교수와는 좋은 대조를 이루고 있었다. 명철한 두뇌와 섬세한 정서를 가진 그는 소집을 받고 떠나면서 찾아간 현에게 이런 얘기를 했다.

"틀렸어. 모두 돌아 있어. 느지막이 세계 역사의 조류에 뛰어든 일본은 한다는 모든 일이 빗나가고 있단 말이야. 70년의 달음박질에 무리가 생긴 탓이겠지. 빅토리아 왕조의 꿈과 전체주의의 결합, 완전한 시대 착오지. 중원(中原)에 사슴을 쫓는다. 이미 그런 시대가 아닌데. 중국 민중에 대한 선무 하나 제대로 안 되는 모양이야. 그래서 전진훈(戰陣訓)도 나와야 하는 게지. 중국인은 되레 대범한데 이편에서 공연히 독이 들어 까불어대거든. 구할 수 없는 도국(島

國) 근성의 비극이지. 전투엔 이겨도 승리를 거두기는 힘들어. 강력한 문화의 뒷받침이 없거든. 아시아 민족의 해방. 좋은 말이야. 그렇다면 선결문제는 조선의 자치나 독립에 있었지, 기껏 한다는 것이 창씨개명, 성명을 고쳐놓는다고 무엇이 되겠나? 웃지 못할 넌센스지. 나가긴 하네만 나는 이 나라의 국민된 죄로 국가가 뿌린 씨를 거두러 나가는 셈이야."

그리고 중부 중국으로 떠난 조교수는 일 년도 못 가서 전사하고 말았다.

다시 일 년—.

전세는 반전(反戰)되기 시작했다.

병력 증강에 따르는 하급간부의 부족을 느끼게 된 일군 당국은 젊은 학생들에게 단기간의 훈련을 베푼 후 전열에 배치하는 안을 세웠다.

학도 출진의 일대 시위에서 돌아온 아오야기는 현을 찾아와 흥분에 익은 얼굴로 죽는 얘기만 했다.

"전쟁터에 나간다구 모두가 죽는 것은 아니겠지. 아니 죽는다는 결의가 되레 마음을 거울같이 맑은 심경으로 이끌어가거든."

산란하는 마음을 모으기 위해 아오야기는 기를 쓰고 있는 것이라고 현은 생각했다.

"이건 마음을 남길 아무것도 없어."

그리고 약간 어두운 표정을 짓더니

"다만 어머니 일이 걱정되기는 하지만 그도 전열의 뒤에 있는 사람들이 어떻게 돌봐주겠지."

현은 말없이 듣고만 있었다.

"토머스 그린 것과 학생총서는 자네한테 주지. 나는 『하가쿠레〔葉隱〕』하고 『만뇨오슈우〔萬葉集〕』 두 권이면 돼. 실토하면 고민이 없지는 않아. 그러나 나에게 있어서 아시아의 해방이라는 명분은 어떻든 하나의 구원이야.”

현은 가슴에 젖어드는 측은한 감정을 억제하지 못했다.

(여기 어긋나는 하나의 톱니바퀴. 원치도 않는데 기를 쓰며 구해 주려는 것은 고맙지 않은 참견.)

깊은 밤 아오야기의 멀어져가는 게다 소리를 들으며 현은 고향에 생각을 보냈다. 일인 학생들을 휩쓴 회오리바람 속에서 벗어나 그는 한껏 고독한 자신을 발견했던 것이다.

앉은 자리에서 그는 어머니를 그리는 긴 편지를 썼다. 곧, 모두 편안하며, 허약한 탓으로 고향으로 돌아와 있는 영선은 면소에서 일을 보게 되었다는 회답이 있었다. 할아버지는 처음 못마땅히 입맛을 다셨으나 지금은 아들을 안전한 곳에서 잡아두게 된 것을 적이 만족해 하고 계시며, 어느 때나 그러하듯이 편지의 말미에는 항상 너를 위해 하나님께 기도 드리고 있다고 쓰여 있었다.

5

아오야기의 경우는 얼마 후 그대로 현의 처지가 되고 말았다. 그와 다른 점이란 현에게는 어거지로 내세운 ‘아시아의 해방’ 이란 슬로건도 『하가쿠레』나 『만뇨오슈오』에 해당되는 책 한 권도 있을 수 없다는 점이었다. 그렇다고 독일 전몰학생의 수기도 당치 않았다.

현의 전쟁 참가란 아무런 의미도 없었다.

고향에 돌아오자 그는 어머니가 주는 얼마간의 돈을 가지고 해주(海州) 가까이서 어업 조합장을 지내고 있는 외조부뻘 되는 집으로 도망을 갔다.

며칠을 지낸 후 현은 까닭 모를 어떤 범죄의식에 못 이기기 시작
했다.

(이처럼 엄습해 오는 불안감은 무엇일까. 울타리다. 울타리 안에 들
어 있는 것이다. 거대한 감옥으로 화한 울타리 안에서 뼈에 젖어든 옥
안의 터부. 그걸 범하는 죄인의 불안. 날아올 간수의 채찍. 마련된 옥
안의 옥.)

하나의 길은 있었다. 그러나 현이 이 울타리를 벗어나기에는 둘
레의 담장이 너무나 높았다. 다만 숨어 있는 죄인일 수밖에 없었다.

2주일 후 현은 날카로운 눈초리의 형사의 방문을 받았다. 그리고
기한이 넘은 지원서에 이름을 써넣어야만 했다.

불안의 해소. 그것은 노예의 안도. 죄인의 굴종.

현은 해주를 거칠 때 하루 저녁 유행가 같은 멋으로 마음껏 술을
마셨다. 그리고 간단히 술집 여자와 몸을 섞었다. 홧김에 저지른 욕
정에서 그는 처음 여자를 안았던 것이다. 이튿날 어지러운 정신으
로 그 집을 나서며 연거푸 몇 번 헛구역질을 했다.

집으로 돌아오자 자기가 붙잡힌 것은 유능한 일경의 조직망 탓
이 아니라는 것을 알았다. 할아버지는 현의 도주가 다음해 중학에
들어가게 될 둘째아들 영철에게 미칠 영향을 두려워했던 것이다.
그러나 현은 할아버지를 원망하지 않았다. 자기 탓으로 어린 삼촌
영철에게 화가 미친다는 것은 현의 본의가 아니기 때문이었다. 차
라리 마음이 편했다.

P고을의 몇 친구와 함께 떠나게 되는 전날, 현은 조용히 어머니
와 함께 지냈다. 어머니는 대학에 가라고 이른 권고의 용서를 빌었
다. 더욱 현 모는 현의 나이가 꼭 돌아간 남편의 나이와 일치하는
데서 어떤 불길을 느끼고 몸을 떨었다. 현은 어머니를 달래 쉬게 하
는 데 땀을 흘렸다. 벽을 보고 돌아누운 현 모는 잠을 이루지 못하

고 어둠 속에서 기도만 드리고 있었다.

"주여, 거룩하신 하나님께 이 죄인을 용서하시와…… 은혜를 베푸시옵기를…… 이것은 단 하나의 죄인의 소원이온즉……."

원죄의식과 박명의 검은 강박관념의 굴레 속에서 갈피를 못 잡고 극도의 고뇌에 사로잡힌 현 모는 자기에게 가해질 하나님의 형벌에서 그 아들을 제외해 달라고 애원했다.

"아들에 대한 사랑에서 주께서 부르신 남편에 대해 더욱 깊은 사랑을 느낄 수 있사옵는 이 죄인, 주어진 단 하나의 아들에 대한 사랑을 통해서 더욱 하나님의 은혜를 알게 되옵는 믿음이 약한 이 죄인. 주여! 저의 깊은 죄를 용서하시와 아들의 생명을 구해 주옵소서."

현은 가슴을 치미는 대상 없는 노여움에 떨었다.

(나는 내 자신이 믿는 것은 아니었지만 신의 존재를 인정해 왔다. 그것은 어머니의 신산한 생활에 마음의 평안을 주기 때문이었다. 그런데 지금 어머니는 까닭 없이 깊은 죄인을 자처하며 신 앞에 몸을 떨고 있다. 살고 있는 모든 인간이 죄인일망정 어머니는 죄인일 리가 없다. 형무관 같은 신. 이유 없는 원죄. 어머님. 나기도 전의 일에 책임을 질 수야 없지 아니합니까…….)

이튿날 역전에서 열린 환송식에서 군수가 격려사를 하고 서장이 만세를 선창했다. 함께 떠나는 그는 술이 만취해서 빈정대며 떠들어대고 있었으나, 현은 그런 것이 무의미에 더욱 무의미를 가하는 것이라고 생각하며 무표정한 얼굴로 시키는 대로 움직이고 있었다.

현은 뒤죽박죽 앞서고 뒤서는 거친 군가를 들으며 군중의 대열에 버티고 서서 군수와 서장의 인사를 받고 있는 할아버지를 보았다. 할아버지는 그 뒤에서 손수건으로 눈을 가리고 있는 어머니를 돌아보며 간간이 타이르고 있었다.

(할아버지는 이렇게 생각하시겠지. 내가 죽으러 떠나게 되는 것은

거역할 수 없는 천운이며 산소 탓이라고. 삼촌 영선이 허약해서 학교를 중퇴하고 면서기가 된 것이 또한 묏자리 탓이라고. 그리고 어느 경우가 어느 산소 탓인지 청룡, 백호부터 풍수의 원리를 뇌까리고 계시겠지. 아득한 때의 혼돈, 고온의 기체, 흐르는 용암, 풍화작용, 지술(地術), 무덤 속의 뼈다귀. 나를 보내 면목은 서고 영선의 탓으로 공출이 헐케 될 것을 만족하고 계시겠지. 그러나 할아버지의 등 뒤에서 울고 계시는 어머니는 언짢다고는 생각하시지 마십시오.)

그는 멀어져가는 부엉산 검푸른 산봉우리를 바라보며 차 안에서 생각을 이었다.

(그렇다면 너무나 가혹한 일이지. 어떻든 죽고 싶지는 않은 일이다.)

창씨한 탓으로 산 자가 붙어 '다카야마[고산(高山)]'가 된 현은 일본 '나고야' 부대에 입대했다. 치중병(輜重兵)이 되었다.

마구간 당번을 하게 되었다. 때로는 손으로 말똥을 긁어모아야 했다. 어느 달 밝은 밤 말 다리 밑에 기어들어가 말똥을 긁어모으고 있다가, 유난히 비쳐드는 달빛에 고개를 들었다. 둥근 달이 말의 배 밑에 늘어진 거대한 것 끝에 걸려서 마치 손잡이가 검은 큰 놋주걱 같이 보였다. 현은 '히히히.' 하고 저도 모르게 웃었다. 덩그런 마구간 안에 웃음소리가 반향을 일으키는 것이 기괴한 감을 주었다. 갑자기 말한테 조롱당한 것 같은 모욕을 느꼈다. 이 자식한테! 치밀어오르는 홧김에 삽을 들어 힘껏 그것을 후려갈겼다. 놀란 말이 껑충 뛰자 현은 뒤로 쓰러졌다.

어느 일요일, 일인 친구를 따라가서 마음껏 뱃속에 집어넣고 온 일이 있었다. 어떻게 먹었던지 씨걱씨걱 호흡이 곤란했고 자유로이 몸을 가눌 수조차 없었다. 그러고도 저녁에는 또 한 그릇을 비웠다. 그날 밤은 밤새 변소 출입에 바빴다.

다음날 아침 관물 몇 가진가 분실된 것을 알았다. 분대장의 주먹은 현의 얼굴에서 폭발했다.

"자식아, 잃었거든 멍청히 있지 말고 딴 뎃 것을 훔쳐 와."

그래도 이튿날 현은 취사장에서 얻어낸 누룽지를 가지고 간밤에 쪼그리고 앉았던 변소에서 먹었다. 그것을 뜯으면서 현은 그린의 '의지와 인간의 도덕적 발전에 쓰이는 자유의 각종 의미에 대하여'가 어떤 것이었던지 무연히 생각하고 있었다.

현에게 있어서 가장 고통스러웠던 것은 모두들 두 줄로 마주 세워놓고 서로 두드리게 하는 일이었다.

개인적으로 손톱만 한 원한이 없는 인간끼리 서로의 육체에 고통을 가한다는 것은 견디기 어려운 일이었다. 치면 때리고 때리면 치고 한참 그것을 반복하고 있으면 차차 서로에 대한 근거 없는 증오심이 끓어올랐다. 그것은 인간으로서 얼마나 덧없고 슬픈 일이었을까.

다음 해 봄, 현은 북부 중국에 파견되는 노병들 가운데 섞여 있었다. 황막한 중국 땅에 내려섰을 때 현은 틈을 타서 도주할 결심을 했다.

(구타, 학대, 잔인, 오만, 비굴, 허위의 범벅. 군대란 인간이 있을 데가 못 된다. 그래도 명분이 있다면 참기도 하겠다. 그런데 내게는 털끝만한 명분이 없다. 어째서 내가 중국인을 죽여야 하는가.)

얼어붙었던 대지가 철을 맞아 지르르 녹아나기 시작할 무렵이었다. 밤이 되면 추위가 뼛속에 스며들었다. 으스름 달밤. 현은 보초를 서다가 틈을 탔다.

덮어놓고 서쪽으로 달리면 된다는 막연한 계획이었다. 숨겨두었던 건빵 두 주머니, 통조림 한 통, 캐러멜 두 개를 끼고 밤새 허리까지 오는 마른 잡초 사이를 걸었다. 몇 번 뒹굴어 손등과 얼굴을 긁혔다. 끝없는 대지 위 칠흑 속에서 현은 머리카락이 곤두서는 공포에 떨었다. 지구 밖 어두운 허공 속에 혼자 던져진 느낌이었다. 그대로 지옥으로 열린 문을 향해 걷고 있는 것 같았다.

동쪽 하늘이 희미하게 밝아올 때, 현의 손에는 이미 소총이 없었다. 불그레 동쪽 하늘이 물들기 시작하더니 붉은 커다란 덩어리가 솟아오르기 시작했다. 그대로 못박혀진 현은 꼼짝 않고 그 장엄한 광경을 황홀히 주시하고 있었다. 아아! 이 커다란 것, 그 앞에 초라한 이 모습. 그는 갑자기 짐승 같은 소리를 질렀다. 아아악. 갸아악. 괴었던 잡것이 터져 나가는 가슴속에 태양은 새로운 생명을 불어넣어 주는 듯했다.

이튿날 멀리 조그마한 마을이 내려다보이는 언덕에 이르자 추위와 주림과 공포와 피로에 지친 그는 그대로 쓰러져 잠이 들고 말았다. 현이 눈을 떴을 때 태양은 머리 위에서 빛나고 대여섯 가옥의 인가 근처에는 주민 두서넛이 얼씬거리고 있었다. 좁다란 길이 현이 누운 언덕 밑을 지나 마을 쪽으로 뻗고 있었다.

중국인을 만나면 어떻게 해서 자기의 입장을 알려야 할는지 궁리가 나지 않았다. ‘마을로 가야 할 텐데.’ 몸을 가누기가 싫었다. 이렇게 그대로 영원히 누워 있고 싶은 생각이 들었다. 현은 그대로 망연히 언덕 바위 틈에 기대고 누워서 나머지 몇 개의 건빵을 씹으며 마을 있는 편을 내려다보고 있었다. 마을 어귀에서 이리로 발을 옮기는 조그만 사람의 그림자가 보였다. 느릿한 걸음으로 언덕 밑 길로 가까이 오고 있는 것은 단발한 앳된 중국 소녀였다. 소녀의 출현은 가슴에 말할 수 없는 그리움을 불어넣었다. 소녀가 바위에 가까운 길을 지나갈 때 그는 똑똑히 그 검은 눈동자와 윤기 있는 빨간 입술을 보았다. 그리고 눈앞을 지나 저쪽으로 걸어가는 소녀의 불룩한 젖가슴과 허리에서 허벅다리로 내리흐르는 자극적인 선을 주시했다. 현은 저도 모르게 꿀꺽 생침을 삼켰다. 하반신이 취하는 듯했다. 벌써 그는 지난 이틀 밤의 공포를 깨끗이 잊고 만다는 할단새.

현은 둘레를 돌아다보았다. 이 벌판에 아무것도 움직이는 것이 없었다. 전신에 저린 감각, 단 한 번 이름 모를 여인과의 욕정에서 느낀 야릇한 감촉이 맹렬한 속도로 되살아왔다. 헛구역질을 느끼던 환멸은 생각조차 나지 않았다. 다만 그 따스했던 체온만이……

목이 타고 침을 삼키면 꼬르륵 이상한 소리가 났다. 현은 자기 이성이 흐려져가는 것을 억제치 못했다. 벌떡 몸을 일으켰다. 어느덧 그 손에는 허리의 대검이 들려 있었다. 그때 태양의 빛을 가리고 땅에 던져진 그의 그림자가 너무도 선명히 그의 눈에 뛰어들었다.

그는 꼼짝 않고 그림자가 보여주는 꼬락서니를 내려다보았다. 영화에서 본 타잔. 맹수를 노리는 타잔. 맹수와 소녀. 타잔과 소녀와 나. 휘휘 머리가 어지러운 듯하더니 번쩍 정신이 되돌아오면서 가슴이 뒤틀리기 시작했다. 그만 그 자리에 털썩 주저앉고 말았다. 벌써 소녀는 멀찍이 저편을 걸어가고 있었다. 현은 얼빠진 사람 모양 잠시 멍하니 있다가 이마의 땀을 씻으며 대검을 자루에 넣으려고 했다. 아직도 사라지지 않은 취한 듯한 하반신의 감각. 이 고깃덩어리가……. 현은 그대로 칼날을 허벅다리에 내리질렀다. "욱!" 붉은 피가 군복바지를 통해 쭈르르 흘러내렸다. 몸에서 욕정의 불길이 일순에 걷어졌다. 내의를 찢어 다리를 동여매고 그대로 바위 틈에 몸을 뉘어 물끄러미 배어나오는 붉은 피를 보고 있었다. 그때 현의 뇌리에 지난날의 한 가지 일이 번개같이 스쳐갔다.

(어머니에 다리에 새겨졌던 그 무수한 상흔. 무수했던 무수했던 그 상흔.)

어찌할 수 없는 애타는 그리움과 함께 어머니의 환상이 현의 안막에 떠올랐다. 그것은 인간의 가누기 힘든 서러운 조건에 항거하는 한 젊은 여인의 피는 듯 아름답고 처절한 얼굴이었다.

그와 함께 높은 가락의 노래 소리가 들리는 듯했다. 그것은 대지 위를 뒤덮고 그의 머리 위를 감돌아 무한히 흘러가는 환각의 가락. 어머니에의 찬가. 뒤이어 주림과 추위에 저린 현의 가슴속에 인간의 슬픔과 고통이 회오리쳤다. 그러나 그것은 단지 몇 방울의 눈물로 변해 아득한 대지 위에 뿌려졌을 따름이었다.

저녁에 현이 중국인 부락으로 내려가 한자를 써가며 사유를 납득시키고 따뜻한 한 그릇의 옥수수 죽을 마실 때, 걱정 어린 눈으로 싸맨 다리를 응시하고 있는 그 소녀의 영롱한 눈은 현에게 끝없는 기쁨과 안도를 주었다. 그곳은 주로 팔로군이 유격 활동 하는 지역이어서 그 길로 연안으로 안내되었다. 그는 여기서 숨을 돌리기 전에 먼저 놀랐다. 토굴 같은 집에 살고 있는 그들의 양식은 수수밥이었다. 그것은 어느 때고 그들이 활개를 칠 수 있는 세계가 오고야 말리라는 확신이었다. 현은 중국 거지 같은 초라한 모습을 한 김 모라는 노인에 접하고 아연했다. 인민의 해방이 멀지 않아서 이루어지리라고 예언하는 김 노인은 실은 까닭 모를 복수심을 만족시키는 기회를 노리고 있는 것이었다. 공산주의 이론은 『정감록(鄭鑑錄)』과 다름없는 운명의 예언서. 다르다면 그것은 과학의 이름을 붙인 예언서라는 것, 김 노인은 그것을 놓고 잃어버린 자기 반생의 몇 배를 미래에 충당할 수 있는 노다지 판을 그리고 있었다.

그렇지 못하면 초라한 그 모습이 사진틀 속에 담겨진 벽에 걸리거나 그 이름이 당사(黨史)의 찬란한 한 페이지를 차지하리라는 개기름같이 번쩍거리는 욕망.

인민의 해방이란 방정식에 절대적인 의미를 붙이고 이를 갈고 있는 이들은 말하자면 청탁자가 없는 청부업자였다.

(도대체 이들은 어째서 그렇게도 남의 걱정에 밤낮을 가리지 않고 야단일까, 그보다도 오히려 그들의 솜옷에 끓는 이를 퇴치하는 것이 급

선무일 텐데. 아마 이들은 이들의 때가 오기만 하면 겪어온 빈궁과 고통의 몇백 배의 보수를 요구하겠지.)

현이 한 달도 못 되어 다시 이곳을 빠져나와 남만주에 잠복한 것을 1945년 7월 중순이었다. 넓고 어수선한 것이 중국의 대지였다.

6

만주에서 헤매던 현은 9월 중순이 지나 고향 P고을로 돌아왔다. 그동안 소련군이 진주한 만주에서 현이 목격하고 느낀 것은 인간이란 개 이하가 될 수 있다는 것이었다. 약탈, 강간, 파괴, 살인……. 현은 그 책임을 전쟁에 돌려버리는 의견에 찬동할 수 없었다. 문제는 그러한 행동을 저지를 수 있는 본질적인 것이 인간에게 잠재해 있다는 데 있었다. 그것은 오히려 개보다 못했다. 인간은 거기에 이유를 붙이기 때문. 어떻든 일본을 대신해서 인민의 해방자로 나선 청부업자 소련인들은 처음부터 그처럼 으리으리했던 것이다.

(원래 청부업자란 수지가 맞는 법이니까.)

현은 인간에 대한 실망과 환멸을 거쳐 이렇게 뇌까리고 웃음을 지을 수밖에 없었다.

남루한 차림을 하고 낯익은 사립문을 들어섰을 때, 마루에 앉았던 어머니는 잠시 멍하니 현을 바라보다가 버선발로 뛰어나와 와락 현을 붙들고 울기만 했다. 동네 사람들이 집으로 몰려왔을 때 어머니는 마루에 엎드린 채 소리를 내어 기도를 드리고 있었다. 8.15를 당하고도 절실한 해방의 뜻을 느끼지 못한 현 모는 이 순간에 남다른 해방감에 가슴이 터질 듯했다. 현 모의 가슴속에 굳게 뿌리박고 있던 원시 종교적 숙명의식의 장벽이 소리를 지르며 분화구처럼 터져나가고 있었다. 그리고 현 모는 그것이 터져나가 환히 트이는 곳에서 소낙비처럼 쏟아져내리고 하나님의 은혜를 보는 듯했다.

고 노인의 경우 8·15는 쌀 공출로부터의 해방을 의미했다. 아들 영선의 덕을 보기는 했으나 워낙 냅뜰성 없는 영선의 힘이란 별것이 없었다. 고 노인은 전쟁 말기의 일제 당국의 처사에 대해 마구 욕설을 퍼부었다. 작은 꾀를 부려서 고런 짓을 했으니 망하지 않을 리가 있었겠느냐고 떠들었다.

아슬아슬한 고비에서 삼팔선 이남으로 책정된 이 고을에는 미군들의 풍부한 물자의 시위가 있었다. 모두가 놀랍게 보이는 고 노인은 둘째 아들더러 단단히 영어 공부를 하라고 일렀다. 그리고 영선이 무사했고 현이 목숨을 건져 돌아온 것은 선친의 묘를 이장했던 탓이라고 더욱 풍수 원리에 대한 믿음을 굳게 했다.

현에게는, 몇 갈래로 찢겨 서로 엇먹고 켕기는 소용돌이가 모두 현실의 정곡에서 빗나가고 있다고밖에 보이지 않았다.

해방이란 앉아서 얻어진 것, 그러므로 호통을 칠 이유도 없었다. 아무에게도 나에게 돌을 던질 자격이 없었다. 따지고 보면 있어야 할 것은 오직 얼굴을 붉힐 부끄러움과 조심성 있게 건네야 할 조용한 어조뿐이었다. 그런데 오고 가는 무수한 돌멩이와 고막이 터질 노호.

또한 논하자면 해방이란 당연한 것. 응당 있어야 할 것이 지금까지 그렇기 못했다는 거. 그런데 누구를 보고 국궁 재배, 아양을 떨어야 한단 말인가. '스파시이바그라스나야 아르미아(고맙소 붉은 군대)', 또 그렇지 않으면 어린애 같은 경탄. '원더풀 C레이션.'

이런 곳에서 생겨날 것은 과연 어떤 것, 암담한 실망이 현의 마음을 뒤덮고 내디디려던 그의 일보는 허공을 휘젓고 다시 제자리에 못 박혀 버리고 말았다.

3·1절을 맞아 선열의 유가족으로 현 모와 현이 특별한 좌석을 배당받았을 때, 할아버지도 그 옆에 점잖이 앉아 있었다. 고르지 않은 가락의 애국가. 우국의 절규에 가까운 열변. 만세. 만세 소리의 진동.

기념품인 놋상을 들고 돌아오던 갈림길에서 현은 언뜻 할아버지의 눈에 빛나는 것을 보았다. 주름지고 늘어진 눈시울 밑에 가득히 괸 눈물. 현에게 있어서 그것은 하나의 새로운 발견이었다.

(혐구의 할아버지는 기실 아버지의 죽음을 누구에게도 못지 않게 마음속에서 슬퍼한 것인지 모른다. 아버지의 죽음. 어머니의 신고. 할아버지의 고통. 가난한 이 사회. 특설된 좌석과 기념품인 놋상.)

다음 해 현은 교장의 간청으로 여학교 교원으로 들어가게 되었다.

"네 소견대로 하려무나."

어머니의 의견은 이 한마디였다.

사회의 혼란은 더욱 조장되고 대립은 더욱 첨예화되어 갔으나 학교의 울타리 안은 그래도 그 권외에 놓여 있었다. 그러나 언제까지나 학교만을 남겨두지는 않았다.

사회의 혼란이 반영되어 학생들이 동요하기 시작하고 몇몇 교원은 거기다 불을 지르는 역할을 했다. 교내에 삐라를 뿌린 학생들은 마치 순교자 같은 얼굴로 끌려갔다. 어지러운 흥분 속에 사로잡힌 어린 학생들을 보면, 현은 가엾은 생각이 들었다. 무엇 때문에 흥분, 누구를 위한 순교.

불을 지르는 교원들. 시간에 들어가 가르칠 것은 걷어치우고 무책임한 발언으로 철없는 학생들의 머리를 어지럽히는 것은 죄악에 속했다. 자신이 있거든 걷어붙이고 나서 직접 행동을 해야 할 것이다. 교단과 연단, 교원과 연기자와의 차이. "학생에겐 손을 대지 말

고 그대로 두어야 한다." 그러나 이러한 신념은 다만 현 자신에게
만 적용되는 좁은 한계를 가지고 있었다. 이러한 가운데 북으로 남
으로 흘러가는 인간의 행렬은 그치지 않고 그 수효는 더욱 늘어만
갔다. P고을에서 하루 이틀을 묵어가는 사람들의 발걸음은 무거웠
다. 으리으리한 청부업자의 입찰을 거부한 사람들. 현은 지금 그곳
서 대단한 감투를 쓰고 있다고 전해지는 중국 연안에서 만난 노인
김 모를 생각해 보았다. 하루에 몇 번 목욕을 하고 눈이 부신 흰 밥
에 입맛을 다실 그 모습을.

　(대를 이어온 땅을 버리도록 낙찰된 가격은?)

　그러나 현에게 있어서 이러한 현상은 그의 눈앞을 지나가는 한
낱 영화의 화면에 지나지 않았다. 현은 그것을 보고만 있으면 되었
다. 다만 비극영화를 구경하는 관중이 느끼는 그런 정도의 동정심
을 가지고.

　현의 흥미는 이 2년간에 확대된 꽃밭에 들어가 갖가지 꽃을 가꾸
는 데 있었다.

　가지각색의 꽃이 봄에서 가을에 이르는 동안, 그치지 않고 화려
히 장식하는 화단이 있음으로써 현의 마음은 푸근했다. 금잔화, 복
숭아, 달리아, 석죽, 나팔꽃, 카네이션, 문플라워, 나비꽃…….

　넓은 하늘 밑에 하루의 노동에 노곤해진 다리를 뻗고 부엌에서
새어나오는 생선 굽는 냄새를 맡는다. 왕성한 기능의 위, 재촉을 하
면 어머니는 어린애 같다고 꾸중을 한다. 찬란한 꽃밭. 매미의 울음
과 뭇새의 지저귐. 이것이 곧 인간의 삶. 생명을 받고 태어난 인간
이면 누구나가 향유할 수 있는 삶의 조그만 권리.

　그동안 현은 몇 번 혼담을 퇴했다. 갈피를 잡을 수 없는 현실의
혼돈 속에서 혼인이란 생각조차 하기 싫었다.

　(저 북에서 쏟아져나오는 사람들. 그을리고 피로한 얼굴에 슬픔과

분노를 가득히 담은 눈동자. 그 무수한 눈동자는 다만 살 곳을 마련하며 그대로 안주할 그런 미지근한 눈동자일까.)

그 무수한 눈동자에 그토록 분노의 불길을 불어넣은 으리으리한 신흥 청부업자들. 그들은 한 가지 공사를 끝냈다고 그대로 있을 그런 절제 있는 업자가 될 수 있을 것일까. 악착 같은 이윤의 추구. 그들이 즐겨 퍼붓는 기성업자에 대한 욕설. 그것은 그대로 그들이 이어받은 것. 태풍의 징조에 불안을 느끼며 새로운 집을 지으려는 어리석은 짓은 삼가야 한다고 생각했다.

자신이 없는 자기의 미래에 한 사람의 남을 끌어들일 수는 없었다.(나 자신이 그러하거늘 더욱 남의 생애에 대한 자신이란.)

현은 그러한 때에 더욱 뼈저리게 어머니의 반생을 그려보았다. 어두운 초가 안에서 지낸 30년. 괴로움과 신고. 자기의 혼인이 또 하나의 어머니를 만들어낼는지도 모른다는 의구.

고 노인은 몇 번 달래보다 내어던지고 말았고, 현 모는 현 모대로 병정으로 보낼 때 한 번 겪고 나서는 무엇이고 간에 강요는커녕 권유도 하지 않고 현이 하는 그대로 두었다. 그 팔에 한 번 묵직한 손자의 무게를 느껴보고자 목마르게 원하고 있으면서도.

7

그러한 불안은 불안대로 두고, 현은 눈앞에 걸린 자기의 직책에 충실하려고 했다. 꼬박꼬박 시간을 채우는 현은 그리 인기 있는 선생은 못 되었다.

가을이 와서 교사를 증축하게 되었을 대, 상서롭지 않은 한 가지 문제가 생겼다. 공사비를 둘러싸고 불미한 일이 생겼는데 교장도 거기 한몫 끼여들었다는 것이다.

전투적인 교원 몇 명이 말썽을 일으키고 교장을 규탄한다는 불온한 공기가 떠돌았다. 현은 분명치도 않은 일을 가지고 떠들 필요가 있느냐고 대수롭지 않게 생각하고 있었다. 그러나 말썽을 일으킨 교원들은 이 사건을 들고 나가 오랫동안 사상적인 문제 때문에 교장으로부터 받아온 굴욕의 울분을 일거에 풀어보리라는 의도를 가지고 있었다.

한편 교장은, 때마침 일어난 일부 학생들의 조그만 정치적 소동이 교장 배척을 한 가지 슬로건으로 들고 나섰던 까닭에 기회를 놓치지 않고 그들 교원에게 사건의 책임을 뒤집어씌우고 말았다. 세 명의 교원은 그날로 경찰에 구속되어 문초를 받게 되었다.

그러나 그 교원들이 학생 소동의 책임을 진다는 것은 이번만은 누가 보아도 부당했다. 그러나 교원들은 교장의 교활을 눈앞에 보고도 감히 입을 열어 정면으로 대항하지를 못했다.

직원회의가 열렸을 때 교장은 점잖은 어조로 유감의 뜻을 표하며 세 명의 교원이 경찰에 끌려간 것은 참으로 안된 일이라고 했다. 현은 아연했다. 교활과 비열이 뒤섞인 교장의 얼굴을 쳐다보고 저도 모르게 불쑥 일어섰다.

"교장 선생님, 어떤 대책을 세워야 하지 않겠습니까?"

교장은 평소 온건하던 현이 뜻밖에 긴장한 얼굴로 자기를 정시하는 데 놀랐다.

"대책이라야 세울 도리가 없는 걸 어떻게 아우?"

"대책이 없다니요. 세 분 선생이 이번 소동에 아무런 관련도 없다는 것은 교장 선생님도 잘 알고 계시지 않습니까?"

"아니 고 선생. 내가 그런 것을 어떻게 아우?"

"배 선생님은 그동안 부친상을 치르러 가서 사건 때는 안 계셨고, 두 김 선생님은 일주일간의 수학여행에서 그제야 돌아오시지 않았습니까?"

"그건 모르디요. 없었다고 관련이 없는 것은 아닐 터이니까."

"그러나 그것은 경우와 상식으로 분명히 알 수 있습니다."

"고 선생은 왜 그렇게 그런 사람을 두호하시우?"

"두호가 아닙니다. 과거에는 어떻든 간에 그대로 버려둔다면 그것은 세 분 선생에 대한 공정한 처사가 못 되기 때문입니다."

"그거야 경찰에서 공정히 하갔디요."

어디까지나 시치미를 떼는 교장을 보고 현은 가슴속에서 피가 끓어오르는 것을 느꼈다.

"교장 선생께서 직원들이 신상에 대해 그렇게 냉정하셔서야 어떻게 안심하고 학생들을 가르칠 수가 있겠습니까?"

교장이 버럭 소리를 질렀다.

"아니 고 선생, 그게 무슨 말이오. 사상이 불순하다고 경찰이 하는 일을 나보구 어드케 하라는 거요?"

파렴치…….

"그렇게 말씀하신다면 교장 선생님은 이번 부정 사건 때문에 일부러 세 선생을 몰아넣었다는 비난을 듣게 됩니다."

교장은 낯색이 변했다.

"고 선생, 말을 조심하우. 그게 무슨 소리요. 그럼 내가 부정 사건에 관계가 있단 말이오?"

진일보…… 앞으로…… 결정적인 공격! 그러나…….

"저는 그런 단정은 안 했습니다. 말하자면 남들이 그렇게 보기가 쉽다는 겁니다."

그것을 단정한다는 것은 또한 교장에 대해 공경을 결(缺)한다는 생각이 현의 얘기를 끊게 했다.

(슬픈 일이다. 이북 출신인 늙은 교장은 모든 못마땅한 것의 처리 방법으로 저렇게 사상적인 데다 결부시키게 되었으니…….)

그리고 또 하나의 불쾌. 끌려간 세 선생. 그들은 어느 때나 조금 들려오는 애기만 있으면 그것의 확실 여부를 확인하기도 전에 떠들어대는 것이 일쑤였다. 어린 학생들에게 자기의 첨단식 경향을 번쩍거리던 것도 다름 아닌 그들이었다.

(여하튼 창피다.)

무거운 발걸음으로 교문을 나섰을 때 뒤따라오는 발걸음 소리가 들렸다. 조 선생. 여대를 중퇴한 조 선생이었다. 깨끗이 접힌 흰 셔츠. 흰자위가 맑은 검은 눈. 검은 스커트.

"고 선생님이 오늘은 어떻게 그렇게 대담하셨어요. 교장 선생이 패배 정도가 아니라, 고 선생님 말씀처럼 완전히 패북당하고 말았어요."

현은 고소를 지었다. 그는 말없이 걸으면서 굳어졌던 자기 마음이 차차 풀어져가는 것을 느꼈다.

(나는 조 선생이 가까이 있으면 어느 때나 따뜻한 마음을 가지게 된다. 저도 모르게 끌리는 것을 느낀다. 그러면서도 욕정을 느끼지는 않는다. 이것이 아마 이성에 대한 애정의 싹인지도 모른다. 패북, 아아 그때의 애기로군.)

겨우 맞춤법을 한 권 들춰본 현의 한글 실력으론 국문과를 다닌 조 선생을 당할 수 없었다. 그가 일절이니 패북이니 하였을 때 조용히 가르쳐준 것은 조 선생이었다.

그때 그는 낯을 붉히며,

"그래도 어쩐지 일절이니 패북이니 해야 어감이 바로 맞아드는 것 같은데요. 일체, 패배 좀 약한데."

외모가 나약해 보이면서도 조 선생은 강한 성격을 가지고 있었다.

　어느 땐가 남녀 교원이 함께 걷고 있을 때, 미군 병사와 나란히 걸어오는 여인을 보내놓고 어느 남 선생이 야유 겸 힐난을 한 일이 있었다.

　"저것이, 저게 다 인간이라구, 창피두 모르구 턱을 쳐들고 걸어가다니 원 더러운 것이."

　그때 조 선생이 얘기를 가로막았다.

　"왜 저런 불쌍한 여자를 탓하시지요?"

　"불쌍하긴, 자기가 택해서 저런 짓을 하고 다니는걸."

　"그렇게 얘기할 게 아녜요. 택하긴 누가 좋아서 택했겠어요. 남자들이 참견한 사회가 여자들을 저 모양으로 만들어놓은 게 아녜요?"

　"남자들이 어떤 사회를?"

　"글쎄 선생님도 정신 차리세요. 연약한 여자 하나 지키지 못하는 이 땅의 남성들이 참 가엾기도 하지요."

　(그리고 이런 일도 있었지.)

　어떠한 경우에도 별다른 의사 표시를 하지 않는 현보고 어느 땐가 이렇게 물은 일이 있었다.

　"고 선생은 아무 일에도 관심이 없으세요?"

　"네?"

　"왜 어떤 일에도 의사 표시가 없으세요?"

　"그것은 할 사람이 따로 있겠지요. 저는 남의 일에 이러니저러니 할 입장에 있지 못합니다."

　"소극적이시군요?"

　"소극적일는지는 몰라도 저는 남의 일에 흥미도 없거니와 남의 한계를 침범할 생각은 더욱 없습니다."

　"어쩌면 그러실까?"

　"싸움을 말리려다 더 큰 싸움을 만드는 일이 있지요. 자기 하나도 가누기 힘든 형편에 남의 일 참견이란……."

"주위가 어떻게 되어도 괜찮으세요?"

"되어가는 것이야 제가 어떻게 하겠습니까?"

"선생님은 그렇게 뵈진 않는데요?"

"저는 공연히 참견해서 남에게 누를 끼치는 경우를 여러 번 보아 왔습니다. 남을 위한다는 것이 결과적으로 남을 해치는 경우가 더 많다는 것을 너무나 많이……."

"그러나 그렇지 않은 경우도 많지 않겠어요?"

"물론 그야 그렇겠지만, 사리를 통찰하는 예지나 심정에 있어서 훨씬 뛰어난 성자 같은 소수인에게만 해당되겠지요."

"고 선생님은 자신이 뛰어나다고 생각하지 않으세요?"

"천만에. 저는 제 자신을 너무나 잘 알고 있습니다. 아무 특징도 없는 일개 속인에 지나지 않는다는 것을……. 그래서 기껏 자기만 을 지키고 이처럼 살아가면 됩니다."

"그럼 저 같은 경우, 즉 생활양식을 강요받게 된다면 그때도 자 기를 지키고 그대로 살아가실 수 있겠어요?"

조 선생은 8·15 다음 해 가을 가족과 함께 이북에서 넘어왔던 것이다.

"글쎄 그건 지내봐야 알겠지만……."

"저는 지내봤어요. 부친은 더욱 뼈저리게 느끼셨지요."

"무슨 해를 입으셨습니까?"

"해가 아니라 처음은 몹시들 떠받들었지요. 부친은 젊은 시절에 사회주의 운동을 하시다 몇 년 고생을 하신 일이 계셨대요. 과수원 을 하시던 부친은 해방이 되자, 끌려나가다시피 인민위원장을 하시 게 되었지요. 그런데 소련군이 진주하면서부터 부친은 퍽 언짢아하 시더니 쌀 공출을 강요받고는 거북해 하시던 끝에 사임을 하시고 마셨지요. 아버지는 내가 젊었을 때 하려고 한 것은 저런 것이 아니었다고 하시면서 우울증에 걸리셨어요. 그 후부터 그들은 뒤에서 이러니저러니 귀찮게 굴기 시작하더니 한번은 무슨 혐의가 있다고 보안서에서 아버지를 불러갔었어요. 두 주일 후 나오신 부친은 아무 말씀도 않고 계시더니 갑자기 이남으로 떠나자고 하셨어요. 거기서 자기를 지킨다는 것은 절대 불가능한 일이에요.”

“물론 저도 제가 하고 싶은 일, 꽃밭을 가꾸며 즐기고 싶은 시간이나 마루에 누워 하늘을 쳐다보는 시간조차 못 가지게 된다면 글쎄 저도 생각을 달리하겠지요.”

“그것뿐이겠어요? 무슨 집단에 가입해라, 모임에 빠지지 마라, 누구를 미워하라, 누구를 쫓아야 한다, 누구를 죽여야 한다, 연설에 찬성하는 박수를 쳐라, 주먹 쥔 팔을 높이 흔들어라, 하면요?”

“그야 그렇다면 그땐 저도…….”

“어떻게 하시겠어요?”

“그럴 땐, 그럴 땐 조 선생처럼 도망을 치지요.”

현이 자기 얘기가 우스워 그만 실소를 하자 조 선생도 따라 웃었다.

“어디까지나 소극적이시군요.”

갈림길 가까이 와서 추상(追想)에서 깨어난 현은 입을 열었다.

“실은 교장한테 얘기하고 나서 퍽 후회가 되었습니다.”

“왜요?”

“멋없이 떠들었다는 생각이. 남은 것은 불쾌뿐입니다.”

“그렇지만…….”

“저는 결코 청부업자가 될 수는 없지요.”

“네?”

“아니 아무것도 아닙니다.”

그 후 문제의 선생들이 경찰에서 돌아오자, 곧 학교를 떠나고야 말았다.

현은 우울했다. 어쩐지 학교에 나가는 것이 거북했고 교장을 대하는 것이 고통스러웠다. 한 달도 못 가서 사표를 내고 말았다. 이 층 교실을 찾아 인사를 하는 현에게 조 선생은 뚫어질 것 같은 시선을 부었다.

"왜요? 무엇이 거리끼는 게 있으세요?"

"모든 것이 귀찮아져서."

현은 조 선생의 시선을 피했다

"그러신 게 아니겠지요. 교장 선생님을 보시기가 거북해서 그러시지요?"

"그것도 그렇지만……."

"역시 마음이 몹시 약하시군요."

"……."

"그야말로 완전 패북하셨군요."

한참 침묵이 흐른 뒤에 현이 입을 열었다.

"패북이고 패배고 할 나위가 없는 일이지요. 조 선생님이 어떻게 하시든 그저 저는 그만둔다는 인사를 드리러 온 것뿐입니다."

현은 곧 발길을 돌려 교실을 나온 탓으로 조 선생의 눈에 서리기 시작한 뽀얀 안개 같은 것이 방울지면서 마루에 떨어지는 것을 보지 못했다.

어머니는 아무 얘기도 없었다. 할아버지는 쯧쯧 혀를 찼다.

"관운이 없군. 그것도 팔자소관이지."

이 해 겨울에 들어서기 전 현은 고을에 들어갔다가 여수와 순천에서 일어난 사건 얘기를 들었다.

(무엇 때문에 사람을 죽이려 드는 것일까?)

현은 송아지 한 마리를 기르기 시작했다. 여물을 썰고 분뇨를 떠내고 짚을 깔아주는 데 열중했다. 콩짚과 볏짚에 콩을 섞어 주면 소는 보는 눈앞에서 풍선처럼 부풀어오르는 것 같았다. 일군에서 말을 먹이던 때와는 달랐다. 여기엔 아무런 강제가 없었다. 키우고 보면 소도 한 가족과 다름이 없었다.

밭갈이가 심해 잔등이 벗겨져 피를 낼 때면 표정이 없는 까닭에 더욱 가엾었다. 그럴 때면 그 한 가닥 뼈마저 달게 바친다던 다카다 교수를 생각했다.

(지금쯤 살아 계신다면 어떻게 지내고 있을까. 여의하다면 '스키야키' 냄비 속에 저를 넣어 쇠고기를 끄집어내다 자아를 멸할 수 없어 달게 잡숫게 계시겠지. 이젠 퍽 늙었을 게다.)

8

한없이 퍼진 허허벌판이었다. 현은 잃어버린 총을 찾으려고 애를 태웠다. 다리가 땅에 박혀서 떨어지질 않았다. 피아의 군대가 뒤섞여 우왕좌왕 아우성을 치고 있었다. 거기에는 아오야기도 히다카 조교수도 보였다. 중국군, 일본군, 모두가 적으로 보였다. 포탄이 터졌다. 총! 총이 없다. 총! 총이 있었다. 아 이번에는 총검과 탄환이 없었다. 밀려드는 적군, 쿵 하는 포 소리, 아악 아악!

현은 잠에서 깨어났다. 쿵! 포 소리가 들렸다. 아직 날이 밝지 않았다.

그날은 하루 종일 포성이 들리더니 부상자를 실은 후송열차가 숨가쁘게 P역을 지나 남하했다.

또 한밤을 새운 이튿날 아침, P고을에서는 전차의 캐터필러 소리도 요란히 인민군의 대열이 지나가고 있었다. 늘어진 시체, 붉은 깃발의 시위.

"이것은 또 무슨 짓이냐? 그러나 하고 싶거든 멋대로 하려무나. 여하튼 간에 나는 모르는 일이고 나에겐 손톱만큼의 관련도 없다. 너희는 너희고 나는 나다."

의혹, 끝없는 혐오. 하늘도 산도 들도 눈에 띄는 모든 것, 꽃을 보아도 회색이었다. 며칠 후, 이북으로 갔다던 연호가 머리를 길게 늘이고 P고을로 들어오자 먼저 현을 찾았다.

"어때, 고생 많이 했지?"

"뭐 별반."

"고통이 많았을 거야. 그러나 이전 강도놈들도 물러가고……."

"……."

"그런데 자네 왜 이러고 있나?"

"뛰어나와 일을 해야 할 게 아닌가?"

"일을?"

"이 사람아! 자네가 이처럼 배겨 있는 것도 이때를 기다린 것이 아닌가?"

"때를 기다리다니?"

무슨 뜻인지 의아하다는 현의 표정.

"물론 예기치 않았던 일이니까! 그러나 어리둥절할 것은 없어."

"그야 충격을 받은 것은 사실이지만, 나야 한 개 평범한 속인에 지나지 않으니까."

"그래 이대로 이러고 있을 작정인가?"

"이대로 나는 흡족하니까."

"아니 굿이나 보다 떡이나 먹을 셈인가?"

“떡은 둘째치고 굿을 볼 흥미조차 없네.”

“자네 왜 그러나?”

뜻밖이라는 연호의 표정.

“왜 그러긴? 나야 원래 이런 놈이 아닌가. 부탁이니 나를 이대로 가만히 버려두어 주게.”

“버려두다니? 자네야말로 열성적으로 일해야 할 사람이 아닌가?”

“일이야 할 사람이 얼마든지 있는걸. 나까지 뛰어들 필요가 없지. 나는 모든 것이 귀찮게만 생각이 드네. 자네가 들어오기 전 나는 들로 나가던 길가에서 어떤 젊은 군인의 시체를 보았지. 속눈썹이 길고 검은 머리를 늘인 앳된 얼굴을 하고 있더군. 나보다도 10년이나 어려 뵈는 소년이야. 그는 며칠 전만 해도 자기 가족에게 편지를 보냈고, 이웃에 사는 어떤 처녀를 그리고 있었는지도 모른다. 그렇게 생각하니 어째서 그가 이 길가에서 이처럼 생명을 잃어야 했는가의 의문이 들더군. 살아야 했을 인간이 인위적으로 죽은 것이다. 어째서 누구의 탓으로?”

“물론 사람이 죽는다는 건 유쾌한 일이 못 되지. 그러나 피의 대가 없이 어떻게 혁명의 성취를 바랄 수 있겠나?”

“누구의 피, 누가 흘려야 하는 핀데?”

“그것은 혁명을 가로막는 원수들의 피, 그리고 혁명에 바쳐지는 인민전사들의 고귀한 피. 그러나 더 많은 원수들의 피가 요구되지.”

“자네는 죽는 사람의 경우를 생각해 본 일이 있나? 다만 살고자 발버둥치는 인간들의 죽음을. 고통과 공포. 죽는 인간에 있어서는 죽는 그 순간에 그 자신의 모든 것—아니 전 세계가 상실된다는 것을.”

“그러나 새로운 희망, 프롤레타리아트는 그 시체를 넘어서 전진해야 하지.”

“전진? 어디를 향해? 얼핏 들으면 감동적인 얘기긴 하지. 그런데 그 감동이란 게 탈이거든.”

“모든 것은 불가피한 혁명의 첫 과정이니까.”

“도대체 그처럼 많은 시체를 넘어서야 하는 혁명의 목적이란 무엇인가?”

“착취 없고 계급 없는 사회의 건설.”

어린애 같은 질문에 불과하다는 표정의 연호.

“나도 그러한 사회가 오기를 간절히 바라고 있네. 그러나 그 목적에 이르는 과정이라는 것, 그것은 어떠한 과정이며 또 언제까지를 과정으로 치나? 과정 속에서도 인간은 살아야 하고 또 인간은 계속 과정 속에서 살아가는 것이 아닌가. 인생의 목적이란 곧 인간이 산다는 것, 사는 그 자체가 목적이 아닌가. 최후의 목적 그런 것이 있을 리 없지. 구태여 말하자면 조그만 중간 목표가 있다고 할까.”

“그럼 자네는 전적으로 이 혁명을 인정치 않는군.”

“혁명이 획득한 어떠한 결과도 인간의 생명보다 귀할 수는 없으니까.”

“그러면 자네는 역사 자체를 부정하는군.”

“혁명이란 말에는 확실히 매력이 있겠지. 역사가들도 그 태반은 혁명은 역사적 전환에 필요한 하나의 중요한 계기라고 하니까.”

“자네도 그것까지 부정하지는 않는군.”

“아니지. 다만 역사가들이 다루기 좋은 재료에 지나지 않는다는 거야. 요행히 삶의 골패짝을 쥐어든 인간들은 태연히 소파에 앉아 ‘소수의 희생된 생명 운운’ 하고 뇌까릴 수도 있겠지. 그렇게 허다한 혁명이 없었던들 별로 지금보다 못한 세상은 안 되었을 것이네.”

“이건 놀랐는데.”

“어떻든 나는 분명치도 않은 목적을 위해 공연히 남에게 미움의 눈길을 보낸다든가, 내 생명을 희생할 그런 용기는 가지고 있지 못하니까."

"인민의 투쟁을 그렇게 보는군."

"투쟁? 어째서 그렇게 싸우고 싶은가. 그렇게 싸우고 싶거든 싸우고 싶은 친구끼리 클럽을 만들어 게임을 하면 되지 그래. 그런데 실상은 그렇지 않은 인간들까지 끌어들여 싸우게 하고 있으니 말이야. 애매히 피를 흘리는 것은 이들이거든. 자네 익수를 보게."

"익수, 그는 기막힌 투사야."

"자네, 지금 그가 올바른 제정신을 가지고 있다고 생각하나? 익수 같은 처지에 있는 친구가 가난을 벗어나야 하고 인간다운 생활을 해야 한다는 데는 의론의 여지가 없어. 그러나 지금의 익수는……."

"지금의 익수는?"

"그의 눈을 보게. 무엇에 열중하는 것이야 좋겠지. 그러나 그의 눈에는 독기가 가득 차 있어. 귀염성 있고 선량하던 그의 조그만 눈 속에 차 있는 것은 증오와 살기뿐이란 말이야. 나는 그를 보았을 때 어째서 인간이 저런 눈을 해야 하는가 의문이 생기더군. 그리고 측은하다는 생각이. 물론 자네야 되레 이러한 나를 측은히 생각하겠지만."

"도대체 지금이 어떤 때인 줄 아나?"

답답하다는 연호의 표정.

"근거 없는 미움이 들끓고 있는 때이겠지."

"근거 없는 미움이라니?"

"그럼 자네는 그렇게 뼈아픈 원한을 누구한테 품게 되었고 대체 누구를 저주하고 어떻게 미워하고 있나?"

맑은 눈으로 연호를 응시하는 현.

"지금에 와서 그런 질문을 하다니?"

"자본가, 지주, 친일파, 반동분자…… 이런 거란 말이지?"

"그리고 기회주의자."

연호의 언성이 튀었다.

"나는 기회주의자가 아니야. 미워할 것을 지적할 수 있는 그 누구가 아닐세. 인간 서로의 미움이란 미움이 미움을 낳는 악순환밖에 가져오질 않아."

"그러면?"

"미워할 것은 인간이 지닌 어리석은 조건일세. 자네나 내 가슴 속에 숨어 있는 인간 심리의 독소. 남을 억압하려는 포악성. 착취하려는 비정, 남보다도 뛰어났다는 교만, 스스로 나서려는 값싼 영웅주의적 참견, 남을 죽일 수도 살릴 수도 있다는 무엄, 그런 것들이겠지."

"언제부터 자네는 목사가 되었나?"

"나는 신자도 아니네만, 이웃을 사랑해라. 뺨을 치거든 또 하나의 뺨을 내어놓으라고 이른 때부터 지금은 50년이 모자란 2000년. 인간은 겨우 이 모양 요 꼴일세. 물론 자네야 내 뺨을 칠 리도 없고 나도 왼뺨을 맞고 바른 뺨을 내놓을 아량까지는 없네만."

"그래서?"

"나는 싸운다는 건 질색이니까. 내놓기 전에 도망을 치고 말겠지. 이전 나는 내가 인간으로 태어난 것 자체가 창피한 일이라고 생각하게 되었네. 나 자신이 싫고 또 그 누구 할 것 없이 인간이란 게 싫어졌어. 그렇다고 무슨 대단한 절망을 느꼈다고 지레 죽을 것까지는 없으니 살아갈 대로 살아가 보자는 게지."

연호는 멸시와 동정이 뒤섞인 눈으로 현을 쳐다보았다. 자본주의 사회의 혼탁 속에서 갈피를 못 잡고 허우적거리는 '프티부르주아' 의 퇴영. 그는 현에게 혁명가들의 영웅적인 고난과 자기희생을 애기해 주려고 했다.

"혁명가들의 자기희생을 생각해 보게."

"어째서 그것이 자기희생인가. 누가 그것을 청탁했던가. 자아 도취와 허영에 치른 값이 어째서 희생인가? 단지 값이 비싸게 먹혔다는 것뿐이지. 되레 일반 대중의 꼬락서닌즉 가관이지. 그것은 불의의 재액이며 더할 수 없는 모욕이니까."

"모욕이라니?"

"그럼 모욕이지. 그 이상의 모욕이 또 어디 있나. 누구한테서 무엇을 받았다는 거야? 도리어 응당 받아야 할 것을 오래도록 막아온 것은 다름 아닌 청탁 없는 그들 청부업자들이지."

"청부업자?"

"그들은 자기 멋에 겨워서 흥분하고 비운하고 때로는 웃고 때로는 눈물을 흘린다. 그 노호와 웃음과 눈물 속에 애매한 인간들은 희생되거든. 어떤 존경과 무슨 갈채를 보내라는 거야. 각기 제 생명을 타고난 인간들은 그것이 어떻게 초라하든 간에 모두 자기의 세계를 가지고 있는 법이야. 그것은 누구도 범할 수 없지. 그들은 결코 청부업자들의 연기에 동원된 엑스트라는 아니거든. 나는 이렇게 생각하네. 다음에는 어떠어떠한 세계가 반드시 올 것이니 재빨리 끼여들어 한몫을 보려는 인간——그러한 인간이란 폐품 불하에 눈치 빠르게 달려들어 낙찰시키려는 장사치와 다름이 없다고. 자기가 나서야 이 사회를 건질 수 있다는 무엄은 자기가 그 폐품을 맡아야 소비자들이 헐값으로 쓰게 된다는 장사치의 헛소리나 다름이 없거든. 다름없다기보다 도리어 못되었다고 볼 수 있지. 장사치는 이윤만을 탐내는데 그들은 존경과 지배까지를 요구하거든. 청탁도 않는 청부를 맡아가지고는 더욱 괴롭게 한단 말이야."

"자네 그런 의견이 통용될 줄 믿는가?"

"얘기가 났으니 나대로의 생각을 말해 본 게지. 일제시에도 나는 병정으로 끌려가기까지 나대로 살았네. 8·15 후에도 역시 난 나대로 살아왔네. 이제부터라도 난 나대로 살고 싶네. 떠들어대 봤자 인간이 산다는 건 별것이 아니니까, 난 나대로 조용히 살아가자는 게지. 다만 그뿐이야."

"그건 어려울걸. 혁명은 무위의 한 사람도 용인하지 않아. 마비된 인간의 잠을 깨우고 그 머릿속에 새로운 인간의 의식을 불어넣어야 하니까."

연호가 떠난 뒤 현은 마루에 앉아 시름에 잠겼다. 뉘우칠 것은 없었다. 얘기를 하지 않고는 견디지 못한 마음 가운데의 그 무엇.

망연히 꽃밭을 바라보았다. 며칠 동안 느끼지 못한 꽃들의 개성이 드러나 있었다. ——인간은 꽃에다 여러 가지 뜻을 붙인다. 정열, 불안, 비애, 고결, 죄악, 분노, 모호, 온순, 광약(狂躍). 그러나 꽃은 그저 아름다울 뿐인데. 때가 오면 피고 때가 가면 말없이 지고. 그런데 인간은 꽃에다 제멋대로의 의미를 붙인다. 뿐더러 인간 자신의 색깔로 갈라놓고 편과 편을 만들어 서로의 가슴에 칼날을 겨눈다.

여태까지 현은 황금률(黃金律)을 뒤집어놓은 것, 즉 남에게서 괴로움을 받기 싫은 거처럼 나도 남을 괴롭히지 않는다는 신조를 굳게 지켜왔던 것이다.

그러나 지금에 와서 현은 자기에게 파상적으로 몰려닥치는 위협을 느끼기 시작했다.

이번의 청부업자는 종전의 유가 아닌 것 같았다. 한 명도 놓치지 않고 건드려놓고야 말려는 유능하고 가혹한 업자. 구석구석을 파헤치려는 집요하고 치밀한 계산자. 현이 웅크리고 있는 껍질도 그들의 날카로운 눈길에서 빠져날 수는 없는 듯싶었다.

발길을 돌린 연호는 혀를 찼다.

(무엇 그런 자식이 있나.)

이번 그가 공작의 임무를 맡고 고향인 P고을에 파견됐다는 건 3년이 넘는 자기의 신산을 갚고도 남음이 있었다. 그는 고을 사람들이 자기에게 퍼붓는 눈초리에서 제법 흡족한 걸 느끼고 있었던 것이다. 승리자에게 보내는 존경과 경탄, 외포와 선망의 눈초리. 그렇지 않으면 자기가 돋은 분노와 증오의 눈초리. 어떠한 눈초리든 간에 거기에는 어떤 반응의 표시가 있었다. 그런데 현의 눈만은 그렇지가 않았다. 거기에는 아무런 반응이 없었다. 두려움의 빛은커녕 무관심과 권태와 혐오가 뒤섞인 눈에 어딘지 연민과 동정의 빛조차 깃들이고 있었던 것이 아닌가.

공포 가운데서 또는 완강한 조직 가운데서 그렇게 애써 쌓아올린 탑을 그렇게도 가벼이 보아 넘기다니. 거기다 걷잡을 수 없었던 허망한 얘기의 논리.

(청부업자라구?)

승리자로서의 여유와 관용을 가지고 현의 얘기를 들어넘긴 자신이 기특했다기보다 어리석었다. 가슴 한 귀퉁이에 생긴 솜사탕 같은 공허. 연호는 그 공허를 증오의 불길로 메워갔다.

다시 열흘이 지난 어느 날 7월의 하늘 아래 찌는 듯 뜨거운 땅 위에서 청부업자들은 하나의 잔치를 베풀었다. 이글거리는 태양은 처참한 이 잔치에는 너무나 강렬한 조명이었다. 아직도 명확한 태도를 결정치 못하고 서성거리고 있는 '인민' 들에게 산 제물을 도륙함으로써 그들의 손에 인간의 피를 발라놓고, 가슴마다 결정적인 공포와 증오의 씨를 심어놓아야 했다. 죄악의 조각은 나눠져야만 했다.

P고을 중앙 네거리에서 열린 인민재판, 연호는 그 자리에 현을 불렀다. 현에게 피를 보이고 그 반응을 보고자 한 것이다.

예정하였던 규탄과 계획한 대로의 군중의 아우성이 쏟아지며 인간의 것이 아닌 잔인한 흥분의 도가니를 이루어갈 때 연호는 옆에 세워놓은 현의 얼굴만을 응시하고 있었다.

(……반드시 무슨 변화가 있을 것이다. 초연히 홀로 고고하겠다는 너는 돌멩이가 아닌 이상 반드시 어떤 마음의 동요가 생길 것이다. 공포, 당황, 기겁, 애원, 그러면 너는 수월히 내 손아귀에 들어오게 된다. 그것은 굴복. 네 사설은 결국 하나의 관념의 유희.)

첫 번째의 희생자, 국민회 회장이 언도를 받자, 군중의 까닭 모를 아우성과 함께 집행자들의 손에 쥐어졌던 굵다란 곤봉이, 얼굴이 거의 흙빛이 된 반백의 머리 위에 쏟아졌다. 뼈가 부서지는 소리, 살이 떨어져나가는 무딘 소리.

(어떠냐…….)

연호는 현을 뚫어질 듯이 쏘아보았다. 그러나 그는 현의 얼굴에서 한 오라기의 공포의 빛도 찾아낼 수 없었다. 경화(硬化)된 현의 얼굴에서는 다만 땀이 흘러내리고 있을 뿐이었다.

(이런!)

그러나 그것은 연호의 오진이었다. 현의 얼굴을 흐르는 땀은 더위 때문이 아니라 가슴에서 타는 분노의 불길 때문이었다. 두 번째의 희생자가 끌려나왔을 때 현이 흘린 땀은 땀이 아니라 전신의 혈관에서 배어나오는 피였다. 희생자는 다른 사람 아닌 조 선생의 부친이었다. 다만 어울리지 않는 생활양식을 거부하고 남으로 내려온 것 외에 아무런 반항도 꾀하지 않은, 한 무력한 늙은이에 지나지 않았다. 순간적으로 현의 뇌리를 조 선생의 모습이 스쳐갔다.

현은 땀이 흐르고 있는 얼굴을 돌려 연호를 쳐다보았다. 그 야릇한 눈동자와 입가에 띤 까닭 모를 웃음. 이것이 같이 자라난 친구…… 인간의 얼굴이라니.

그 얼굴이 눈앞에서 크게 확대되는 착각을 느끼자, 현의 입에서 찢는 듯한 비명이 터져나왔다.

"살인이다!"

오랜 회상에 잠겼던 현은 감았던 눈을 크게 뜨며 어두운 하늘에 송송이 박힌 별들을 쳐다보았다. 뚝! 동굴 안 천장에서 떨어지는 물방울 소리. 어느덧 바람은 자고 벌레 소리가 있었다.

그 다음의 일을 더듬을 수 있는 분명한 기억이 없었다. 그것은 불연속선. 순간적으로 내민 자기의 주먹에 쓰러지던 연호. 앞에 버티고 섰던 보안서원의 소총을 낚아채고 군중의 틈을 빠져나가던 기억. 수라장이 된 네거리. 집행자들의 고함과 군중들의 비명. 몇 발의 총성. 눈앞에 드리웠던 황갈색 베일. 그 베일을 통해 눈에 뛰어들던 땅을 밟으며 어디를 어떻게 달리었던지. 쫓기던 끝에 ××강 하류에 이르러 물속에 뛰어들던 기억. 그래도 소총은 그 손에 있었다.

(그때의 충동. 그렇게 하지 않고는 견디지 못한 마음의 충동은 그 무엇이었을까. 이 검은 눈으로 목격한 살인. 목격은 일종의 묵인. 묵인하는 군중의 일원으로 그대로 늘이고 있을 수 없었던 마음의 줄. 그리고 아픔. 희생자의 머리와 어깨와 허리에 내려지는 아픔은 곧 나 자신의 머리와 어깨와 허리에 내려지는 아픔이었다. 어찌하여? 나와 그와 그리고 모든 군중, 거기에는 아무런 육체적인 연결이 없었다. 그런데 나는 아픔을 느꼈다. 그리고 그 아픔에서 벗어나려고 했다. 그리고 결국 도망을 치고 말았던 것이다.)

현은 지난날의 그 몇 번인가의 저항의 충동을 생각해 보았다.

──일인 교수에 대한 반발──자기 혐오와 함께 몸을 오므린 퇴각.

──학교장에 대한 항의──겸연쩍어 사직을 하고 만 패배, 아니

패북.

——일군에서의 탈주——또다시 연안(延安)에서의 도주. 도피의 연속.

어느 때 정면으로 싸워본 일이 있었던가. 단 한 번. 그것은 극히 어리던 시절의 일. 할아버지의 혹을 두고 얼굴에 흘린 피와 갈기갈기 찢긴 옷. 뜻밖에도 할아버지는 노하셨지. 모든 거북한 일에 등을 돌리는 습성이 내 가슴에 깃들인 것은 어느 때부터였던가. 그리고 껍질 속에 몸을 오므린 30년의 결산은 결국 도망을 놓았다는 것이다.

그러면 지금 이처럼 다시 귀딱지를 늘이고 P고을을 찾아든 것은 무슨 까닭일까. 지구의 끝까지 도망을 칠 수 없었던 때문이었던가. 동굴 안에 두고 간 소총 때문이었던가. 그렇지 않으면 외로움 때문이었던가. 실상 한없이 외로웠고 지금도 또한 말할 수 없이 외롭다. 수풀이나 산골짜기의 어둠 속에서 외로움에 못 이겨 어린애처럼 어머니를 그리던 나날. 어머니——30년의 신고를 견디며 길러준 어머니를 버려두고 나는 거침없이 혼자 도망을 쳤던 것이다.

외로움. 그것은 뭇사람들과 떨어져 홀로이 있는 외로움이 아니었다. 한 번도 그들과 함께 있어 본 일이 없었다는 인식에서 오는 외로움이었다. 섞여 있으면서도 거기엔 보이지 않는 장벽이 가로막고 있었다. 완전히 단절되어 있었던 것이다.

(……견딜 수 없는 이 외로움. 거기서 더욱 목마르게 바라는 그리움, 어째서 이렇게 사람이 무서우며 또 그리운가. 파상적으로 밀어닥치는 그리움. 그 그리움 속에서 더욱 생생히 피어오르는 하나의 얼굴.)

그것은 바로 이 동굴에 기어오르기 전, 지금은 칠흑의 어둠 속에 파묻힌 P촌.

그 앞들을 비껴 흐르는 내에서 만난 조 선생의 때묻은 베옷에 골이 떨어진 짚세기. 아무렇게나 뒤로 동여맨 먼지 앉은 머리카락. 그을린 얼굴. 경악에 차던 그 눈동자.

현은 거기 인간의 모욕을 보았다. 절망과 슬픔이 뒤섞여 멀거니 흘어진 그 눈동자. 살아 있는 인간이 그런 눈을 가져야 하다니. 거기에 갑자기 환희의 빛이 몰아치며 터져나오던 눈물, 아니 그것은 피.

(날이 밝으면 조 선생이 이 동굴을 찾아올 것이다. 이런 속에서도 한 줄기의 빛은 있구나. 그때를 기다리고 한잠 눈을 붙여야 한다.)

현은 흩어진 풀을 모아 깔개를 하고 누웠다. 소총에 탄환을 재고 그것을 베개로 했다. 녹슨 쇠냄새가 났다. 올려다보는 눈에 무수한 별들이 아름다웠다. 서로 당기고 있으면서도 저렇게 자기 자리에서 빛나고 있다는 실감이 들지 않았다.

문득 가슴에 치솟는 한 가지 불안이 있었다. 조 선생과 헤어져서 마을 어귀를 지날 때 느낀 방앗간 밑에서 자기를 응시하던 한 젊은 이의 시선. 잠시 깃들였던 그 불안은 곧 피로 속에 흩어지고 현의 두 눈이 감기더니 어느덧 가느다란 코고는 소리가 들렸다.

제2부

　골짜기에 드리운 안개를 가르며 핏빛 같은 태양이 솟아올랐다. 흩어진 안개가 천천히 동굴을 향해 기어올랐다.

　찬 기운이 서린 골짜기의 숲 속에서 두 그림자가 나타나더니 안개를 타고 동굴을 향해 걸어오기 시작했다. 고개를 숙이고 앞서서 걷고 있던 고 노인과 뒤따르는 연호. 연호의 허리에 비스듬히 박힌 소제(蘇製) 때때 권총. 쿵 하고 남쪽 멀리서 은은한 포 소리가 들려왔다.

　연호의 신경을 날카로이 하는 저 소리. 그리고 어쩌면 이렇게도 날카로운 바위가 깔려 있을까. 연호는 초조히 걷고 있었다. 인민재판 때 현의 주먹에 쓰러졌던 연호는 금세 몸을 일으킬 수 있었으나 그 순간에 그가 쌓아올린 공든 탑은 산산이 조각을 내고 부서져버렸던 것이다. 이미 지금은 현에 대한 심리적인 대결 문제가 아니었다.

　그는 그 후 중앙정보부로부터 지난날 현이 연안에서 탈주한 까닭에 체포해 넘기라는 지령을 받고 설욕과 임무를 겸해 갖은 애를 태워가며 현의 행방을 찾고 있었다.

　어제 저녁 현이 나타났다는 정보를 입수하고 미끼로 고 노인을 끌어내었던 것이다.

　(자식이 연안까지 갔다면서, 그런 어려운 경력을 가지고 있으면서 혁명을 배반하고 나의 피와 땀에 젖은 탑을 무너뜨리고 말다니…….)

　고 노인은 걷고 있다기보다 들뜬 발을 간신히 옮겨놓고 있는 데 불과했다. 인민군이 P고을에 나타난 다음 고 노인은 그의 80년의 생애에서 몇 번이고 넘었던 고비와는 달리 내어놓을 어떠한 골패짝도 찾을 길 없다는 절망을 깨닫게 되었다. 국민회의 일을 보던 영선은 어디론지 도망을 했고 둘째 아들은 의용군으로 끌려나갔다. 혹시나 하고 실오라기 같은 기대를 걸었던 현은 더욱 아득한 절망의 장막을 고 노인의 눈앞에 드리우고 말았던 것이다. 그 장막을 뚫고 간신히 새어드는 한 가닥의 빛깔, 고 노인은 지금 그것을 찾아 가시덤불의 길 없는 날카로운 바윗길을 걷고 있었다.

흐르는 안개의 틈으로 검푸른 동굴 앞바위가 보이자 고 노인은 걸음을 멈추었다. 그리고 안개가 흘러가는 저편 푸른 술밭 사이의 선친의 산소를 바라보았다.

"어서!"

등에서 싸늘한 연호의 목소리와 함께 절컥 하고 권총을 재는 쇳소리가 났다.

고 노인은 동굴을 향했다. 그리고 무거운 입을 열었다.

"현아!"

오랜 세월에 그슬린 무게 있는 음성이 슬픈 가락의 메아리를 일으켰다.

"현아!"

흩어진 머리와 맑고 날카로운 두 눈이 조심성 있게 바위 위로 들렸다.

말할 수 없는 그리움이 왈칵 고 노인의 가슴에서 솟아올랐다. 그 그리움은 또한 비길 수 없는 고통.

"얘기해요 빨리!"

연호의 소리. 고 노인은 무거이 입을 열었다.

"현아 내 말 듣거라…… 네가 내려오기만 하면…… 선생들도 모두 용서해 주신단다…… 현아…… 걱정말고 내려오너라…… ."

고 노인은 얘기를 끊고 현의 대답을 기다렸다. 견디기 어려운 침묵의 순간. 대답은 없이 현의 내어졌던 얼굴은 다시 바위 틈으로 사라져버렸다.

고 노인은 한 걸음 발을 내디디었다.

"현아……."

또 한 걸음.

"현아……."

저도 모르게 현의 이름을 부르며 동굴 쪽으로 다가가고 있었다.

"현아, 현아, 네 어미도……."

문득 고 노인은 오는 길에 들렀던 현 모의 생각을 했다. 고 노인과 연호는 거들떠보지도 않고,

"내 아들아 내 아들아."

나직이 아들을 부르며 두툼한 성경책을 소리를 내어 낭송하던 현 모. 그 절실하고 애타는 음성은 아직도 고 노인의 귀에 쟁쟁히 남아 있었다. 어쩌면 그 음성에 그처럼 범치 못할 위엄이 담겨 있었을까.

"……하나님이 아브라함을 시험하시려고 그를 부르시되 아브라함아…… 여호와께서 가라사대 네 아들 네 사랑하는 이삭을 데리고 모리아 땅으로 가서 내가 네게 지시하는 한 산 거기서 그를 번제로 드리라. 아브라함이 아침에 일찍이 일어나 나귀에 안장을 지우고 두 사환과 아들 이삭을 데리고 번제에 쓸 나무를 쪼개어 가지고 떠나 하나님이 자기에게 지시하는 곳으로 가더니 제삼 일에 아브라함이 눈을 들어 그곳을 멀리 바라본지라…… 아브라함이 이에 번제 나무를 취하여 그 아들 이삭에게 지우고 자기는 불과 칼을 손에 들고 두 사람이 동행하더니…… 이삭이 가로되 내 아버지여 하니 그가 가로되 내 아들아 내가 여기 있노라, 이삭이 가로되 불과 나무는 있거니와 번제할 어린 양은 어디 있나이까…… 하나님이 그에게 지시하신 곳에 이른지라 이에 아브라함이 그곳에 단을 쌓고 나무를 벌여놓고 그 아들 이삭을 결박하여 칼을 잡고 그 아들을 잡으려 하

더니, 여호와의 사자가 하늘에서부터 그를 불러 가라사대 아브라함
아 하는지라…… 사자가 가라사대 그 아이에게 네 손을 대지 마라.
아무 일도 그에게 하지 마라. 네가 네 아들 네 독자라도 네가 아끼
지 아니하였으니 내가 이제야 네가 하나님을 경외하는 줄 아노라.
아브라함이 눈을 들어 살펴본즉 한 양이 뒤에 예는데 뿔이 수풀에
걸렸는지라. 아브라함이 가서 그 숫양을 가져다 아들을 대신하여
번제로 드렸더라……."

"거기 서요!"

뒤에서 날카로이 쏘아지는 연호의 목소리. 고 노인은 멈칫 그 자
리에 섰다. 이제 자기의 생애는 이미 진했다는 생각이 들었다. 그것
은 손에 쥐어진 풋밤알 같이 확실한 것 같았다.

쿵 하고 또 멀리서 포 소리가 들려왔다. 다가왔다 멀어졌다 그리
고 또다시 되돌아오는 저 소리. 차라리 한 번 스쳐가고 영영 돌아오
지 않았으면……. 그렇다면 고 노인은 설령 지옥 같은 참혹 속이라
도 어떻게든지 비벼대려고 애를 썼을 것이다. 둘째 놈이 의용군에
끌려나갈 때도 고 노인은 뼈를 에는 아픔을 느끼면서 한치나마 발
붙일 땅을 발견했던 것이다. 그런데 되돌아오는 저 소리.

(혹시나 저 소리는 첫째 놈이 되돌아오는 신호일는지도 모른다.)

고 노인의 마음은 몇 갈래로 찢기고 엉켜서 사납게 뒤틀렸다.

고개를 돌려 선친의 묘 있는 곳을 건너다보았다. 그리고 괴로움
을 이기려는 듯이 지그시 눈을 감았다. 그 일순에 고 노인은 자기
팔십 생애를 일별했다. 고달팠던 기나긴 생애. 몇 번이나 바뀐 세태
였던가. 얼마나 많은 고통과 굴욕을 참으며 핏줄을 잇기에 애를 썼
던가. 자기를 낳은 선친. 까마득히 올려뻗은 대대의 조상.

고 노인은 연호의 재촉이 이제는 아무렇게도 생각되지 않았다.
다만 기나긴 생애 속에서 항상 재촉하는 소리에 떤 자기 자신에 대

한 연민만이 있었다.

그래도 자기 딴에는 주어진 팔십 년의 생애를 악착같이 살려고 애를 써왔다는 생각이 들었다.

또 한 번 쿵 하는 포 소리. 저 포 소리만 없었어도 고 노인은 현을 불러내는 데 다시 한 번 애를 썼을는지 몰랐다. 그러나 다가오는 저 소리. 삶과 죽음! 그 어느 하나의 선택을 재촉하는 저 소리.

고 노인은 또 한 번 동굴을 올려다보았다. 저 동굴 안에서 아들이 죽었고, 지금 또 손자가 저 속에서 죽음의 위험에 직면해 있다. 그리고 자기도 또한 그것을 목격하며 위기의 순간에 서 있었다. 이 야릇한 숙명적인 불행의 부합, 다시 고 노인은 눈길을 선친의 산소에 돌렸다. 문득 이처럼 가혹한 숙명의 사슬에 엉키도록 자기는 조상의 뼈를 묻지 않았다는 생각이 들었다. 그렇다면 이 거대한 변사──전쟁 앞에는 과거의 어떠한 원리도 무색해지는 것일까. 혈통이 이어져 뻗어가는 기준의 상실. 골수에 젖은 풍수 원리를 굳게 믿고 조상의 뼈다귀를 메고 다닌 지난날의 노력의 공허.

그렇게 허탈해 가는 고 노인의 마음속에 차차 하나의 새로운 감정이 흘러들었다. 모두가 기정의 숙명에서 벗어나 있다는 해방감과 다음 순간의 운명은 누구도 헤아릴 수 없다는 어떤 종류의 감동이었다. 그 감동 속에서 고 노인은 팔십 평생에 처음 무엇에도 구애되지 않는 순수한 자신의 의지를 결정했다.

(예까지 용케 견디어온 가상할 나의 팔십 생애. 산소의 탓도, 달린 복의 상징이란 혹의 탓도 아닌 맨주먹 알몸으로 기를 쓰며 살아온 팔십 평생, 나는 이것으로 족한 것. 지금은 가는 것이다. 현아 이전 네가 살아야 한다.)

여울 같은 감동이 고 노인의 전신을 흘렀다. 머리카락과 수염이 햇살을 받아 은빛으로 빛나고 있었다. 크게 숨을 들이모았다.

"현아! 너는 살아야 한다. 저 대포 소리를 듣거라. 어떻게든지 여길 도망해서……"

순간 고 노인은 등을 꿰뚫는 불덩어리를 느꼈다. 중심을 잃고 풀숲에 쓰러지는 고 노인은 총성의 메아리 속에 현의 절규를 들었다. 그리운 그 음성.

"할아버지!"

따각! 불발탄을 끄집어내고 다음 탄환을 밀어잰 현의 소총과 연호의 권총에서 불이 튀었다.

순간, 현은 왼편 어깨에 뜨거운 쇠갈고리의 관통을 느끼며 연호가 천천히 왼쪽으로 몸을 틀면서 숲 속으로 굴러떨어지는 것을 보았다.

"할아버지!"

바위를 넘어 밑으로 내리달으려던 현은 아찔하면서 그대로 바위 위에 쓰러지고 말았다. 어깨를 움켜쥔 손가락 사이로 붉은 피가 뿜어나왔다. 땅으로 끌려가는 듯한 의식의 강하. 어깨의 고통——꼭 30년을 살고 지금 여기서 죽어가는구나. 생각을 모아야겠다. 목숨이 끊어지기 전에 생각을, 생각을 모아보자. 이것이 한 인간의 삶? 30년! 어떻게 살았던가? 외면, 도피, 밤낮을 가림 없이 도피, 외면, 도주, 그 밖에 무엇을 하고 지내왔는지 도무지 생각나는 것이 없었다.——첫 번째 탄환처럼 불발에 그친 30년. 그것은 영(零), 산 송장. 그렇다면 결국 살아본 일이 없지 아니한가.

나는 다음 탄환으로 연호의 가슴을 뚫었다. 사람을 죽인 것이다. 남에게 손가락 하나 가뜻하지 않으려던 내가 사람을 죽인 것이다. 가엾은 연호와 나와는 아무런 원한도 없었는데 인간이란 이래서 죄인이라는 것일까, 어쩔 수 없이 살인을 하게 되는 인간의 불여의. 죄악을 내포한 인간의 숙명? 그것은 원죄?

우거진 꽃밭의 울타리 안에서 스스로 죄 없다는 내 자신을 잠재우고 있을 때, 밖에서는 검은 구름과 휘몰아칠 폭풍이 그리고 사람이 죽어가는 비명이 준비되고 있었다.

그것은 먼저 내가 질러야 할 비명이었을지도 모른다. 그 어린 병사 대신 내가 그 길가에 누웠어야 했을는지도 모른다. 나 같은 인간은 아직 살아 있었고 살아야 할 인간은 죽어갔다. 이런 것이 그대로 허용될 수 있었다고 생각되는가. 동굴에서 죽은 부친, 강렬히 살아서 아낌없이 그 생명을 일순에 불태운 부친. 부친은 살아남는 인간들을 대신해서 죽었고, 그들의 삶에 어떤 의미를 부여했을는지도 모른다. 저 숲 속에 누운 할아버지. 시체가 아니라 그것은 삶의 증거. 모든 불합리에 알몸으로 항거하고 불합리 속에 역시 불합리한 삶을 주장한 피어린 한 인간의 역사. 거인의 최후 같은 그 죽음.

어머니. 가냘픈 여인의 몸으로 그토록 견딘 인간의 아픔. 아픔을 넘어서 내게 대한 사랑, 죽은 부친에 대한 사랑 그리고 기어이 모든 것을 의탁하는 신에 대한 사랑으로 높인 어머니.

너는 어느 때 어떠한 아픔을 견디었던가. 껍질 속에서 아픔을 거부한 무엄과 비열. 너는 너절한 녀석이었다. 생생한 여자의 알몸을 안기가 두려워 자독 행위로 스스로의 육체를 기만한 너절한 자식. 져야 할 책임이 두려워 되지 못한 자기 변명으로 자위한 비겁.

껍질 속에 몸을 오므리고 두더지처럼 태양의 빛을 꺼린 삶. 산 것이 아니라 다만 있었다. 마치 돌멩이처럼 결국 너는 살아본 일이 없었던 것이다. 살아본 일이 없다면 죽을 수도 없는 일이 아닌가. 살아본 일이 없이 죽는다는 것 아니 죽을 수도 없다는 안타까움이 현의 마음에 말할 수 없는 공포의 감정을 휘몰아왔다. 현은 잃어져가는 생명의 힘을 돋우어 이 공포의 감정에 반발했다.

(살아야겠다. 그리고 살았다는 증거를 보이고 다시 죽어야 한다.)

현은 기를 쓰는 반발의 감정 속에는 예기치 않은 새로운 힘이 움
터오르는 것을 느꼈다. 그 힘이 조금씩조금씩 마음에 무게를 가하
더니 전신에 충족감이 느껴지자 현은 가슴속에서 갑자기 우직하고
깨뜨려지는 자기 껍질의 소리를 들었다. 조각을 내고 부서지는 껍
질, 그와 함께 거기서 무수한 불꽃이 튀는 듯했다. 그것은 다음 차
원에의 비약을 약속하는 불꽃. 무수한 불꽃. 찬란한 그 섬광, 불타
는 생애의 의욕. 전신을 흐르는 생명의 여울, 통절히 느껴지는 해방
감. 현은 끝없이 푸른 하늘로 트이는 마음의 상쾌를 느꼈다.

(나머지 한 알의 탄환. 그처럼 내가 살아남는 것이라 하자. 그러면
어떻게 될 것인가. 그것은 누구도 모른다. 먼저 나 자신이 선택한 것이
다. 다음은——그것은 더욱 누구도 모른다.

분명한 한 가지는 외면하거나 도피하지는 않을 것이다. 외면하지 않
고 어떻든 정면으로 대하자. 도피할 수 없도록 절박된 이 처지. 정면으
로 대하도록 기어이 상황은 바싹 내 앞으로 다가온 것이다.)

이미 꽃밭의 시대는 끝난 것이다.

살아서 먼저 청부업자들을 거부하자. 떠들어대야 인생은 더욱
무의미할 뿐이라는 것을 뼈저리도록 알려주자. 꺼리고 비웃는 데
그치지 말고 정면으로 알몸을 던져 거부하자. 나 같은 처지의, 아니
나 이상의 경우의 무수한 인간들.

이웃을 보는 눈 귀 하나에도 조심을 담고, 건네는 한마디의 얘기
에도 남을 괴롭힐사 애쓰는 인간들. 늙은, 젊은 어린 남녀의 수많은
얼굴들……. 그리고 그 얼굴들이 있지 아니한가. 나는 외로울 수 없
다. 이제부터 그들 가운데서 잃어진 나 자신을 찾아야 한다. 그리고
청부업자들을 격려하고 주어진 땅 위에 그들과 함께 새로운 마을을
세우자. 거기에 내 덤의 삶을 바치는 것이다. 청부업자들의 교만과
포악을 곧 같은 인간인 자기 자신의 부끄러움으로 돌리고 한결같이

고통을 참고 견뎌온 '조용한' 인간들, 광기의 청부업자는 사라지고 '조용한' 인간들의 세계가 와야 한다. 조용한 인간들의 세계……

현은 가슴에서 피어오르는 훈훈한 것을 억제치 못했다. 되살아오는 어깨의 아픔. 땅 위에 가득 찬 이 몇백 배의 아픔. 이만한 아픔이면 기꺼이 받고 수월히 이겨내야 한다.

—그리고 살아서 먼저 가까운 사람들에게 조용히 내가 지내온 얘기를 들려주어야 한다.

현은 흐려져가는 의식 속에서 자기를 부르는 하나의 소리를 들었다. 쿵 하고 들려오는 포 소리보다 가까운 하나의 부르짖음. "보아, 저 소리, 벌써 저기 가까워오는 그리운 저 목소리."

울음에 가까운 그 부르짖음은 차차 이 동굴로 가까워오면서 산과 산에 부딪치고 골짜기를 감돌아 메아리에 또 메아리를 일으켜갔다.

산과 산. 어디까지나 이어간 산줄기. 굽이치는 골짜구니. 영겁이 정적은 깨뜨려지고 거기 새로운 생명이 날개를 치며 퍼득이기 시작했다.

오리와 계급장

대령(大領)은 차를 탔다. 그리고 뒤로 고개를 돌렸다.

"형님, 제가 앞에 타서 이거 안됐수다."

"원 별소리를 다 하누만, 님재 차 아니와."

"이게 왜 제 찬가요?"

"자기 차가 별거 있댑다? 타고 댕기면 제 거디."

부릉 하고 발동이 걸리면서 차는 앞으로 미끄러져 나갔다. 다다 다다 머플러 터진 소리가 났다.

"차가 좀 썩었습메게레."

"네, 머플러를 고쳐야겠는데."

"다른 차들은 매끈합데다. 이 차는 왜 그렇습마?"

저쯤 길 한가운데 애들이 모여서 놀고 있는 것이 보였다. 뚜뚜 운전병이 클랙슨을 눌렀다.

"아갸, 소리가 왜 이렇습마?"

"이게 원랫 겁니다."

“그래두 남들은 빵빵 하는 쌍 크락숀 달구 댕기두만.”

“그건 위반이지요.”

차는 그런대로 털거덕거리면서 거리를 빠져나갔다. 환히 트인 길 좌우에 푸른 보리밭이 저편 산기슭까지 잇닿아 있었다.

“형님, 두 시간이면 닿겠지요?”

“그럼 한 시간 반이면 넉넉하디.”

(그런데 차가…….)

대령은 뒤에 낀 타이어 생각을 했다. G급도 못 되는 타이어가 걱정이었다.

“그래두 님재는 성공한 거웨, 대령이 어디 와.”

“대령이 별거 있습니까?”

“아니웨, 일제 때면 리꾸궁 다이사 아니와. 그때야 어디 좀처럼 구경이나 했었습마. 소위만 해두 대단했디.”

(성공, 리꾸궁 다이사.)

“날 보시, 이 꼴 하구 이게 어디 됐습마.”

대령은 얼핏 뒤로 돌리려던 고개를 멈추고, 길섶에 보이는 무너져가는 초가에 눈길을 보냈다.

꾀죄죄한 어린것이 번쩍 두 팔을 쳐들었다.

대령은 손을 들어 거기다 턱경례를 보냈다.

(참, 이게 어디 된 일인가.)

대령은 무연히 팔짱을 꼈다.

10년 전, 이북인 그의 고향, 그리운 산과 들과 안온한 고을.

“형님, 해방 다음 해 3·1절 때 생각이 납니다.”

“생각하문 그때만 해두 호랭이 담배 먹던 시대웨. 님재가 월남한 건 그 딕후디?”

“네, 그땐 견디기 어려웠지요. 3·1 운동을 내리깎아 걸레같이

만들어놓구, 거기다 어린 소학교 애들을 시켜서 절대 지지를 부르
짖게 했으니 말입니다. 제가 끌구 갔던 여학생까지 뛰어나가기를
쓰다가 벌렁 자빠져서 걷혀진 스커트 밑에 허연 속치마가 드러났던
꼴이 아직도 눈에 선합니다.

"아마 님재가 그땐 총각이 돼서 그랬등 게디."

"원, 형님두."

"그때 김 선생이 공산당 대표루 연설을 했습메니."

"그게 더욱 슬펐습니다."

"아마 님재네들 1학년 때 담임을 했디."

"코흘리개 때지요."

"김 선생이 그땐 정신나간 사람처럼 돌아갔디. 오죽 눈꼴사나웠
습마."

"형님이 공산당 본부를 습격하구 월남한 건 그 해 5월이던가 그
랬지요?"

"아마 그랬을 거웨."

"광화문에서 처음 뵌 것이 그때쯤 되던 것 같아요."

"서북 청년회 사무실 앞에서 만났던가?"

"그랬을 겁니다."

"그때 님잰 신문사에 있었디?"

"네, 바로 옆이어서 가끔 찾아가서 친구들도 만나고 기삿거리도
얻어왔지요."

"님재 그때 서청(西淸)에 가입했었던가?"

"전 안 들어 있었습니다. 지금이니 말이지 형님들 하는 일이 너
무 무지무지해 보여서 겁이 났습니다."

"거 잘했습메니. 미련한 것이 한두 가지뿐이댔습마?"

피비린내나는 테러와 난무하는 아지, 삐라, 메시지와 노호, 집회

에 이은 행진, 모함과 중강과 욕설…… 그러한 어지러운 거리 위에
서 신문기자중 한 장을 가지고 갈피를 못 잡고 뛰어다니던 때가 어
제 같았다.

"한번은 농성한 파업 노동자들을 경찰들이 끌어내는 데 간 일이
있었지요. 피를 흘리고 쓰러진 노동자의 머리를 싸매주려고 할 때
경관이 달려와서 "이런 새끼는 그대로 둬!" 하고 거기다 발길질을
하고 갔는데, 그땐 참 괴로운 생각이 들더군요. 그렇지만 이북에서
하고 있는 꼴을 생각하면 이건 도대체 어떻게 판가름을 해야 할는
지 도무지 분간이 안 가더군요."

"사실, 그땐 정신차리기가 어려웠디."

"혼자 따돌리운 것만 같았습니다. 얼빠진 것처럼 되어가지구 신
문사를 뛰어나와 부두 노동도 해보고 농장에 들어가 농사도 지어봤
지요."

"님재두 별자(別子)웨니."

"저도 약한 편은 아니었는데 못 하겠습디다. 그래서 중학 교원으
로 들어갔지요."

"성격으로 봐서두 님재가 군대에 들어간 건 참 이상한 일이웨니."

"부끄러운 얘기지만, 뭐 국가니 민족이니 그런 거창한 생각에선
아니었습니다. 솔직히 얘기해서 목숨 하나 부지하려구 들어간 거
지요."

"님재두, 목숨을 부지하레 군대에 들어가는 사람이 어딨습마?"

"아니오 춘봉 형님. 여순 반란 사건 아시지요? 제가 ××에서 교
원을 하고 있을 때 그 사건이 일어났습니다. 교원들은 아침이면 다
투어 신문을 들여다보고 '이거 큰일났는걸, 이크, 여기까지 왔군.'
하면서 겉으로는 걱정하는 체하지만 속으로는 은근히 만세를 부르
고 있는 것이 헨등(분명)해 보였지요. 사람이 죽어가고 있는데 쥐

한 마리 설치지 않는 지붕 밑에서 쾌재를 부르고 있는 것을 보니까 어처구니가 없더군요. 곰곰이 생각해 봤습니다. '만일 내가 거기 있었다면 틀림없이 죽었을 게다. 만일 여기 그런 일이 생기면 맞아 죽을 것이 분명하다.' 이렇게 생각하니 앉아서 욕을 당하거나 죽기보다는 어차피 어떤 분명한 태도를 결정해야겠다는 생각이 들었습니다. 그래서 결국 육군으로 들어간 거지요."

버스가 한 대 먼지를 날리며 다가오더니 요란한 소리를 내며 스쳐갔다.

"님재 6·25 땐 대위됐지?"

"한심했습니다. 생시 같지 않더군요. 한강을 건너서면서부터 저는 이미 죽어 없어진 것으로 쳤지요. 그때부터 저는 하루하루를 덤의 삶으로 생각하고 있었습니다. 특수부대에 자원한 것도 부산 부둣가까지 밀려가서 물속에 들어가 빠져 죽을 수는 없었기에 자살할 셈치고 들어갔었지요."

"특수부대 얘기는 말게."

"형님은 장사(長沙)에 상륙했었지요?"

"말 마시. 혼이 났쉐, 혼이 났어."

"워낙 그때는 무리였지요."

"님재넨 그래두 그 덩도루 괜치않았습메니."

"인천 상륙이 늦었으면 어떻게 되었는지 모르지요."

"그래두 님잰 평양까지 갔다왔으니 다행이웨니."

"뭐 찝찔했습니다. 날도둑놈들만 눈에 띄어서."

"사람을 죽이는 전쟁판이니 무슨 일인들 없었갔습마."

차가 커브를 도는데 앞에 나타난 우차가 한 대 바싹 언덕으로 붙으며 황급히 길을 텄다.

"김 선생님은 영동에서 붙잡혔다지요?

“성호가 없었다문 꼼짝없이 죽었디.”

“거 다해이었습니다. 그때 성호가 바로 그곳 경찰서 사찰계장으로 있었군요?”

“그럼, 갸가 보증을 서서 꺼내다가 뒤에 당개(장가)꺼지 보내주디 않았습마.”

“어떤 여잔데요?”

“입산했던 부인인데 촌녀자야.”

“김 선생은 몹시 변했겠군요?”

“그럼 말이 아니디.”

“참 모든 게 변하구 말았습니다.”

“그렇습메. 그저 그 눅이오(6·25)가 탈이웨니.”

파앙!

대령은 깜짝 놀랐다. 차가 급정거를 했다. 춘봉 형님의 내어진 머리가 대령의 뒤통수를 떠받았다.

“아이쿠.”

춘봉 형님이 소리를 질렀다.

“체, 빵꾸야.”

운전병이 혀를 차며 차를 내려서서 허리에 팔을 올리고 터져나간 뒷바퀴를 흘겨보았다.

대령과 춘봉 형님도 내렸다. 대령은 뒤통수를 어루만지면서 춘봉 형님을 보고 어색한 표정을 지었다.

“잘 좀 고치시다나. 깜짝 혼이 났습메.”

대령과 춘봉 형님은 길가에 돋은 풀포기 위에 가서 앉았다.

“이래 가지군 해가 있기 전에 들어가긴 글렀는걸.”

“곧 될 겝니다.”

대령은 고개를 돌려 운전병보고 물었다.

“짜키 있나?”

“네, 빌려가지구 왔습니다.”

대령은 백양담배를 꺼내 춘봉 형님에게 권했다.

“김 선생님께선 제가 꼭 가는 줄 아십니까?”

“그럼, 눈이 빠지도록 기대리구 있을걸.”

“가는 길에 뭘 좀 사가지구 가야겠는데요.”

“좀 가면 장〔市〕이 서 있습메니.”

춘봉 형님은 달게 담배를 빨았다.

“거기선 닢초를 썰어서 신문지에 말아 먹는 게 기껏이야.”

“식량 사정은 어떤가요?”

“보리 한 가마씩을 받는데 반찬은 산채웨.”

“김 선생님두 그걸 먹겠군요?”

“그럼. 거기서야 누구나가 다 한 가지지. 생각하문 김 선생 팔자두 티껍게(더럽게) 기박한 거웨. 이북에 그대루 남아 있었으문 지금은 거뜬히 국당이디.”

“많이 달라졌겠습니다.”

“그럼 아주 딴 사람이디. 내가 하릴없이 친구들을 두루 찾아댕기다가 거기 김 선생 계시능 걸 알구 찾아갔더니 반가워하두마. 이북에서야 서루가 으르릉댔디만, 만나구 보니까 반가웠디. 김 선생은 그르케 돼서 나가떨어디구 난 나대루 쓸모가 없이 이르케 된 판이니, 비슷비슷한 신세 타령이댔디.

김 선생은 지금 한 가지 생각밖에 없대능 거야. 어드케 하문 촌에서 조용히 새끼들이나 길러가면서 살겠능가 하는 연구뿐이디.“

“애가 몇인데요?”

“다섯 살짜리 체네 아이하구 세 살짜리 아들이 있디. 그른데 김 선생 니애길 들어보니꺼니 되겠어. 김 선생이 본래 농업 학교 출신 아니와. 오리를 치구 병아리를 길러서 알을 받구 한겨울 지내문 염소를 살 수 있단 말이야. 두 마리만 사면 거기서 짜내는 젖으로 하루에 이천환 벌이는 틀림없대는 거야.”

“달걀을 까서 소 사는 문세(이치) 아니오?”

“아니디. 님재레 딕접 김 선생한테서 니야길 들어보시다나. 그래서 나두 이전 주먹을 내두를 데두 없구, 이전 또 그르구 싶디두 않구, 새끼덜두 커가는데 어디 좀 들어배길래던 판에 맘이 맞았디. 그래서 같이 고생하면서 재출발을 하자구 니야기가 돼서 네편네를 끌구 들어갔디.”

“생각 잘하셨습니다.”

“뭐 잘한 건 없디만 해봐야디.”

뚜뚜 타이어를 갈아낀 운전병이 경적을 울렸다. 둘은 다시 차에 올랐다.

장터에 닿았다.

“뭘 사갔습마?”

“소주나 한 병하구 쇠고기나 한 근 사지요.”

“쇠고긴 무슨 쇠고기야, 돼지고기가 제일이웨니. 돈을 이리 내시, 내 사올게.”

“아 제가 가지요.”

“대령이 어데 그릉 걸 사갔습마.”

한참 있더니 춘봉 형님은 소주 한 되와 돼지고기 한 근을 사가지고 돌아왔다.

“돼지고기 한 근에 400환을 달라구 해서 100환을 깎았디.”

“그렇게 깎아줍니까?”

“그럼. 달라는 대루 줬다간 뽕빠집메니.”

“아 참 애들이 있지요. 과자를 사오겠습니다.”

"원 님재두 무슨 과자와."

대령은 차를 내려서 막과자 한 근을 사가지고 왔다.

"애들이 도와(좋아)는 하갔습메만 그르케 돈을 써서 어드캄마."

차는 산허리에 파인 꼬부랑 길을 더듬기 시작했다.

마지막 고비를 넘어가자 앞에 탁 트인 벌판이 보였다. 저편에 여남은 채의 인가가 보였다.

"저기 보이는 기와집이 저게 지서웨니."

차가 지서 가까이 이르자 춘봉 형님은 서라고 했다.

"님재 잠깐 내렸다 갑세."

"왜요?"

"글세 잠깐 지서에 들렀다 갑세나."

대령은 춘봉 형님을 따라 지서로 들어갔다. 경사 한 사람과 순경 두 사람이 있었다. 둘이 들어서자, 그들은 고개를 들어서 쳐다보았다. 춘봉 형님이 대령을 얼싸안듯이 하면서 경사에게 얘기를 건넸다.

"저 인사하시디요. ××사령부에 있는 성 대령입니다."

대령과 경사는 동시에 경례를 붙였다.

춘봉 형님은 순경들에게 인사를 시켰다. 그때에야 대령은 그 뜻을 알아차렸다.

"저 저의 선배 되는 형님입니다. 여러 가지루 잘 부탁합니다."

지서를 나온 두 사람은 다시 차에 올랐다.

"인사는 해두는 게 돟습메니."

"……."

"아마 대령이 지서에 나타난 건 처음일걸."

춘봉 형님은 혼자 공연히 흐뭇해했다.

"나두 괜히 주먹이나 내두르구 돌아가디만 말구 경찰에나 들어갔다문 지금쯤 경감은 됐을 게 아니와."

"그랬을 겝니다. 그런데 아직 멀었나요?"

"저어, 저기 보이는 고개를 넘으면 돼."

산 속에서는 해가 금세 떨어졌다. 떨어지기가 바쁘게 어슬어슬해지더니 곧 어두워졌다. 마을 어귀에 닿았을 때는 캄캄했다.

"저기웨 저기."

춘봉 형님이 가리키는 어둠 속은 반딧불 같은 희미한 불빛이 몇 개 깜박거렸다.

"크락숀을 뙤시."

"왜요?"

길에는 쥐새끼 한 마리 얼씬하는 것이 없었다.

"왔다능 걸 알리야 할 게 아니와."

"뭐 조용히 들어가시지요."

"아니웨, 글쎄 좀 뙤시."

"……."

운전병이 뚜뚜 경적을 울렸다.

"자꾸 뙤시."

춘봉 형님이 또 재촉을 했다.

운전병은 그저 하라는 대로 또 경적을 울렸다.

(하 하아.)

대령은 짐작을 했다.

(동네 사람들에게 알리고 싶은 모양이군.)

"여기웨."

차가 섰다. 춘봉 형님은 재빨리 차에서 뛰어내리더니 자기 아들의 이름을 부르면서 뛰어갔다. 대령은 잠시 섰다가 천천히 그 뒤를 따라갔다.

10여 년 만에 은사를 만나는 것이 반가우면서도 한껏 두려웠다.

너무나 변했을 은사의 모습을 보는 것이 무서웠다. 가슴이 두근거
렸다.

대령이 개천을 건너섰을 때 어둠 저편에서 춘봉 형님의 목소리
가 들렸다.

"여기웨 여기."

램프등이 높이 들리었다. 거기 조명을 받은 무대같이 벽과 마루
와 밑돌이 드러났다. 그 등불이 기둥에 박힌 못에 걸리면서 그 희미
한 불빛 아래 어리는 하나의 그림자가 보였다. 춘봉 형님이 대령을
잡아당기듯이 그리로 끌고 갔다.

"김 선생님이웨."

대령은 모자를 벗으면서 조심스레 그리고 가까이 다가갔다.

"김 선생이십니까?"

"아, 성 선생이오?"

"이거 몇 년 만입니까?"

김 선생은 내민 대령의 손을 꽉 두 손으로 움켜쥐었다.

"얼마나 고생하셨습니까?"

대답이 없었다. 김 선생이 그 움켜쥔 손에 더욱 힘을 주었다. 그
손이 불덩어리처럼 뜨겁게 달고 있다고 대령은 느꼈다.

고개를 숙인 김 선생의 목덜미가 잔가락으로 떨고 있었다. 어금
니를 꼭 물고 있는 것이 입가에 생긴 쥐어당겨진 깊은 주름을 보고
알 수 있었다.

대령은 등불이 희미한 것을 다행으로 생각했다. 김 선생의 입에
서 느끼는 소리가 새어나왔다.

"선생님!"

대령의 손등에 뜨거운 것이 방울져 떨어졌다.

"선생님!"

대령의 목멘 소리에 춘봉 형님도 시선을 땅에 떨구었다. 한참 그대로 시간이 흘렀다.

김 선생이 고개를 들면서 마루로 대령을 이끌었다. 대령은 등불에 비치는 김 선생님의 두 눈을 보았다. 눈물어린 두 눈에는 생기를 찾아볼 수가 없었다. 멀거니 떠졌을 뿐 빛을 찾아볼 수 없는 두 눈망울이었다.

"오시느라고 고생 많이 했지요?"

"무슨 고생이겠습니까. 진작 찾아뵈어야 했을 텐데."

"이렇게 오시는 것만도 고맙지요."

"선생님."

대령은 나무라듯이 언성을 높이면서,

"말씀을 낮추십시오. 왜 자꾸 예입을 하십니까."

김 선생은 어색한 웃음을 웃었다.

"댁에선 다 안녕하시구?"

"네 덕택에 그저……."

"어머님을 모시구 계시지요?"

또 하고 대령은 마음속으로 뇌었다.

"네 서울에 계십니다."

"애들은?"

"둘입니다."

그때 춘봉 형님이 두 부인을 데리고 나타났다. 그리고 자 하면서 대령 앞으로 밀어냈다.

"인사드리우, 성 선생님이오."

김 선생의 얘기에 사십이 가까워 보이는 촌티나는 부인이 정중히 허리를 굽혔다.

대령은 마루에서 벌떡 일어났다.

"아 사모님이십니까? 이렇게 늦게 찾아뵈어서 죄송합니다."

춘봉 형님이 불쑥 한마디를 던졌다.

"자 이건 우리 네펜네웨."

삼십 내외의 원피스를 입은 부인이 생긋이 웃으며 머리를 숙였다.

"아주머니 안녕하십니까? 여기서 고생하신다는 말씀은 벌써부터 듣고 있었으면서두."

인사가 끝나자 세 사람은 방으로 들어갔다. 춘봉 형님이 밖을 내다보고 큰 소리를 질렀다.

"여보, 거 안주 좀 잘 끓이우."

대령은 좀 더 똑똑히 김 선생의 얼굴을 뜯어보았다. 머리는 무수한 흰 오리 탓으로 회색이었다. 이마와 눈언저리엔 깊숙이 여러 줄기의 주름이 새겨져 있었다.

변모! 10년의 세월이 흘렀다고 하나 너무나 심한 변모였다.

"성 선생은 옛날 모습 그대루군요."

"아뇨, 밤이니까 그렇겠지요. 저두 많이 변했습니다."

"아니 옛날보다는 더 좋아진 것 같수다."

"선생님!"

대령은 안타까운 표정을 지었다.

"말씀을 낮추십시오."

김 선생은 자기 자신이 야속하다는 듯이 힘없이 음성을 떨구었다.

"이전 이것이 입버릇이 돼서."

대령은 가슴이 뭉클했다. 도리어 10여 년 전 천여 군중 앞에서 절규하던 그때의 모습과 음성이 그리웠다.

춘봉 형님이 입을 열었다.

"김 선생은 짬짬이 글을 많이 쓰고 있담메."

"춘봉 씨두…… 내가 무슨 글을 쓴다구 그래?"

춘봉 형님은 대령을 보고 손짓을 해가면서 얘기를 시작했다.

"님재두 잘 알디 않습마. 일제 때부터두 김 선생님의 문필은 대단했쉐."

"그저 춘봉 씨는……."

김 선생이 거북하다는 듯이 손을 저었다.

"거저 난 김 선생만 따라가겠쉐. 아까두 니야기했디만 김 선생 계획대루만 하문 틀림없겠단 말이야."

춘봉 형님은 더욱 열을 냈다.

"먼저 오리부터 치야겠습메. 그르케서 알을 받거덩. 님재두 내일 아침에 보문 알갔지만, 벌써 40마리나 새끼를 사왔습메. 그른데, 이 놈의 땅주인인가 뭔가 하는 촌놈의 새끼가, 글쎄 이 집에 붙어 있는 땅 열 평을 가지구 야단이웨게레. 오리장을 만들라구 울타리꺼정 만들어놨는데 글쎄 안 된대능 거야."

"열 평 정도 가지구야 뭐 그럴 건 없지 않아요?"

"님잰 아직 사람의 심뽀를 모르누만. 이 집두 이거 김 선생이 직접 설계해서 이르케 말쑥하게 지어놓은 건데 그것부터 배가 아파하거덩. 이르니 오릴 키워서 알을 받아먹는 걸 차마 못 보겠다는 거디."

김 선생 부인이 술상을 들고 들어왔다. 돼지고기를 배추와 섞어 먹음직하게 볶아놓은 것 외에, 싱싱한 산채, 쑥갓, 도라지, 마늘, 파가 잔뜩 상을 괼 정도로 얹혀 있었다.

"이거 다 여기서 장만한 거웨. 이 쑥갓 보시, 이것두 김 선생이 다 만등 거람메."

술잔의 크기가 모두 달랐다. 대령은 제일 큰 잔을 들어서 김 선생 앞에 갖다놓았다.

"내가 이렇게 큰 걸 어드케."

“아, 선생님 오늘은 좀 드십시오.”

대령은 다음으로 큰 잔을 집어서 춘봉 형님 앞에 갖다놓았다.

“술이야 님재레 잘하디 않습마.”

“전 작은 잔으로 여러 잔 하디요.”

대령의 말투에도 차차 사투리가 섞여져 갔다. 세 사람은 술을 따른 잔을 높이 들었다.

“자!”

대령은 다음 얘기를 찾지 못했다. 무어라 해야 할지 적당한 말이 없었다.

김 선생이 잔을 들여다보며 혼잣말처럼 뇌었다.

“이거 참.”

“고맙쉐.”

춘봉 형님이 대령을 건너보며 싱긋이 웃었다.

“이거 뭐 변변치 않수다. 되레…….”

대령이 먼저 쭉 한 잔을 비웠다. 그리고 김 선생한테 잔을 돌렸다. 반 잔을 마시고 잔을 놓은 김 선생은, “아 이거.” 하면서 대령의 잔을 받았다. 그리고 자기 잔의 남은 것을 마시고 대령에게 건넸다.

대령는 곧 잔을 비워 춘봉 형님한테로 돌렸다. 춘봉 형님은 기다리고 있었다는 듯이 쭉 잔을 비워 대령에게 건넸다.

그렇게 해서 네댓 잔씩 마시고 나자 세 사람의 마음은 제법 풀어져갔다. 불그스레 술기가 얼굴에 오른 김 선생은 대령을 보고 감개 깊은 듯이 얘기를 건넸다.

“성 선생, 난 참 행복한 사람이오.”

“원 선생님 별말씀을 다. 그런 말씀 아예 마시고 술을 하십시다.”

대령은 빨리 얼마를 더 마시고 마음속에 댕겨진 줄을 탁 풀어놓아야겠다고 생각했다.

몸이 후끈 달아올랐다. 대령은 상의를 벗으려고 손을 앞 단추에
가져갔다.

"참 진작 벗을걸."

김 선생 애기에 춘봉 형님은,

"잠깐만."

하고 그것을 말렸다.

"가만 있으시, 잠깐만 있다 벗으시."

"왜요?"

"글쎄, 좀 기다리시."

갑자기 일어선 춘봉 형님은 밖으로 뛰어나갔다.

한참 있더니 사십 가까운 동민 한 사람을 데리고 들어왔다.

대령은 자기 왼편 쪽 자리를 비우면서 자리를 내려고 하는데, 춘
봉 형님은 부득부득 대령의 오른편 쪽에 손님을 앉혔다.

"자, 서루 인사를 하시디."

대령과 동민은 통성을 했다.

"저 ××사령부에 있는 성 대령이오."

춘봉 형님이 목청을 돋우어 소개를 했다. 동민은 힐끔 대령의 계
급장을 쳐다보면서 '김 아무개'라고 했다.

인사를 하고 나서도 힐끔힐끔 계급장을 쳐다보는 동민의 눈길을
느끼면서 대령은 춘봉 형님이 상의를 못 벗게 한 뜻을 알 듯했다.

"자, 더운데 옷을 벗으시."

또 몇 잔이 왔다갔다했다.

대령은 거푸 김 선생에게 잔을 권했다.

"선생님 고생 많이 하셨수다. 전 뭐 군복 입은 놈이 선생님한테
뭐라구 드릴 말씀이 없수다."

"성 선생, 나야 죄가 많은 놈이 아니오."

"죈 무슨 죄요. 죄야 누구나가 다 짓구 있는 게 아닙니까?"

대령은 조금 혀 꼬부라진 소리를 했다.

"그리구 선생님 말씀 낮추시라우요. 저야 선생님 제자 아닙니까?"

"뭐 다같이 늙어가는 게 아닌가?"

"늙어가디만 선생님은 어디까지나 선생님이디요. 전 춘봉 형님한테 니야기 다 들었수다. 쉰세 번이나 끌려가서 고생을 하셨다구요. 참 안됐수다. 전쟁이라는 게 그런 모양이디요."

"마지막, ××경찰서에 끌려갔을 때는 죽으려구 했지. 이 층에서 취조를 받다가 형사가 나간 뒤에 떨어져 죽으려구 창문을 열었지. 마침 그때 보자기에 옷가지와 먹을 것을 싸가지고 정문을 들어서는 여편네가 눈에 띄었어. 더욱 그때, 저기서 자는 다섯 살 난 계집아이를 배고 있어서 치마밑이 불룩한 것이 눈을 쿡 찌르더군. 그것을 보고 나는 어떻게 해서든지 살아야겠다는 생각을 했지."

그때 문밖에서 부인이 김 선생을 불렀다.

"손님이 오셨어요."

"누구요?"

김 선생이 벌떡 무릎을 세우면서 물었다.

"아, 아까 내가 저 옆에 사는 지섯분을 불렀쉐."

춘봉 형님은 재빨리 일어나 문을 열고 손님을 맞았다. 아까 지서에서 인사를 한 순경이었다. 김 선생과 동민은 안면이 있는 모양이어서 간단히 서로 인사를 건넸다. 갑자기 춘봉 형님이 순경에게 인사를 걸었다.

"아까는 실례했수다. 전 김춘봉이라구 합니다."

순경도 통성을 했다. 그리고 서로 악수를 나눴다.

대령은 놀랐다. 아까 지서에서 춘봉 형님은 자기를 소개하고 인사를 시켰던 것이 아닌가. 대령은 춘봉 형님이 이미 그들과 인사가 있는 것으로 믿고 있었다. 그런데 지금에 와서 인사를 나누는 것을 보니 춘봉 형님은 덮어놓고 지서로 대령을 끌고 들어갔던 것이다.

대령은 어리벙벙했다. 이건 앞뒤가 바뀌어도 이만저만이 아니었다.

몇 잔 술이 들어가자 춘봉 형님은 기세를 올리기 시작했다.

순경을 보고 얘기를 걸었다.

"수고 많이 하우다. 뒤루 많이 폐를 끼치갔수다."

"뭐 폐가 무슨 폐겠습니까?"

"내 친구도 경찰에 많이 들어가 있수다. 경감도 서넛 되구요. 총경두 뒷 되디요. 난 거저 친구덜 덕으루 사는 놈이웨다. 오늘 두 대령이 이르케 형님을 찾아준다구 술까지 사가지구 왔수다레."

대령은 그 얘기를 듣고 잠깐 춘봉 형님을 건너보고 순경에게 얼굴을 돌렸다.

"아까두 말씀드렸디만 우리 형님 좀 잘 봐주시우. 그리고 김 선생은 우리 은사외다. 제가 요로케 조곰했을 때 코를 닦아주면서 가르쳐준 선생님이디요."

김 선생은 그저 불그스레한 얼굴을 한 채 도연(陶然)히 앉아 있었다. 춘봉이 동민 김 씨를 보고 버럭 소리를 질렀다.

"여보 김 씨, 김 씨만은 날 허투루 안 보갔디요. 내레 이른 꼴이 됐다구 모르는 사람은 날 어드케 볼디 모르디만 이 김춘봉은 그래두 한땐 날릴 대루 날렸수다. 남 하는 짓은 다 했디요."

대령은 거기 장단을 맞추었다.

"이 형님은 사실 대한민국에서 멕여 살려야 할 사람이디요. 굉장히 투쟁을 한 분입니다. 빨……."

대령은 언뜻 김 선생 얼굴을 쳐다보고 마음속으로 아차 하며 입속에서 나머지 말을 굴려버렸다. "빨갱이 치는데." 하려다가 그만

애기를 거두고 만 것이다.

“김 씨, 주 씨보구 내가 그르문 재미없다구 하드라구 말씀 좀 전하우. 그래 오리장 칠 열 평두 못 되는 땅조각 가지구 뭐냐 말이에요? 이 춘봉이가 그래 고 땅조각 때문에 그르케꺼지 굽실거려야 되나 말이에요.”

김 씨는 그저 주억주억 고개만 흔들어 보였다. 대령은 춘봉 형님을 타일렀다.

“자 그런 얘긴 그만하구 술이나 마십수다.”

“성 대령, 님잰 가만 있으시. 말이 되나, 말이 되나 말이야. 오리 알 받아 먹갔다구 땅쪼가리 좀 쓰갔다는데, 그르케까지 재야 하느냐 말이야. 성 대령 그르티 않습마. 이북에만 가문 그까짓 게 문제나 됩마 어디.”

대령은 잔을 비워서 춘봉 형님에게 드렸다.

또 몇 잔 술이 돌아가는데, 춘봉 형님은 쉬지 않고 투덜투덜했다.

잠깐 춘봉 형님이 조용해진 틈에 순경과 김 씨는 엉거주춤 일어나며 집으로 돌아가야겠다고 했다.

“와들 가우. 뭐 이 춘봉이가 주정을 해서 그루. 이 춘봉이는 그래두……”

대령은 한쪽 무릎을 세우고 인사를 하고 김 선생은 문밖까지 전송을 했다.

세 사람만 남게 되자 더 몇 잔이 돌아갔다. 김 선생은 대령의 손을 붙들고 좀처럼 놓질 않았다.

대령은 어릿어릿한 정신으로 김 선생보고 “안됐수다 안됐수다.” 거푸 헛소리처럼 뇌었다.

거뿐해진 주전자를 들어보고 대령은 호주머니에서 돈을 꺼냈다.

“춘봉 형님 한 되만 더 사옵수다.”

"그르캅세."

"뭐 그만들 하지."

몇 잔이 더 돌았다. 춘봉 형님은 "성 대령 성 대령." 하고 거푸
대령을 부르다가는 "김 선생, 김 선생, 재출발이우다." 하고는 또
뭐라고 중얼거렸다. 갑자기 춘봉 형님이 대령을 불렀다.

"성 대령 이전 노래나 합세."

"돛수다 형님, 그럼 형님부터 부르슈."

대령은 약간 술이 깨는 느낌이었다. 노래엔 원래 자신이 없었다.

"으음 뭘 부를까?"

춘봉이 형님이 잠깐 눈을 감았다. 무슨 노래를 부를까 생각을 하
는 모양이었다.

그것을 보자 대령은, 바싹 정신을 차렸다. 춘봉 형님은 술만 마
시면 공산당 쳐부순다는 서북청년회의 노래를 부르는 버릇이 되어
있었다. 김 선생 앞에서 그것을 불러서는 난처했다. 그렇지만 춘봉
형님의 일이니 할 수 없었다. 저런! 그 입에서 흘러나온 노래의 첫
구절을 듣고 대령은 놀랐다.

　　푸른 하늘 은하수

춘봉 형님이 저렇게 취해 있으면서도 마음을 쓰고 있다고 대령
은 생각했다. 춘봉 형님이 다시 한 번 쳐다보였다.

(음 그런 노래가 있었군. 그걸……)

대령은 선수를 당한 것 같은 느낌이 들었다.

　　돛대도 아니 달고 삿대도 없이

(테러리스트가 저런 노래를 부르다니.)

가기도 잘도 간다.

대령은 김 선생의 얼굴을 건너보았다. 눈을 꾹 감고 듣고 있었다.
(자 그럼 난 무얼 부른다! 유행가, 그것이야 멋쩍어 부를 수 있나. 일본 노래를 부를까, 그것은 더욱 안 되지. 카추샤 노래? 그것은 김 선생이겐 실례가 되지. 푸른 하늘 은하수라, 잘도 골랐군.)

　　멀리서 반짝반짝 비추이는 것
　　샛별이 등대란다 길을 찾아라.

춘봉 형님의 노래가 끝났다. 세 사람은 다같이 박수를 쳤다.
"자 님재 차례웨."
대령은 잠시 망설였다. 김 선생의 얼굴을 훔쳐보았다.
(보통학교 때 배운 노래는 없나, 모두 일본 노래야. 가만 있자, 1학년 때 배운 것이, 아아.)
갑자기 대령의 머리에 계시처럼 떠오르는 것이 있었다.
(그렇지, 그것을 불러야지.)
"선생님, 이건 1학년 때 선생님한테 배운 겁니다."
대령은 한 번 크게 숨을 들이쉬었다.

　　이리 와 보시오. 밝은 달이 솟았소.
　　둥글고 둥글어 공과 같이 둥글어.
　　앞들과 뒷산에 공과 같이 둥글어.

부르고 난 대령은 언뜻 김 선생을 건너보았다. 눈은 꾹 감겨져 있는데 입언저리가 후들후들 떨리고 있었다. 김 선생은 또 한 번 힘 있게 대령의 손을 쥐었다.

"그랬구먼, 그런 노래가 있었구먼."

대령은 감회 깊은 어조로 노래 애기를 했다.

"거기 맞추어 유희도 했지요. 지금도 눈에 선합니다. 선생님은 저희들 한가운데 서 계셨고. 처음엔 손을 흔들고 다음은 두 팔을 들어서 둥글게 원을 만들지요. 다음은 한 팔로 두 번 둥그렇게 크게 그려 보이고, 다음에는 두 손의 엄지손가락과 새끼손가락을 가지고, 조그만 원을 만들어 보이고, 그리고…… 선생님?"

대령은 언뜻 애기를 멈추고 푹 고개를 떨구는 김 선생을 불렀다.

"성 군!"

그 목소리가 후들후들 떨렸다.

"그랬구먼, 참 그랬구먼. 벌써 얼마나 되나, 30년이 가까웠구먼."

"선생님!"

고개를 수그린 김 선생의 어깨가 들먹였다.

"선생님!"

대령은 일부러 명쾌한 가락을 지어 보였다.

"이번엔 선생님 차렙니다."

잠시 있더니 김 선생이 번쩍 얼굴을 들었다. 그 뺨에 두 줄기의 눈물이 흘러내리고 있었다. 김 선생은 노래를 부르기 시작했다.

　　아리랑 아리랑 아라리요
　　아리랑 고개루 넘어간다.

대령은 차마 노래를 부르는 김 선생의 얼굴을 건너보고 있을 수가 없어서 눈을 감았다.

갑자기 춘봉 형님이 김 선생의 노래를 따라 부르기 시작했다. 악을 쓰는 듯한 목소리였다.

나를 버리고 가시는 님은
십 리도 못 가서 발병 난다.

대령은 같이 따라 불렀다.

셋은 거푸 아리랑을 부르고 또 불렀다. 세 사람은 똑같이 얼굴을 찡그리고 불러 갔다.

마루에서 부스럭 소리가 났다. 부인네들이 듣고 있는 모양이었다.

대령은 눈물 섞인 김 선생의 노래 소리를 들으면서 무엇이 목구멍을 간질이더니 코허리를 칙 울리는 것을 느꼈다.

"김 선생, 춘봉 형님, 나 자신, 이 꼴이 이게 무슨 꼴이란 말이냐."

대령은 울고 싶었다. 그러나 그는 자기의 젖어들어 가려는 감정에 반발했다.

어떤 노여움이 밑바닥에서부터 피어오르기 시작했다.

(이 서글픈 가락 같이 부를 수 있는 노래가 겨우 이 아리랑밖에 없다니……. 심장이 발바닥까지 처지는 듯한 이 가락, 빌어먹을 것이. 힘차게 부를 수 있는 변변한 노래 하나가 없단 말인가. 푸른 하늘 밑에 거침없이 서로 가슴을 터놓고 목이 터져라 부를 수 있게 노래 하나가…….)

대령은 무엇이 꽉 들어찬 듯한 머리가 헤어질 듯했다.

(어째서 우리는 밤낮 눈물을 쥐어짜며 울어야만 하나. 이래 울고 저래 울고 도매를 맡은 울음이란 말인가? 물론 울어야 할 때는 울어야겠지. 그러나 지금은 울 수가 없어. 겨우 1막이 끝난 막간에 지나지 않는데 울 수 없지. 그렇지 3막이 모두 끝난 다음에 울어야지.)

그러한 생각이 들자 대령은 갑자기 노래를 그치고 소리를 높여 구령을 외쳤다.

"노래 그만, 차려어엇! 앞으로오 가아앗!"

대령은 우렁찬 군가가 들려오는 착각을 느끼며 술에 떨어져 그대로 벌렁 상 밑으로 쓰러져버리고 말았다. 다음 날 아침 대령이 눈을 떴을 때 방 안에는 김 선생도 춘봉 형님도 없었다.

부스스 일어난 대령은 눈을 비비면서 밖으로 나갔다. 아침 햇살이 눈부셨다. 간밤에 보지 못한 앞산이 눈이 시울도록 푸르렀다. 맑게 갠 하늘 색깔과 어울린 것이 참으로 아름다웠다.

대령은 쭉 휘둘러보았다. 앞에 개천이 흐르고 저편에 20여 호의 초가집이 늘어서 있었다.

김 선생이 마늘밭을 가꾸고 있다가 대령을 보더니 얼굴에 웃음을 띄우며 일어섰다.

"좀 더 주무시지 그래."

"아니오, 푹 잤습니다. 제가 제일 늦었군요."

대령은 마늘밭으로 걸어갔다.

"춘봉 형님은 어디 갔지요?"

"오리한테 멕인다구 매일 아침 일어나기만 하면 개구리 잡으러 떠나지."

"네에, 춘봉 형님두 많이 변했습니다."

"아니 그 고집이면 못 할 게 없겠어."

"그런데 어제 저녁, 기억은 희미합니다만 무슨 오리장 짓는 데 말썽이 있나요?"

"글쎄, 곡식두 못 심을 집 옆의 돌밭인데 그걸 좀 빌려달래두 얘기를 안 듣누만."

"어떤 사람인데 그렇게 인색한가요?"

"뭐 누구든지 그렇지. 난 여기 와서 새삼스럽게 깨달은 것이 있는데, 한때는 나두 노동자 농민하구 떠들어봤지만, 그렇게 한 마디 추상명사로 묶을 수 없는 무엇이 있는 것 같애. 너나 할 것 없이 곤란한 점도 있겠지만 영 얘기가 안 통하는걸."

"그래두 어디 그럴 수야 있습니까?"

그때 "성 대령." 하고 부르는 소리가 저편에서 들려왔다. 춘봉 형님이 풀줄기에 개구리를 잔뜩 꿰어들고 논두렁을 걸어오고 있었다. 정강이를 활짝 내어놓고 팔을 잔뜩 걷어붙인 것이 퍽 강한 느낌을 주었다.

뚜뚜 경적이 울렸다. 지프 차 위에 애들이 잔뜩 타고 있었다. 모두 과자를 먹으며 야단법석이었다.

"저런 어린애들이 있습니까?"

"저 뒤에 탄 게 아들 녀석하구 계집애지. 앞에 타고 있는 건 춘봉 씨의 아들이야. 우리 애들은 아마 지프 차 타는 게 처음일걸. 하하…… 저렇게 법석이군."

대령은 운전병보고 소리를 질렀다.

"애들 태우구, 저 고개까지 한 번 갔다오지 그래."

조금 있더니 다다다다 요란한 소리를 내면서 차는 고개를 향해 내달았다. 차 안에서는 더욱 야단이었다.

"여기야 참 촌이지. 저번에 도라지 캔다구 저쪽에 보이는 산을 넘어갔더니 거기 늙은이들이 비행기는 봤어두 자동차는 못 봤다는 거야."

"그래요? 그거 참 그렇기도 하겠군요."

대령은 좀 머리가 삥했다.

"반만 년 유구한 역사를 가진 문화민족인……."

문득 그렇게 훈시한 생각이 나서 좀 어색했다.

이리로 걸어오던 춘봉 형님이 저편에 누구를 보았는지, "선생, 선생." 하면서 그리로 걸어갔다. 그리고 어떤 젊은 사람을 붙들고 무어라 얘기를 시작했다.

"저 사람이 땅을 다루는 사람인데 그 오리장 지을 돌밭 열 평을 고집하는 사람이야."

"그래요? 어디 좀 가서 얘기나 해봅시다."

대령은 김 선생과 함께 그리로 걸어갔다.

둘이 다가가자 젊은이는 언짢은 눈초리로 대령을 쳐다보았다. 춘봉 형님이 인사를 시켰다. 대령은 머리를 숙였다.

"저 형님 되는 분인데 여러 가지 잘 부탁합니다. 김 선생은 제 어렸을 때 가르쳐주신 은삽니다."

젊은이는 더욱 얼굴을 펴지 못했다. 춘봉 형님이 젊은이를 달랬다.

"글쎄, 그거 아무 탈두 없디 않소? 내년 봄꺼지 좀 빌려주디야 못하겠소?"

"글쎄, 안 될 게 뭐요?"

"안 되니까 안 된다는 거지요. 오리 똥은 독해서 배나무에 해가 된다니까 그래요."

"아 배나문 데만침 떨어데 있구, 또 오리똥이 관계가 없대는 데 자꾸 그러시우?"

"자꾸 그러기야 댁에서 그러지 않소?"

대령이 한 발짝 앞으로 나섰다.

"자, 선생님께서두 널리 생각하시지요. 그만한 땅이야 어떻게 서로 좋게 할 수 있지 않겠습니까?"

"안 됩니다."

젊은이는 저쪽에 고개를 돌리면서 툭 한마디를 뱉었다. 대령은 조금 마음이 상했다.

"그렇게 말씀하실 건 없지 않아요? 지금이야 어떻게든지 모두 도와가면서 살아가야 할 때가 아니요?"

"글세 안 됩니다."

"안 될 게 뭐예요?"

"되면 해보시구려, 난 법대루 사는 사람이니까요!"

"법!"

대령의 목소리가 튕겼다.

"왜요, 댁은 법 없이 사십니까?"

"뭐?"

대령은 핑 하고 꼭대기까지 차오르는 뜨거운 덩어리를 느꼈다. 폭력에 대한 향수가 여울처럼 대령의 전신을 흘렀다.

주먹이 그 얼굴 한가운데서 터지고 뻘건 코피를 흘리며 쓰러지는 젊은이를 순간적으로 머리에 그려보았다. 그러나 대령은 주먹을 드는 대신 눈을 감았다.

대령은 자기 감정을 누르고 있으면서 그것이 퍽 오랜 시간으로 느껴졌다. 눈을 떴다. 젊은이는 그대로 눈앞에 버티고 서 있었다.

춘봉 형님이 발끈했다.

"그르케 니야기할 거 뭐요! 네? 안 되문 거저 안 된다구 하문 되지 않소?"

대령은 춘봉 형님을 제지했다.

"아니오 형님. 제가 공연한 얘기를 했나 봅니다. 여보시오 선생, 오해는 마시오. 뭐 제가 군복이나 입었다구 선생보고 그런 건 아닙니다."

대령의 부드러운 말투에 젊은이는 마음을 늦춘 듯 조금 그 표정을 달리했다.

대령은 한마디를 더했다.

"미안하게 됐수다."

젊은이의 입술이 움직였다.

"저두…… 저두 사실은 제대군인입니다."

"아 그렇소, 어디 계셨는데요?"

"5사단에 있었습니다."

"언젠데요?"

"피의 능선 싸움 때요."

"아 그래요? 몇 연대에 있었나요?"

"×× 연댑니다."

"그럼 × 대령이 연대장으로 있을 때군요?"

"그렇습니다."

대령과 젊은이가 주고받는 얘기를 듣고 있던 김 선생과 춘봉 형님의 얼굴이 차차 밝아져갔다.

산나물국으로 보리밥 한 그릇씩을 비운 김 선생과 춘봉 형님은 수저를 놓자, 뛰어나가 미리 준비해 두었던 울타리를 치기 시작했다. 열 평도 못 되는 개천을 낀 돌밭이었다. 울타리를 치고 나자 곧 오리 새끼들을 몰아넣었다. 아장아장 거니는 오리 새끼는 모두 스물일곱 마리였다.

"세 놈은 그만 죽었다."

춘봉 형님이 아깝다는 듯이 한마디 했다.

"새끼들은 무슨 새끼든지 귀엽단 말이야. 돼지 새끼두 새끼는 귀엽다메."

대령이 대꾸를 했다.

"그럼 보기 싫은 건 무엇이든 어른이겠군."

모두 웃었다. 김 선생도 춘봉 형님도 웃었다. 부인들도 웃었다. 땅 주인인 젊은이까지 웃었다. 애들도 막과자를 씹으면서 공연히 좋아서 깩깩 소리를 질렀다. 대령은 한참 오리장을 쳐다보았다.

열 평도 못 되는 땅…… 대령의 눈에 그것은 오리장이 아니라 어떤 영토같이 보였다. 이 영토를 위해서 대령이 필요했는지도 몰랐다. 대령은 슬그머니 오른편 옷깃에 달린 계급장을 만져보았다.

조국이여! 민족이여! 동포여!

문득 대령은 이렇게 입에서 뇌어보았다.

대령이 마을을 떠날 때의 요란한 머플러 소리에 놀랐던지 모든 동민들이 나와서 말 없는 전송을 했다.

김 선생과 춘봉 형님은 고개까지 따라나왔다. 거기서 작별 인사를 했다. 김 선생과 춘봉 형님은 대령보고 추석에 꼭 오라고 몇 번이나 당부했다. 대령은 꼭 오리라고 했다.

내리받이를 한참 굴러 내려가다가 대령은 뒤를 돌아보았다. 김 선생과 춘봉 형님이 아직도 언덕에 서서 손을 흔들고 있었다. 푸른 하늘을 등지고 두 사람은 뚜렷이 그 윤곽을 드러내고 있었다.

다시 몸을 돌린 대령은 단좌하고 앞을 내다보았다. 산기슭까지 뻗은 보리밭이 물결치고 있었다.

다다다다 머플러 소리가 요란했다. 대령은 이번에 돌아가면 어떻게 해서든지 차를 고쳐야겠다고 생각했다. 아직도 어제 저녁에 마신 술기운이 남아 있었으나 풀냄새 섞인 시원한 바람이 대령의 얼굴과 목덜미를 스쳐갔다.

대령에겐 별다른 일신상의 걱정이 없었다. 사령부에 돌아가면 수일 내로 작성해야 할 계획서가 기다리고 있을 뿐이었다.

다만 대령은 쓸쓸했다.

단독 강화(單獨講和)

눈은 저녁녘이 되어서야 멎었다.

산과 골짜기에는 반길이나 눈이 깔리고 소나무와 떡갈나무는 가지와 잎새에 눈을 그득히 얹고 힘에 겨운 듯 서 있었다.

간밤의 폭격으로 무너지고 패인 산허리나 골짜기의 상처도 온통 흰눈에 덮여버리고 말았다.

간밤엔 전투가 있었다.

그 뒤에 종일토록 눈이 내렸다.

저물어가는 흐린 하늘보다 눈에 뒤덮인 땅이 오히려 희다.

어슬어슬 어두워갈 무렵.

어디선가 비행기의 폭음 소리가 들리기 시작했다.

얼마 안 있더니 회색 하늘을 등진 희디흰 서녘 산마루를 넘어 한 대의 수송기가 그 육중한 자태를 드러낸다.

한참 시원스러이 동쪽으로 날고 있던 수송기는 옆구리에서 검고 조그만 덩어리 하나를 떨어뜨렸다. 덩어리는 세차게 낙하하여 산비

탈에 쌓인 눈 속에 처박히며 그 둘레에 비말 같은 눈가루를 뿌려놓
았다.

그러자마자 그것이 신호인 것처럼 골짜기의 이쪽과 저쪽의 웅덩
이 속에서 동시에 두 그림자가 튕겨 나오더니 검은 덩어리가 처박
힌 지점을 향해 무릎까지 오는 눈 속을 허우적거리며 기어오르기
시작했다.

간신히 떨어진 지점 가까이 이른 두 그림자는 서로를 인식하자
더욱 기를 쓰며 다투듯 그리로 기어올라갔다.

거의 동시나 다름없이 검은 덩어리에 달겨든 둘은 덩어리를 얼싸
안고는 한참 동안 말없이 어깨를 들먹이며 세차게 숨을 몰아쉬었다.

옷차림을 보아 둘이 다 병사 같았다. 그 중 한 명이 문득 비탈 위
편을 보았다. 가까이 시선이 가는 곳, 거기 움푹 패인 동굴 같은 것
이 있었다.

그는 아직도 씨근씨근 숨을 가누지 못하는 다른 한 명의 병사에
게 말을 건넸다.

"여, 기운 내. 저까지 끌어올려."

"어, 어덴데?"

그도 비탈 위를 올려보았다.

"그래, 그럭허지."

둘은 덩어리의 양쪽을 마주 붙들고 낑낑거리며 끌어 올려갔다.

한참 만에 간신히 동굴까지 끌어올려 놓은 둘은 털썩 땅바닥에
주저앉아 잠시 동안 헐떡거렸다.

"자——, 풀어보자."

키 큰 병사가 기운을 차리듯 어깨에 메었던 총을 땅바닥에 내려
놓았다.

그것을 보자 다른 한 명의 가냘픈 병사도 어깨에 늘였던 총을 내

려놓았다.

삽시에 풀어헤쳐진 짐짝 안에서 여러 개의 씨레이션이 굴러나왔다.

"야 됐어, 씨레이션이다."

"머? 시 뭐라구?"

"임마 씨레이션도 몰라?"

"뭔데?"

"촌놈의 새끼, 양키들 먹는 것 말야, 초콜릿, 비스킷, 통조림, 과일 통조림도 있을 걸."

키 큰 편이 퍽으나 익은 솜씨로 손 닿는 대로 통조림 깡통을 따갔다.

"홍, 이건 닭고기야."

"닭고기가 있어?"

가냘픈 편이 신기하다는 듯이 받아들어 코에다 대고 냄새를 맡았다.

"흐음, 흐음."

"머, 흐음야, 이건 비스킷, 쨈도 들어 있군."

"쨈?"

어느새 예닐곱 개의 깡통이 따졌다.

"자아 뜻밖의 생일잔치다. 어, 숟갈 받아."

"숟갈?"

키 큰 편은 합성수지로 만들어진 조그만 숟갈을 통조림 속에 찌르더니 솜씨로 한 숟갈을 퍼서 입 안에 넣고 음미하듯이 먹는다.

키 큰 편이 하는 양을 본받아 한 숟갈을 입 속에 처넣은 가냘픈 편은 단김에 꿀꺽 소리를 내며 삼키더니 부리나케 퍼넣기 시작했다.

그것을 보고 키 큰 편이 입가에 엷은 웃음을 지었다.

"하하, 역시 굶었었군."

불시에 한 통을 비운 가냘픈 편은 이번에는 낚아채듯 비스킷을 집어들어 우적우적 씹었다.

"동무, 이거 굴러 떨어진 호박인데, 이 새끼들 잘도 먹지?"

그 소리에 키 큰 편이 언뜻 숟갈을 쓰던 손을 멈췄다.

"머? 뭐라구?"

"이 새끼들 잘 먹는단 말이야."

"나보고 뭐라 했어?"

"뭐 말야, 동무?"

"동무?"

순간 키 큰 편은 들었던 깡통을 집어던지고 몸을 일으키며 허리에 찬 대검을 쓱 뽑아들었다.

"너, 괴뢰구나?"

"괴뢰?"

"괴뢰지! 꼼짝 마라, 손들어!"

가냘픈 편의 손에서 깡통이 떨어져 땅바닥에 굴렀다.

"너, 괴뢰지?"

"아, 아냐, 난 인민군이야."

"역시 괴뢰군."

"너, 넌 뭐가?"

가냘픈 편의 목소리가 떨렸다.

"나? 난 국군이다."

"국방군! 괴, 괴뢰구나."

"자식이, 꼼짝 마."

국군 병사는 인민군 병사의 가슴에 총검을 겨눈 채 그의 옆으로 다가가며 거기 놓여진 총을 힘껏 구둣발로 걷어찼다.

"어쩔 테야?"

인민군 병사가 높이 팔을 든 채 국군 병사에게 물었다.

"어쩔 테야라구? 손을 모아 뒷덜미에다 얹어!"

"어쩔 테야?"

"어쩔 것 같애?"

대답이 없었다.

"네가 선수를 썼다면 어떡허지?"

그래도 대답이 없었다.

"죽이겠지?"

역시 대답이 없었다.

"들어봐, 넌 벌써 죽은 셈야."

그러곤 국군 병사는 잠깐 말을 못 잇고 그대로 거기서 버티고 서 있었다.

"여기서 널, 지금 죽인다? 어디 시체하구야 한밤을 새울 수 있나. 살려두자니 잘못하면 내가 죽을 거구, 어떡헐까?"

국군 병사는 오히려 인민군 병사에게 반문하는 조로 중얼거렸다.

"어떡하면 좋지?"

인민군 병사는 그저 먹먹하니 앉아 있었다.

"별수 없군, 묶어야겠어."

국군 병사는 결심한 듯 뇌까렸다.

"어때?"

인민군 병사는 대답이 없었다. 국군 병사는 그러고도 한참 동안 힘없이 그대로 서 있었다.

"묶어놓고 내 손으로 먹일 수 없구. 여, 손 내려, 우선 제 손으로 먹고 싶은 대루 처먹어."

인민군 병사는 손을 내려놓고도 그대로 한참 동안 멍하니 앉아 있었다.

“왜 그래? 못 먹겠나?”

대답이 없었다.

“먹어! 안 먹으면 별 수 있어?”

국군 병사는 발밑에 있는 따진 통조림 하나를 들어 인민군 병사의 턱밑에 내밀었다.

“이건 쇠고기야, 먹어봐.”

인민군 병사는 느릿느릿 손을 내밀었다. 깡통을 받아들고도 좀처럼 숟가락을 들지 않았다. 서향한 탓으로 동굴 안은 아직 희미하게나 빛이 있었다.

“여, 그 대신 너, 아예 그 깡통을 들어 나한테 내던질 생각은 마.”

인민군 병사는 반 통도 못 먹고 나서 깡통을 땅바닥에다 놓았다.

“더 먹지 그래.”

“……”

“그럼 이젠 묶는다아, 돌아앉아, 팔을 뒤로 돌려.”

인민군 병사는 맥없이 시키는 대로 돌아앉더니 뒤로 두 팔을 돌렸다.

국군 병사는 야전 잠바 한가운데를 자르는 노끈을 풀어내어 인민군 병사의 팔목을 묶기 시작했다.

“너 장갑도 없구나?”

“……”

묶고 난 국군 병사는 인민군의 어깨에 손을 가져가 그의 몸을 자기 쪽으로 돌렸다.

그리고 나서 천천히 통조림 하나를 골라가지고 먹기 시작했다.

인민군 병사는 가만히 밑으로 눈을 깔았다.

“어려 보이는군. 너 몇 살이지?”

대답이 없었다.

"너 몇 살이지? 왜 대답을 안 해? 스물하나? 스물둘? 셋 넷? 뭐야? 그럼, 열아홉? 열일곱? 여섯? 다섯 여섯? 일곱? 여덟? 어, 너 우냐?"

인민군 병사가 코를 훑어올리는 듯하더니 어깨를 들먹거리기 시작했다.

"자식이 울긴."

인민군 병사가 그 소리에 더욱 코를 훑어올렸다.

"왜 울어? 분해 그러냐? 묶인 게 분한가? 하는 수 없잖아?"

인민군 병사는 어린애처럼 설레설레 머리를 가로저어 도리질을 했다.

"그럼 죽을까 싶어서?"

인민군 병사는 역시 도리질을 했다.

"그럼 왜 울어?"

"배, 배가"

"배가?"

"갑자기, 배가 아파."

국군 병사는 빙긋이 웃었다.

"뭐? 배가 아파서라, 정말야?"

인민군 병사는 고개를 끄덕끄덕했다.

"너 엄살하는 게 아냐?"

이번에는 고개를 가로저었다.

국군 병사는 먹던 손을 쉬고 하나의 깡통을 따고 그 속에서 소독하는 알약을 꺼내어 그의 입에다 몇 알을 넣어주었다.

"이것을 삼켜."

인민군 병사는 시키는 대로 알약을 입으로 받아 잠시 볼을 우물우물하더니 꿀꺽 삼켜버렸다.

"좀 나을 게다. 몇 끼니를 굶었어?"

“이틀째야.”

“음, 빈 속에 갑자기 퍼넣어 그렇지, 그런데 너 몇 살이지?”

“열여덟야.”

“열여덟?”

“응!”

“고향은 어딘데? ‘

“가평.”

“가평이라, 난 춘천이지, 어떻게 나왔어?”

“끌려나왔어.”

“뭘, 높이 되자구 앞장서 나온 게 아냐?”

“아냐.”

“집에서 뭘 했어?”

“농사 졌지.”

국군 병사는 한참 동안 말없이 인민군 병사의 이모저모를 뜯어보았다.

“너, 국군 몇 죽였어.”

“아냐, 그저 따라다녔어.”

“거짓말 마.”

인민군 병사는 국군 병사의 튕기는 언성에 흠칫 놀랐다. 그리고 다시 눈을 내리깔았다.

“너, 내가 널 죽이면 어떡하지?”

“…….”

“죽는 건 싫지?”

국군 병사는 바짝 그에게 다가앉았다.

“난 스물 넷이다. 너보담 여섯 살이나 위야. 너한테 나 같은 형이 있을지도 모르고 나한테 너 같은 동생이 있을 수도 있어. 그렇다고 서로 죽일 수 없다는건 아냐, 얼마든지 죽일 순 있지. 그런데 여기 선 내가 널 죽여봐야 소용이 없고 네가 날 죽인대도 별것이 없어, 나도 죽기 싫고 너도 죽기가 싫다면 어때 너와 나와 한 가지 약속을 할까?"

인민군 병사는 유심히 귀를 기울였다

"무슨 약속인가 하면 너와 내가 여기서 하룻밤 서로 해치지 않고 지내고 나서, 내일 아침 서로 갈 길을 찾아 헤어지잔 말이야, 약속 을 할 수 있다면 팔목을 맨 노끈을 풀어주지."

인민군 병사는 못 믿겠다는 듯한 얼굴을 했다.

"놀리는 건 아냐, 어때?"

인민군 병사는 한참 있다 떠보듯 고개를 끄덕거렸다. 국군 병사 는 등 뒤로 돌아가 팔목을 동인 노끈을 풀기 시작했다.

"너, 성이 뭐지?"

"장 가예요."

말투가 아까와 달라졌다.

"장 가라, 난 양이다. 그런데 한마디 일러두지만 아예 딴맘은 먹 지 마. 난 학생 때 권투를 배운 일이 있어. 그리고 동무 소리는 집어 치라우. 너 손이 얼었구나."

인민군 병사 장은 노끈이 풀어지자 손바닥으로 팔목을 어루만 졌다.

"그리고 너의 장총과 나의 엠원은 함께 이 노끈으로 묶어둔다. 재 어둔 총알은 끄집어내고 탄창과 함께 내 호주머니에 넣어둘 테야. 자 그럼, 너 씨레이션 곽을 모아 깡통에 든 성냥으로 불을 지펴봐."

한참 후 둘은 레이션 곽의 모닥불을 가운데 하고 마주 앉았다. 장이 모자를 벗었다. 까까중 머리가 더욱 앳되었다.

"너 참 어리구나. 배고프면 더 먹어라, 이제 배는 안 아프지? 이

과자두 먹구, 자 쵸콜릿.”

“동무”

“내 동무 소리 말랬지, 그저 양이라 부르든, 양 형이라 부르든 해.”

“양 형!”

“그렇지, 내가 위니까.”

“여기가 어디죠?”

“나두 모르겠는걸.”

“어느 편 진지에 더 가까워요?”

“아마 중간쯤 되겠지.”

“한복판이군요.”

“그럴 테지. 그러니 내일 아침엔 어떻든 너는 북쪽으로 가고 나는 남쪽으로 떠나면 되는 거야.”

“동무, 아니 저, 양 형.”

장은 한참 동안 무슨 생각에 잠기는 듯했다.

“무슨 생각을 하나?”

“제가, 제가 만일 국군에 잡히면 어떻게 되죠?”

“포로가 되어 수용소로 가게 되지.”

“죽이진 않나요?”

“전투가 아닌 담에야 어디 함부로 사람을 죽일 수 있나.”

“꼭 포로가 돼야 하나요?”

“그럼 포로가 아니면 뭐, 있어?”

“수용소로 안 가고, 그, 자기 발로 걸어간다는 걸로 말이죠.”

“귀순 말인가?”

“이곳에 국군이 온다면 그런 걸루 어떻게 그땐…….”

“뭐라구?”

양은 자기도 모르게 큰 소리를 질렀다.

"너 한다는 소리가……."

장은 한 길을 뛰듯 놀라며 뒤로 몸을 젖혔다.

"너어 다시, 그런 소릴."

올롱해진 장의 두 눈을 보고 양은 언성을 좀 낮추었다.

"장! 그런 생각을 하는 게 아냐. 전투에선 죽든지, 하는 수 없으면 포로가 되든지 둘뿐야. 배반은 안 돼. 그야 어디 전투뿐인가? 사람이 사는 게 모두 그렇지, 한군데 마음을 두었으면 그대로 버티고 나가는 거야. 운이 진하면 의젓이 말하는 거지, 데데한 짓은 말아야 해, 장."

장은 모닥불의 작은 불길에 눈을 주었다.

"난 그걸 너한테 원하지 않아, 그러기에 장도 나에게 그런 부탁을 할 생각은 말어, 아침이 되면 등을 돌리고 헤어질 뿐이야."

"미안합니다. 양 형, 전 나이가 어려 잘 분간이 안 가요."

"자네뿐인가, 누구나가 그렇지."

"저 말이죠……."

"뭔가?"

장은 눈길을 들어 말끄러미 양의 얼굴을 주시했다.

그리고 무엇을 마음에 다진 듯이 입을 열었다.

"얘기해도 돼요?"

"뭐든 해봐."

"가난한 사람도 잘 살아야죠?"

"그럼."

"일하는 사람이 먹을 수 있어야죠?"

"그렇구말구."

"농사짓는 사람에겐 땅이 있어야죠?"

"물론."

“그러면 그것을 왜 마다해요?”

“누가?”

장은 대답을 안하고 다시 모닥불의 불길에 눈을 주었다.

“이남에서란 말이지?”

“……”

“그래 이북에선 잘되든가?”

“한다구는 하는데 그렇게 되는 것 같지도 않아요.”

“말은 많지만 말대도 되는 일은 적지.”

“그럼 이 세상엔 말대로 되는 일이 그렇게 드문가요?”

“퍽이나 드물지, 나도 오랫동안 그런 것을 여러 번 생각해 봤지만 왜 그렇게 되는지 잘 모르겠어.”

“……”

“내 생각으로 분명한 건 하나 있지.”

“뭔데요?”

“이 세상엔 똑똑하다는 놈이 너무 많다는 거야. 그런 놈들이 비단결 같은 말만 늘어놓고 남의 일에 뛰어들어 말썽을 일으키지.”

“그럼 바보가 많아야 하나요?”

“나는 바보올시다, 이런 사람이 되려 낫지.”

“어떻든 너무 이치를 따지는 건 안 좋아.”

“그럼, 그저 들어 넘기나요?”

“어떻든 지금은 따질 때가 아냐. 다만 오늘밤은 여기서 새우고 해가 떠서 아침이 되면 너는 북으로 가고 나는 남으로 가는 것뿐이지.”

“……”

“지금은 무엇보다 그것이 제일 분명하단 말이야.”

“……”

“그러나 그것도 꼭 그렇게 된다고 다짐할 수는 없어, 가령……”

장은 어느덧 깜박깜박 졸고 있었다. 양은 그것을 보고 입가에 미소를 지었다.

"자, 장, 자세."

장은 흠칫 놀라며 두 눈을 크게 했다.

"하하, 장, 큰일날려구 그래, 자 난 너의 적이 아냐."

장은 히죽이 웃었다.

"약속을 했잖아요?"

"그렇지 약속은 했지, 그러나 장, 난 아직 그렇게까지 믿고 있진 않아, 자네도 믿지는 말게."

양은 장총과 엠원의 묶음을 동굴의 돌벽에 기대놓았다.

"자 이것을 등지고 자야 해. 이리 가까이 오지."

둘은 총묶음을 기대고 어깨와 어깨를 비볐다. 레이션의 모닥불은 거의 꺼져가고 있는데 동굴 밖 설경은 어스름 달밤 속에 고요히 잠들고 있었다.

장의 가느다란 코고는 소리를 들으면서 반잠을 자고 있던 양은 깜박 떨어진 지 얼마가 되었을까. 갑자기 확! 세차게 가슴을 윽박지르는 충격에 소스라쳐 일어나자 가슴을 쥐어잡은 장의 두 손을 날쌔게 뿌리쳤다.

"이 자식이."

그의 주먹이 기우는 장의 얼굴에서 터졌다.

"우악."

하고 장은 땅바닥에 쓰러졌다.

"너, 이 새끼."

장은 쓰러진 채 우우우 신음하면서 손으로 땅바닥을 더듬었다.

"너, 죽인다."

전신에 돋았던 소름이 걷히며 양은 어느만큼 마음은 가라앉힐 수 있었다.

장은 신음 소리를 내며 좀처럼 일어나지를 못했다. 양은 조심성 있게 성냥을 그어 레이션 곽의 조각에 불을 붙였다. 그는 그 불길을 땅바닥을 더듬고 있는 장의 얼굴 가까이로 가져갔다. 장의 코에서 피가 흘러내리고 있었다.

불길을 의식한 장은 힘없이 두 눈을 뜨고 조금 부신 듯이 얼굴을 찡그리더니 어어어 하고 헛소리를 틀어냈다.

"이 새끼야,너!"

그 소리에 장은 "네."하고 조금 정신을 거두었다. 양은 장의 멱 살을 잡아 치켜올렸다.

"이 죽일 놈의 새끼."

"네?"

장은 언뜻 흩어진 시선을 모으며 양의 노여움에 찬 얼굴을 건너 보았다.

"요 쥐새끼, 날 죽여볼려구?"

"네? 무어요?"

"너 고런 수작을……."

양은 장의 몸을 힘껏 밀어젖히며 멱살을 잡았던 손을 놓았다. 장 은 뒤로 쓰러지면 넋 빠진 표정을 지었다.

양은 그것을 한 번 노려보고 레이션 껍데기를 긁어모아 모닥불 을 만들기 시작했다. 흥분이 가라앉으며 으스스 몸이 떨렸다.

"장, 이리 가까이 와."

장은 흐르는 코피를 손등으로 닦아내며 황급히 모닥불 가까이로 다가왔다.

"너 그런 짓이 되리라 여겼나?"

"네?"

"네라니 내 목을 조르려 했지?"

"아뇨, 무슨 말씀예요?"

"왜, 가슴을 쥐어박았어?"

"아뇨, 전 그저 꿈을, 꿈을 꾸었을 뿐예요."

"꿈?"

"네, 무슨 꿈인지 잊었는데 아주 무서운 꿈을 꾸고 그만 놀라서……."

순간 양의 전신에 쭉 소름이 스쳤다. 소름은 연거푸 파상적으로 그의 전신을 스쳐갔다.

가슴에서 뭉클하고 커다란 뜨거운 덩어리가 치밀어올랐다.

"장!"

양은 그 덩어리를 간신히 목구멍에서 삼켜버렸다.

양은 소용돌이치는 마음을 가누며 장한테로 가까이 가서 손으로 그의 얼굴을 젖히고 장갑을 뒤집어 그것으로 코피를 닦아주었다.

"장, 난 그것을 모르고 자네가 날……."

"아뇨, 제 잘못이죠, 픽 놀라셨겠어요."

"아냐, 장."

양은 깡통 속에서 휴지를 꺼내 그것을 조그맣게 말아 그의 콧구멍에 찔러주었다.

"장, 좀 더 가까이 다가앉아 불을 쪼여. 좀 있으면 날이 밝겠지."

장은 모닥불 옆에 다가와서 다리를 꺾으며 쪼그리고 앉았다.

양은 한참 동안 종이가 타는 조그만 불길을 넋 잃은 사람처럼 물끄러미 쳐다보았다.

그는 혼잣말처럼 중얼거렸다. 그 음성은 신음에 가까웠다.

"정말 그들을 죽이고 싶네."

"네?"

"전쟁을 일으킨 놈들을 말이야."

양은 일어서서 동굴 밖으로 나갔다. 희부연 하늘을 올려보고 또 흰 눈이 깔린 골짜기를 굽어보았다.

한 번 크게 숨을 내쉬었다.

날이 밝자 뜬눈으로 드샌 양이 레이션의 모닥불을 피우고 반합에 눈을 넣어 물이 끓도록 장은 총묶음에 기대 자고 있었다.

볼과 인중에는 아직 여기저기 코피가 말라붙어 있었다. 양이 가만히 그의 어깨를 두드려 깨웠을 때 장은 멋쩍은 듯이 얼굴에 미소를 지어보였다.

둘은 눈으로 얼굴을 닦고 나서 아침을 먹었다.

장은 따뜻이 데운 통조림과 양이 끓여낸 커피를 먹으며 퍽이나 즐거워했다.

"장, 너, 저 레이션을 모두 가져."

"아, 저걸 다 어떻게요?"

"난 한 통이면 돼, 집어 넣을 수 있는 대루 가져가지 그래."

장이 갑자기 시무룩해졌다.

"이젠 헤어지게 됐군요?"

"안 만났던 것만 못하군, 코 언저리가 아프지?"

"아뇨, 괜찮아요."

식사를 끝낸 둘은 저마다 짐을 꾸렸다.

"자, 탄환을 받아."

양은 레이션 한 통을 꾸려 들고, 장은 두 통을 꾸려 메었다. 둘은 함께 동굴을 나섰다.

"장!"

"네?"

"잘 가라니 못 가라니 인사를 말기로 해. 자네는 저리로 가고 난 이리로 갈 뿐이야. 뒤도 돌아보지 마.”

양은 동굴을 내려서서 눈을 헤치며 골짜기를 향해 비탈을 더듬었다.

장은 그것을 한참 보고 섰더니 저편 골짜기로 발을 옮겼다.

눈을 헤치며 비탈을 내려가던 양은 골짜기에 쌓인 눈 위로 이리로 향해 올라오는 듯한 예닐곱 명의 사람을 보았다.

그 중 한 명이 멈칫 서더니 ‘서서 쏴’의 자세로 이리로 향해 장총을 쏘았다. 삐융 하고 머리 위를 탄환이 스쳐가며 총소리가 요란하게 메아리를 일으켰다. 엉거주춤 허리를 굽힌 양은 그것이 중공군의 일대임을 알아차렸다.

양은 본능적으로 발길을 돌려 동굴을 향해 기어올라갔다. 또 몇 발의 탄환이 머리 위 퍽 높은 곳을 날았다.

동굴에 뛰어들자 양은 어깨에 메었던 짐을 내려놓고 동굴 앞 바위에 몸을 눕히고 소총을 점검했다. 안전장치를 풀고 골짜기를 향해 겨냥을 했다. 400야드 안에 들어오면 쏘리라 생각했다. 아직 그때까지 시간이 있었다.

양은 햇빛을 받아 반들거리는 설경을 감상하듯 굽어보았다.

흰 눈이 얹힌 소나무 가지와 떡갈나무, 뒤덮인 눈 때문에 거리의 원근이 분명치 않은 골짜기, 대리석 조각의 여인의 젖가슴 같은 언덕과 산봉우리.

그러던 양은 난데없이 바른 편 눈 속에서 튀어나오는 사람의 그림자에 놀랐다.

“장!”

더펄거리며 장은 기어올라오고 있었다. 삐융! 그 위를 탄환이 날았다.

그는 아직 레이션 뭉치를 메고 있었다. 하늘에 닿는 숨결로 동굴

에 올라서자,

"양 형!"

하고 쓰러지듯 양의 곁에 몸을 엎드렸다.

"양 형!"

그것을 보고 미소를 지으려던 양은 언뜻 거두고 싸늘한 표정을 지었다.

"왜 왔어?"

"왜라뇨?"

"귀순시키러 왔나?"

"무슨 말씀을……."

"그럼 왜 왔어?"

장은 얼른 대답을 못 했다. 한참 동안 어깨로 숨을 쉬고 난 그는 말없이 장총을 들어 앞으로 내밀고 탄알을 재었다.

"왜 왔어?"

장은 조금 난처한 표정을 짓더니 거북한 듯이 대답했다.

"그냥 갈 수가 없어서요, 그래서."

"약속이 틀려."

"네?"

"지금이라두 내려가."

"한편 아냐?"

"양 형?"

"난 미담은 싫어."

"양 형!"

장은 애원하듯 양을 불렀다.

"엊저녁 저더러 따지지 말랬지요."

"넌 배반자야."

"괜찮아요."

"데데해."

"괜찮아요."

"넌 바보야."

"괜찮아요."

"글쎄 내려가래두."

양은 언성을 높였다. 장은 골짜기를 보고 있었다. 벌써 중공군은 산개 대형으로 동굴 가까이 올라오고 있었다.

양은 왼편 쪽에서 올라오는 중공군을 겨누었다. 가만히 방아쇠를 잡아당겼다. 그 자는 총을 던지고 푹 눈 속에 엎어졌다.

장의 총구에서 탄환이 날았다. 오른편 중공군 한 명이 뒹굴었다. 장이 양을 건너보고 빙긋 웃었다.

그러자 나머지 중공군은 둘로 갈라지며 이쪽 골짜기와 저쪽 골짜기로 몸을 숨기고 기어오르기 시작했다.

양은 좌로 이동했다. 앞에 드리운 소나무가지가 사격을 방해했다. 어느덧 중공군은 거의 삼백 야드 안으로 밀려들었다. 양은 벌떡 몸을 일으켜 "서서 쏴"의 자세로 연거푸 세 발을 갈겼다. 그 중 한 명이 쓰러지는 것을 확인하는 순간 양은 명치에 뜨거운 동통을 느끼며 쓰러졌다.

"양 형!"

장이 벌떡 일어나서 뛰어오려고 했다.

"바보 엎드려 저쪽을 봐. 그리고 그대로 들어."

양은 전신의 힘을 모아 소리쳤다.

"장, 손들고 일어나."

장이 흠칫 놀라며 양을 건너보았다.

"손들고 내려가."

“아뇨, 양 형.”

“내려가라니까!”

“양 형!”

“장, 이 바보, 너, 내가……”

“양 형!”

양의 얼굴에 어찌할 수 없는 안타까운 빛이 흘렀다.

그것은 순시, 갑자기 환희에 가까운 회심의 빛으로 변했다.

“옳지, 그리고 보니 넌.”

“네?”

“그렇군, 날 죽이려고, 나를 죽이려구 되돌아왔군, 그렇지? 그렇다면……”

양은 마지막 힘을 돋우어 떨구었던 엠원 총을 끌어당기며 간신히 상반신을 일으켰다.

“내가, 내가 널 죽일 테다.”

“아니야!”

장은 벌떡 몸을 일으켰다.

“아니야! 아니야, 아니야!”

장은 울부짖으며 양한테로 달려들었다.

타타타탕, 다다다다

좌우의 골짜기로부터 장총과 따발총의 일제 사격이 가해졌다.

장은 총을 그러쥔 채 천천히 한 바퀴 몸을 돌리더니 양이 넘어진 위에 겹치듯이 쓰러졌다.

엉켜진 두 몸에서 뿜어나오는 피와 피는 서로 엉기면서 희디흰 눈 속으로 배어들어 갔다.

한참 후 중공군 다섯 명은 옷에 묻은 눈가루를 털면서 천천히 동굴을 향해 올라오고 있었다.

망향

　내가 삼팔선을 넘어 월남한 것이 해방된 다음 해 봄이니까 타향살이 어느새 19년에 접어든 셈이다.

　나는 요즘 자주 고향에 돌아간 꿈을——아니 고향에 있는 꿈을 꾸는데 웬일인지 모르겠다. 갓 넘어오자 좌우투쟁이 어수선한 상황 속에서 비틀거리다가 6·25를 만나 전열에 뛰어들어 정신없이 돌아가야 했고, 그 뒤는 줄곧 생활에 허덕이다 보니 그런 꿈조차 꿀 여유가 없었던가 본데 올 봄에 자그마한 후생 주택 하나를 마련할 수 있어 가장 구실을 하게 된 까닭인지…….

　나는 3, 4년 전까지 돈이 생긴다 해도 내 집이란 것을 마련할 생각이 없었다. 고향을 떠나서부터는 어딜 가 살아도 생소한 남의 고장이라는 생각밖에는 들지 않는데다가 언젠가는 돌아갈 텐데 집은 무슨 집이랴 싶었다. 그러던 것이 어쩌다 목돈이 생기고 보니 길면 2년, 짧게는 6개월에 한 번쯤은 이사 다녀야 하는 전셋집 살림이 새삼스럽게 구차스레 여겨져서 교외도 교외, 고양군에 인접한 변두리에 후생 주택 하나를 마련한 것이었다.

친구들은 이제야 사람이 되어가나 보다고 익살 섞은 말로 축하해 주지만 아직까지 내 집이면서도 도무지 제집같이 느껴지지 않고 언젠가는 내 고향에 두고 온 옛집으로 돌아가리라는 생각에는 조금도 변함이 없다.

대지 40평에 건평 12평인 손바닥만한 집이 그토록 제 집으로 실감되지 않는 것은 역시 이북에 두고 온 고향집을 그리워하는 탓이라고 하겠는데 그렇게 제 집이라는 것이 생겨서 더 고향집 생각이 간절해진 까닭인지 요즘 자주 내 고향 옛집에 돌아가 있는 꿈을 꾼다.

그런데 나는 며칠 전, 그 아버지가 충북의 충주 가까운 곳에 내려가 있는 친구 이장환을 만나 그 아버지가 두 달 전에 세상을 떠났다는 이야기를 듣고 새삼스럽게 두고 온 옛집을 생각했다.

새삼스러운 나의 향수는 가슴이 저리도록 간절한 것이었다. 아니 눈앞에 드리운 보이지 않는 장막 같은 것을 예리한 칼로 섬벅 끊어버리고 싶은데 그것이 꽉 나의 얼굴 앞에 드리워 있어서 숨조차 드내쉴 수 없을 정도로 안타까우면서 가슴이 답답하기만 한 그런 그리움이라고 할까.

어젯밤만 해도 자리에 누워 어둠 속에서 내 고향 옛집을 그리다가 가슴을 조이는 갑갑증에 못 이겨 벌떡 일어나 전등을 켜고 한참 동안이나 앉아 있어야 했다. 나는 그렇게 멀거니 앉아서 몇 번 크게 숨을 내어쉬고 막혔던 가슴을 튼 뒤 장환의 부친이 그렇게 죽은 마음씨를 바로 나의 그것인 양 너무나 절실히 실감할 수 있었다. 나는 팔짱을 끼고 앉아서 작년 봄 이장환의 초대를 받고 이장환의 부친이 지은 집을 찾았던 때의 일을 뇌리에 되새겼던 것이다.

친구 이장환이 그 아버지가 영주(永住)를 결심하고 충주 가까운 시골에 지었다는 집으로 나더러 함께 내려가자고 달랜 데는 까닭이 있었다.

"아버지가 자네를 꼭 데려와야 한다는 거야."

"꼭이라니 그건 왜?"

"자네가 이북에서 우리 집을 드나들던 때처럼 거기 새로 지은 집의 마당을 자네가 들어서는 것이라든가 이북의 그 집에서 그러했듯이 건넌방에서 한밤새 화투 등속을 치면서 노는 것을 보고 싶다는 거야."

"거 또 뭐지?"

"음, 아버지가 거기 집을 지으신 데는 남다른 까닭이 있었어." 하고 이장환은 그 부친이 거기 집을 짓고 내려가게 된 까닭을 들려주었다.

작년…… 그러니까 지금으로는 재작년 봄, 그의 부친은 까닭 없이 한 달가량이나 지방을 두루 돌고 돌아오시더니 아담한 데가 있으니 거기 집을 한 채 지어야겠다고 말하더라는 것이었다.

해방 다음 해 봄에 월남하자 시작한 서비스 공장이 순조롭게 커져서 이제는 명륜동에 천여 만 원짜리 집을 사서 살게 되었는데 갑자기 시골에 무슨 집이냐 싶었지만 그 아버지는 꼭 거기 집을 짓고 거기 가 살아야겠다는 것이었다.

"거기 산형이나, 들의 생김새가 이북 고향의 그것과 비슷해. 앞을 흐르는 개천이 없는 것이 옥의 티라면 티지만 해가 뜨는 동녘 산봉우리나 그것이 지는 서녘 산봉우리가 모두 닮았어. 뒷산에는 거무스레한 소나무가 무성하고 거기 군데군데 밤나무가 끼여 있는 것마저 비슷해."

이장환이,

"그러시면?"

하고 조심성 있게 묻자 아버지는,

"음, 거기 집 한 채를 지어볼련다."

그제야 이장환은 아버지가 그 동안 얼굴이 까매지도록 시골을 돌아보고 오신 까닭을 헤아릴 수 있었다. 아버지는 늘 고향 생각을 하시고 거기 두고 온 집을 그리신 끝에 이제 그와 흡사한 지형을 찾아 그와 흡사한 모양의 집을 지으실 생각이고나—— 여겨졌다.

이장환으로는 부질없는 일이라고 생각되었지만, 아버지의 성미를 아는만큼 그것을 만류할 수는 없는 일이라고 체념할 수밖에 없었다.

이장환은 해방 후 고향을 뜨기 훨씬 전부터 백년 가까이 4대를 살아왔다는 그 집이 너무 낡아 누추한 것이 싫어서 기회 있을 때마다 개축하기를 여러 번 아버지에게 제안했다.

3년이 모자란 백 년이나 되는 그 디귿자 형의 기와집은 서까래도 썩고 기둥도 기울어서 바람만 불면 미식미식 주저앉을 듯싶은 소리를 내었다.

언젠가 이장환이 밤이면 밤마다 설치는 쥐가 역겨워 쥐틀을 놓으러 천장으로 올라가보았더니 곰팡이 냄새가 쿡 코를 찌르는데 부걱부걱 발이 빠지도록 먼지가 앉아 있었고 조심스레 걸어가도 미식미식 소리를 내는 판자는 가끔 그의 체중에 못 이겨 버석버석 떨어져 나가는 소리를 냈다. 모양 없이 기다랗기도 하고 덩그레 큰 부엌 밑바닥에는 검은 흙이 자[尺] 이상 굳게 깔려 있었는데 동리 사람들 가운데는 그것이 무슨 약에 쓰인다고 조금씩 얻어가는 일이 있었다.

아버지가 그것을 알면 복을 떠간다고 질색할 것이 뻔한 까닭에 마을 사람들은 아버지가 어디 간 틈을 타서 도둑처럼 몰래 찾아와 어머니더러 말하고 파갖고 가는 것이 일쑤였다.

댓돌도 백 년래의 그대로여서 거무스레하게 변색해 있었고 군데군데 이끼가 끼여 있었는데 추녀에서 떨어지는 낙수가 오랜 세월을 삭여서 깊숙한 것은 거의 어른의 약손가락이 닿고도 남을 깊이의 구멍이 뚫려 있었다.

개방적인 시골이라 담은 없고 따라서 대문도 없었는데 바로 집 앞을 흐르는 내에는 언제나 송사리 떼가 노닐고 있었고 그보다 좀 더 앞에 나 있는 넓은 늪에는 붕어니 메기 등속이 우글대었다.

집 둘레는 풍수학의 좌청룡우백호(左靑龍右白虎)랄 수 있듯이 뒷 산에서 뻗어내린 그렇게 높지 않은 능선이 멀찍이 감싸 흘렀고 그 것이 들로 빠져드는 한쪽에서 또 다른 한쪽까지의 들을 마치 싸리 담인 양 미루나무숲이 가로지르고 있었다.

그 속에 담아진 논밭이 꼭 세 정보—— 웬만한 가족이면 능히 자 급자족할 수 있는 낟알이 생산되었다.

해방 전 유명한 광산가가 그 집자리를 탐내 사자고 나섰다가 이 장환의 부친으로부터 봉변에 가까운 욕을 먹고 놀라 물러난 일이 있었다.

"대를 이어온 선영을 모시고 있는 땅을 사자니……. 이놈 돈이면 그만일 줄 아느냐."

하고 호통하는 바람에 흥정에 나섰던 사람이 쥐구멍을 찾았다. 좌 청룡으로 여겨지는 능선의 질펀한 언덕에 이장환네 할아버지로부 터 거슬러 올라간 5대의 선영이 자리하고 있었다.

이장환도 어렸을 적에는 미처 몰랐지만 철이 들면서 차차 자기 집 자리가 보통 명당이 아니라는 것을 깨닫게 되었다.

무엇보다 북녘이, 뒷산에서 감싸듯이 양쪽으로 흘러내린 능선으 로 말미암아 가려진 탓으로 겨울의 웬만한 하늬바람도 분지처럼 파 진 집 자리 위를 하늘 높이 스쳐갈 뿐이었고 봄이 돌아오면 남녘에서 불어오는 봄바람이 분지인 집터 안에서 머무는 듯이 느껴졌으니까.

그리고 향나무 밑에서 솟는 우물물은 겨울에 뜨스하고 여름에 차가웠다.

그러나 지은 지 백 년 가까운 집인지라 워낙 헐어서 마치 쇠잔한 노추(老醜)처럼 느껴졌다.

그래서 이장환이 부친에게 개축하자고 제언했던 것인데 부친은

"왜? 건너 마을 이 집사의 집 같은 양옥이 부러우냐?"

하더니,

"그거 유리창만 잔뜩 끼고 어디 아늑한 맛이 있더냐?"

하고는,

"네가 정녕 이 집을 헐고 새집을 지을 생각이 있다면 그건 내가 죽은 다음에 가서 맘대로 하려무나."

아버지의 마지막 그 한마디에는 다시는 내 앞에서 그런 말을 끄집어내지 말라는 언외의 꾸지람이 깃들여 있었다.

해방 이듬해 봄 그렇게 아껴온 그 집에서 축출되어 가재를 소달구지에 싣고 떠나던 날. 이장환의 아버지는 무엇 하나 거들지 않고 당신이 30여 년 간이나 차지해 온── 그 집에는 할아버지가 또 그전에는 증조할아버지가 수십 년씩 차지해 오다가 바로 거기서 운명하신 그 방에 앉아서 말없이 담배만 뻑뻑 빨다가 마지막 남은 짐꾸러기 하나를 짊어진 이장환이,

"아버지 이젠 떠나시지요?"

하고 말씀드리자,

"알았다."

하고 담뱃대로 재떨이를 때려 담뱃재를 털어낸 뒤 큰 기침을 한 번 키더니 천천히 일어서서 기다란 칡덩굴 지팡이를 집어들어 집 밖으로 나와 한참 동안 우두커니 서서 처다보고 있다가 한 바퀴 집 둘레를 돌아보고 나서

"이젠 됐다…… 가자."

하고 집 앞 개천의 징검다리를 건너 늪 앞에 이르러 또 한 번 걸음을 멈추어 한참 동안 굽어본 뒤에는 다시는 뒤를 돌아보지 않고 휠휠 걸어서 숲을 빠져나갔다고 한다.

그로부터 15년 만에 이장환의 아버지는 고향의 옛집 자리와 비슷한 환경을 갖추었다고 여겨지는 충북의 시골에다 이북에 두고 온 옛집과 비슷한 디귿자집을 짓고 어려서부터 고향집을 드나든 아들 이장환의 죽마고우인 나더러 한 번 내려와 달라는 것이었다.

나에겐 그러한 분부를 마다할 까닭이 전혀 없었다. 나는 이장환을 따라 이튿날 조치원과 충주를 거쳐 이장환의 아버지가 지은 이 집을 찾아갔다.

버스에서 내려서 30리 가량은 걸어 들어가야 하는 곳이었는데 커다란 고개를 넷인가 넘어서자 이장환은

“보고 놀라지 말게.”

하고 나에게 일렀다.

“놀라다니, 왜?”

“글쎄 놀라지 말라니까.”

이장환은 그저 그렇게 대꾸하기만 했다.

다시 조그마한 야트막한 고개 하나를 넘어서자 저 멀리 마주서는 높다란 산까지 트인 들을 건너보는 순간 나는 ‘하하하하.’ 하고 마음 속으로 수긍의 고개를 주억거리지 않을 수 없었다.

이장환의 이야기를 듣고부터 그러리라고 미리 마음먹었던 탓인지 옛날 이북의 이장환의 집을 찾아들어 갈 때면 눈앞에 전개되던 지형과 어딘지 모르게 흡사하다는 느낌이 들었다.

마주보이는 높다란 산이며 거기서부터 양쪽으로 흘러내린 능선이며 그 능선이 들로 빠져드는 지점과 지점을 가로막고 있는 숲이며 하나하나 따져보면 같은 것이 없었지만 그것을 모두 합친 전체

적인 인상이 퍽 낯익었다.

"흐흠, 처음 보는 느낌이 아닌걸."

"비슷해 보여?"

"흠, 헨둥해."

그렇게 나는 나도 모르게 고향 사투리로 대꾸했다.

헨둥하다는 말은 근사하다는 뜻의 평안도 사투리였으니까.

그런데 걸음을 재어 아카시아 숲을 지나 차차 다가들어 갈수록 웬일인지 이장환네가 이북에 두고 온 집터와 비슷하다고 느낀 전체적인 인상은 자꾸 흐릿해만 갔다.

그러나 저만치에 자리한 디귿자 집을 건너보았을 때 나는

"아."

하고 짧게 목을 울리고 그 자리에 서버리고 말았다.

그것은 분명히 그 옛날 이북에서 자주 보아온 이장환의 집임에 틀림없었다.

집 모양이 같다는 것뿐만 아니라 지은 지 한 달이 넘지 않은 신축이면서 그것이 몹시도 낡아 보여 너절하게 느껴지는 것조차 비슷하지 않은가.

그리고 나는 알고 있었다. 디귿자 집의 서쪽 한 끝에 달라붙어 있는 시골식 뒷간의 짚으로 둘러싼 울타리 밑의 한 귀퉁이에 나 있을 개구멍을…….

그것마저…….

집으로 가까이 다가갈수록 나의 감회는 전신을 스치는 파상적인 소름으로 나타났다.

늪을 끼고 도는 좁다란 길이라든가, 개천에 놓인 나뭇조각을 새끼로 묶은 징검다리라든가, 조금 밑에 가서 웬만큼 물이 고인 웅덩이라든가, 아아, 그리고 기울어진 외양간의 기둥…….

그 속에 송아지 한 마리가 고삐로 말뚝에 매어져 있었다.

마당에 들어서자 나는 한가운데 버티고 서서 둘레를 한 번 휘둘러보았다.

지붕을 얹은 기와는 새 기와가 아니었다. 어디서 구해 왔는지 추녀도 낡은 양철이었다.

벽이란 벽은 모두 흙으로 발라 있었고 집 한 모퉁이에 굵다랗게 올라간 굴뚝도 흙으로 빚어져 있는데 그 꼭대기는 무슨 상자를 올려놓은 양 나뭇조각으로 엮어져 있었다. 대청이란 것은 없고 댓돌 위 높다란 장소에 나무평상이 놓여 있고 문이란 문에는 모두 우악스러운 쇠고리가 달려 있었다.

"어떤가?"

이장환이 나한테로 다가서며 나직한 목소리로 물었다.

"음."

하고 나는 잔뜩 어깨를 젖혀 하늘을 우러러보고는,

"이렇게 마당에 들어서니까 정말 이북의 자네 집에 간 착각이 드는걸…….

"놀랐지?"

"음, 놀랐어."

"그런데……."

하고 이장환은 잠깐 입을 다물었다가,

"난 이상하게두 이북의 집하고 비슷하면 비슷할수록 아니 비슷하게 본땄다고 보이면 보일수록 되레 생소한 느낌이 드니 웬일인지 모르겠어."

하고 곤혹에 찬 표정을 지어보였다.

"비슷해 보일수록 생소하게 느껴진다……."

"음."

그때

"이거 누구디? 농하 아니와?"

하는 귀익은 음성이 등 뒤에서 들렸다. 내가 휙 그리로 몸을 돌리자 기와집과 외양간 사이에서 이장환의 아버지가 불쑥 마당으로 들어선다.

두툼한 무명옷 아래 위에 대님을 매고 자색 조끼를 입고 있었다.

"아 아부님 그동안 안녕하셨습니까?"

하고 내가 손을 모으며 허리를 굽히자 안면에 잔뜩 희색을 띤 이장환의 아버지는,

"잘 왔구면, 잘 왔어……."

하고 다가서더니 나의 오른 어깨 위에다 한 손을 얹고는 한참 동안 물끄러미 나의 얼굴을 들여다보았다.

"임자두 이제 얼굴에 잔주름이 생기구?"

하더니,

"가만 있어."

하고 나의 어깨에 놓았던 손을 펴서 밀어젖히듯이 내어뻗으면서 마당을 가로질러 훌쩍 댓돌 위 평상에 올라가 앉더니

"자, 장환이허구 둘이서 한 번 다시 나갔다가 들어와 봐주게."

하고 일렀다.

나는 어리둥절했으나 이장환이 눈짓을 하기에 그를 따라 징검다리까지 되돌아갔다.

"아버진 자네허구 내가 옛날 이북에서처럼 나란히 서서 마당으로 들어서는 것을 보고 싶어하는 거야."

하고 조금 미안쩍은 표정을 지어보였다.

"뭐 그야 어려울 것 없지."

그래서 그와 나는 다시 걸음을 옮겨 좁다란 길을 따라 나란히 마

당 안으로 들어갔다.

"좋아, 됐어."

하고 소리치다시피 하면서 고개를 아래 위로 주억거려 보였다.

그렇게 내가 이장환이와 함께 마당 한가운데에 가서 어쩔 줄을 모르고 서 있자 이장환의 아버지는 훌쩍 평상에서 마당으로 내려서더니 나더러,

"농하 어떤가, 고향 간 생각이 안 들어?"

하고 물었다.

"네."

하고 대꾸한 나는.

"정말…… 두고 온 댁과 어쩌면 이렇게도."

하고 슬며시 이장환의 얼굴을 훔쳐보았다. 그의 얼굴에서 아까 엿보였던 곤혹의 빛은 사라져 있었으나 그래도 어딘지 그늘져보였다.

그러나 그의 아버지는 그 주름진 얼굴에 하염없는 그리움의 빛을 띠며

"똑같이 만드느라구는 했는데 일하는 사람들이 전혀 본 일 없느니만큼 여간 애를 먹지 않았구면."

하고 자족한 듯이 고개를 좌우로 돌려 한 번 쭉 둘레를 훑어보는 것이었다.

그러더니,

"자, 시장할 텐데 이제 안으로 들어가 봄세."

하고는 따라오라는 손짓을 하면서 훌쩍 평상으로 올라섰다.

평상을 거쳐 안으로 들어선 나는 방안에 깐 삿자리를 보고 또 한 번 놀랐다.

"이거 어서 구하셨습니까?"

오랜만에 삿자리를 본 나는 꿇어앉자 매끈하면서도 꺼칠꺼칠한

삿자리를 손으로 쓸어보았다.

"자 편안히 앉으라구."

하고 이장환의 아버지는 아랫목의 나무재떨이에 기대놓았던 장죽을 끌어당겨 찬찬히 써래기를 담아 물더니,

"구하는 데 좀 힘은 들었어."

하면서 한 손으로 소중한 듯이 조심성 있게 삿자리를 쓸고 나서,

"떠난 지 15년이나 지났디만 고향에 돌아간다는 건 이제 틀레버렸구, 더 기다레보재니 내 나이가 있어. 그렇다구 무슨 재간으로 거기 있는 산을 옮겨 올 수두 없는 노릇이구 해서 이렇게 집을 지어본 거디. 똑같을 수야 없지만 제 고향 제 집을 찾아간 기분이 들어서 한결 마음이 좋구먼."

하고 잠깐 뜸을 들이더니,

"그런데 사람이 욕심이란게 한이 없어. 이만큼 흉내를 내보니까, 자질구레한 데 더 마음이 써져서 탈이야. 모난 댓돌 하나두⋯⋯. 그놈이 거기 있었던 같아 거기 꽂아보면 어쩐지 또 거기가 아니었던 것 같구⋯⋯. 그래서 이리 꽂았다가 저리 꽂았다가 대여섯 번이나 이리 뒤지고 저리 뒤지다가 도루 처음 꽂았던 자리에 집어넣은 일두 있었어⋯⋯."

그날 저녁 나는 이장환과 겸상으로 그의 아버지와 저녁을 먹었다.

밥 바리가 놋그릇인 것이 인상적이었는데 밑반찬 외의 별식은 되비지였다.

비지라면 이남에서는 두부를 앗은 뒤의 찌꺼지를 두고 말하지만 고향의 그것은 콩을 갈아 거기 돼지 뼈다귀와 살을 넣어 끓여내는 것으로서 보통 '되비지'라고 일컫는 것이었다. 월남한 이북 사람들도 구미는 느끼면서 품이 들어서 그렇게 흔히 만들어 먹지 못하는 음식이다.

나는 그 되비지에서 만문해진 돼지 뼈다귀를 골라내어 빨면서 이장환의 아버지가 고향을 그리는 마음씨가 이만저만이 아닌 것을 깨달았다. 이장환의 아버지는 되비지에서조차 고향의 냄새를 맡으려는 것이 아닌가.

그것은 향수라는 표현 따위로는 어림도 없는 집념이라고 일컬어야 할 그렇게 세찬 그리움——아니 살을 저미는 아픔을 자아내는 호곡이라고 할까.

그런데 나는 처음 이장환이 그러한 아버지를 못마땅하게 여기는 까닭이 모처럼 궤도에 올라선 사업에 어쩌면 옹어리가 질까 하는 데 있는 줄 생각했지만 그 뒤에 알고 보니 그의 걱정은 그런 데 있지 않았다.

나는 그날 밤 이장환과 더불어 밤늦게까지 화투놀이를 하다가 안방에서 이장환의 아버지가 코를 고는 소리를 듣자 석유등불을 끄고 자리에 들었다.

그 석유등도 이장환네가 해방 전 고향의 그 옛집에서 쓰던 ‘방등’ 을 본떠서 만든 것이었다.

이튿날 나는 이장환과 함께 서울로 올라왔던 것인데…….

그로부터 일 년쯤 지난 며칠 전 이장환을 만나 그 아버지가 충주 가까운 그곳의 집 앞에 판 늪에 빠져서 돌아가셨다는 부보를 들은 것이다.

이장환은 나와 만나 어느 어두컴컴한 목로집으로 찾아가 술을 나누면서 그 아버지가 그렇게 돌아가실 때까지 있었던 몇 가지 이야기를 들려주었다.

지난 가을 이장환의 아버지는 그 생신날에 이제 몇 남지 않은 서울에 사는 옛 친구들을 그리로 내려다가 잔치를 베풀었다고 한다.

거기서 영감님들은 술을 나누며 고향 이야기를 주고받다가는 서로 수심가를 밤늦게까지 한없이 부르더라는 것이다.

　"그리고 서로 얼싸안고 웃다가는 울고 울다가는 웃고 하는 품이 철들기 전의 어린애들 같아 보이더군. 나는 시중을 들면서 영감들의 주고받는 얘기를 들었는데 그저 그렇고 그러한 씨 없는 얘기들이야. 한 가지 느낄 수 있는 것은 그저 고향을 다시 못 볼 것이라는—— 한——이더군."

　"한?"

　"음, 서러운 한이지."

　"한이라……."

　"그리고 영감님들은 거기서 2, 3일씩 묵고 나흘 뒤에야 모두 떠나버렸는데 그렇게 보내놓고 난 뒤의 아버지는 마치 얼빠진 사람 같아 보였어."

　"그럴 법도 하지……."

　"그것이 아버지로서는 친구들과 벌인 마지막 향연이었어, 그런데……."

　이장환은 한 번 한숨을 내어쉬고 나서,

　"그 뒤로부터는 짜증을 잘 내시구……. 그래서 따라 내려간 사촌 내외나 시중을 드는 사람들이 여간 신경을 쓰지 않으면 안 되었다는 거야. 심지어……."

　언젠가는 아닌 밤중에 일어나 모두들 깨워놓더니, 어째서 이 집에는 쥐도 없느냐고 야단을 하는 바람에 모두 어리둥절할 수밖에 없었다고 한다.

　"어떻게 되신 겁니까?"

하고 조심성 있게 묻자, 그제야 아버지는 마음을 가다듬는 품이더니,

　"음, 누워 있는데 너무 조용해서…… 외양간의 송아지 고삐를 잡

아맨 고토리가 달가락거리는 소리가 들리는데…… 문득 천장에서
쥐가 설레이지 않는다는 생각을 했지, 왜 쥐가 없을까, 쥐가…….”

그래서 이튿날 사촌은 거기서 웬만큼 떨어진 마을로 가서 한 마
리에 50원씩을 주고 산 쥐를 다섯 마리나 사다가 천장 위에 풀어놓
아 주었다고 한다. 혹시 다른 데로 흩어질까 싶어 쌀 두 되와 보리
서 되를 여기저기 뿌려놓은 뒤에…….

그리고 오늘 잠인가 내일 밤인가 하고 기다렸지만 나흘이 지나
도 아버지가 천장에서 쥐가 셀레는 소리를 들은 기색은 보이지 않
았다.

사촌은 공연스레 250원이나 들었다고 후회하게 된 닷새째 되는
날 초저녁, 뒷간에 갔다 돌아오는 마당에서 사촌은 비명에 가까운
아버지의 째진 목소리를 들었다.

무슨 일이 일어났는가 싶어 기겁을 하고 안방으로 뛰어든 사촌
은 부엌으로 나 있는 장지문 틈에 바싹 머리를 갖다대고 있는 ‘아
버지’를 보았다.

사촌은 황급히,

“무슨 일이십니까?”

하고 다가 묻자, 아버지는 그리움에 가득 찬 실눈으로 사촌을 올려
다보며 속삭이듯이,

“조용히.”

한마디 타이르고는,

“여보게, 이리 와서 좀 들어보게.”

하며 가까이 다가오라는 손짓을 했다.

무슨 영문인지 알 수 없으면서 사촌은 분부대로 다가가 주저앉
으면서 장지문 틈에다 귀를 갖다대어야 했다.

“어때, 쥐 소리가 들리지?”

“네?”

“가만히 들어보게…… 방금 쥐 우는 소리가 들렸어.”

사촌은 “아버지”와 바싹 마주앉아 똑바로 그 얼굴을 처다보기가 몹시 겸연쩍어서 눈을 깔았다.

잠시 후 견디기 어려운 정적을 깨뜨리고——사촌에게는 그야말로 “깨뜨리고” 부엌의 어느 구석에서 짹짹하고 두 번 쥐 우는 소리가 문틈으로 새어들어왔다. 그러자 “아버지”는 두 눈에 회심의 빛을 띠며,

“어때? 들리지?”

“네, 두 번 울었어요.”

사촌은 소학생처럼 그렇게 대꾸했다.

“아버지는 쥐 소리마저 그리웠던 모양이야. 그 쥐는 옛집에서 울던 쥐가 아닌데도 말일세.”

이장환은 쓸쓸히 웃고 나서,

“석 달 전 거기서 증조할아버지의 제사를 지내게 돼서 가까운 친척들은 대개 내려갔는데 아버지는 이북에서두 이렇게들 모였었다고 하시면서 여간 기뻐하시질 않았어. 그리고 제사가 끝난 뒤 음복을 하셨는데 아버지는 오랜만에 과음을 하셨던가 봐. 갑자기 술상을 물리시더니 통곡을 하시지 않겠나…… 모두 놀라서 왜 이러십니까고 물었지.”

이장환은 잠깐 입을 다물었다가,

“아버지는 이북에 두고 온 누님을 생각하시고 우신 거야……. 우셔도 여보게…… 그저 우시는 게 아니라 가슴을 쥐어뜯으면서 우셨으니…….”

“알 만하네.”

“그 뒤부터…… 나는 이틀 후 서울에 올라와 버렸는데…… 사촌

이야기를 들으면 무언가 혼잣말을 하시는 버릇이 생겼다는 거야.
그런데 바싹 다가서서 귀를 기울여도 무슨 말씀을 하시는지 통 알
아들을 수가 없었대…….”

“전혀?”

“음, 가끔 칡덩굴 지팡이로 어딘가를 가리키면서——아니야, 이
렇지가 않았어——라고 중얼거리시는 것만은 간신히 들을 수 있었
다는 거야.”

“흐음.”

“돌아가시던 날 아침 갑자기 늪에서 고기를 잡으신다고 하시더
라는 거야. 그래서 사촌이 읍으로 가서 낚시를 사올까요, 하고 말씀
드렸더니 그런 고기잡이가 아니구 하시면서…… 농하, 자네 왜 우
리들 어렸을 적에 한 일이 있잖아……. 거…… 저…… 석자 사방쯤
되는 모기자의 네 귀에 버드나무 가지 같은 것을 잡아매서 그것을
한 군데에서 엮어가지구 거기 장대를 꿰어서 말일세.”

“음, 거기 호박꽃 같은 것도 늘이우구.”

“그렇지.”

“그걸 깊숙이 늪 속에 드리우고 거기 된장 덩어리를 뿌리면 송사
리나 붕어 새끼들이 모여들지. 그리고 한참 있다가 훌쩍 들어내면
그 모기장 속에 고기 새끼들이 오골오골…….”

“바루 그거야, 아버지는 그 고기잡이를 하신 거야.”

“그러시다가?”

“음, 사촌이 한나절이나 앉아서 거들었다는데 잠깐 자리를 떠서
들어갔다 나왔더니 아버지는 상반신을 물속에 들이밀고 계시더래.”

“넘어지셨나?”

“글쎄, 일으켰을 때는 이미 숨져 있더라는 거야.”

“어떻게 그렇게 돌아가셨을까.”

“정말 맥없이 돌아가셨어.”

나는 술의 힘을 빌려,

“일부러 그렇게 물속에 머리를 넣으시고 돌아가신 건 아니시 겠지.”

하고 물었으나 이장환은.

“그러실 리는 없어. 아니 그러신 흔적이 전혀 없어…… 다만 내가 전보를 받고 뛰어내려가서 아버지가 쓰시던 책상의 서랍을 정리하는데 남겨주신 글월을 발견했어.”

“거기 뭐라구?”

“음, 당신이 묻힐 데를 일러두신 거야.”

“어디라구?”

“음, 그 집 뒤에서 좌측으로 흘러내린 소위 좌청룡의 능선이 질펀히 언덕진 양지바른 곳인데, 이북의 선영과 비슷한 솔밭 사이야.”

그리고 그는 아버지를 거기다 묻어드리고 올라왔다고 했다.

그 목로집에서 나와 그와 헤어진 뒤 나는 밤늦게였으나 일부러 서대문까지 걸어서 거기서 거의 마지막 합승을 타고 집으로 돌아갔다. 왠지 혼자 걷고 싶었던 것이다.

그렇게 혼자 밤길을 걸으면서 나는 엉뚱한 생각을 했다.

이장환의 아버지는 늪가에 앉아 무엇인가를 본 것이 아닐까…….눈앞의 논밭과 숲을 건너다보다가 고개를 좌우로 돌려 집과 집을 둘러싼 산을 휘둘러보고 고개를 들어 하늘을 우러러보고 그리고 다시 고개를 거두어 늪을 들여다보고…….

거기…… 그 잔잔히 머문 거울 같은 물속에 비친 흰구름과 푸른하늘…… 그리고 거기 비친 자기의 얼굴을 본 것이 아닐까.

나는 알고 있다. 어렸을 적에 본 이장환의 할아버지의 얼굴을……. 그리고 이장환의 아버지가 나이를 잡수실수록 그 얼굴이

그 아버지인—— 이장환의 할아버지의 얼굴을 닮아가고 있었다는
것을…….
　그래서…….

묵시(默示)

그때 내 나이 열일곱인지 열여덟인지 분명치 않다. 공부가 싫어져서 사상적으로 눈 뜨게 된 것인지 사상적으로 눈 뜨게 되어서 공부가 싫어진 것인지 그 상관관계도 확실치 않다. 아마 전자의 경우라고 하는 편이 정직할 것 같은데, 하여간 그 무렵 언젠가 나는 테러를 결심한 적이 있었다.

어떤 형태의 테러를 하려던 것인지도 이제 딱히 헤아릴 수 없으나 어떻든 그 '누군'가를 그냥 둘 수 없다는 충동을 느끼고 그 충동을 행동에 옮기려던 것만은 사실이다.

그 '누구' 란 춘원(春園) 이광수(李光洙)이다. 다정다감하던 시절이라 그의 작품에서 만만치 않은 영향을 받아왔고 은근히 존경해오던 터인 만큼, 그가 친일을 종용한 저서 『동포에 고함(同胞に寄す)』은 어린 나로 하여금 견딜 수 없는 혐오와 분노를 느끼게 했다. 물론 나만이 아니라 당시의 절대적 대다수의 동포는 그런 반응을 보였다고 믿는다. 그러니까 알고보면 나도 그런 여론에 동조한 삼

천만 분의 일에 지나지 않는다.

내깐에는 며칠 동안 심각히 고민했다. 더욱 춘원이 동향이어서 그를 자랑으로조차 내세워오던 나로서는 견딜 수 없는 일이 아닐 수 없었다. 그런데 10대 소년에게는 남달리 강한 자기현시(自己顯示)의 치기가 있었다. 직접 찾아가 욕설하거나 칼이라도 휘둘렀으면 되었을 텐데 어느 날 담임선생을 찾아가 그 '소신'이란 것을 밝혔다.

내가 다닌 학교는 7할 이상이 일본인 학생이었고 백 명 가까운 교사 가운데 소위 조선인 교사는 불과 3, 4명밖에 되질 않아 담임선생이 그 중 한 사람인 조선인 교사라는 것은 다른 학교의 사제지간의 경우와는 좀 사정이 다르긴 했다.

저녁을 끝내고 응접실로 나온 담임선생의 한복 차림은 나에게 강렬한 인상을 주었다. 그래서 나의 흥분은 더욱 고조되었다.

나의 도도한 '소신'의 피력을(기실은 더듬거렸을는지 모른다.) 듣고 난 담임의 표정에는 이렇다 할 변화가 없었다. 그래서 나는 그만 기세가 꺾인 듯싶어 일순 허전한 것을 느꼈다. 더욱 홍차를 갖고 나온 부인의 세련된 아름다움과 정일한 거동에 나는 나의 들뜬 흥분이 쑥스러워져서 그만 얼굴을 붉히고 말았다.

얼결에 홍차 한 모금을 꿀꺽 들이마신 그것이 뜨거워 눈에 눈물까지 비치는 추태를 보이자 반발적으로 어디까지나 유연한 담임이 얄밉게조차 여겨졌다.

한참 후 입을 연 담임은 엉뚱하게 나더러 이번 일요일에 함께 산에 오르지 않겠느냐고 했다.

"네, 산에요?"

나는 그렇게 반문할 수밖에 없었다.

"등산 말일세."

그리고 나서 담임은,

"호연지기를 기르는 데는 등산이 제일이라네."

하고는 붙여문 궐련을 깊이 빨아 후욱 하고 길게 자연을 내뿜었다.

얼핏 나는 마음속으로 '체! 이 겹보가 딴전을 피우는구나.' 하고 혀를 찼지만 다음 순간 '오라, 담임이 산에 가서 은밀히 뭔가 일러주려 하는구나.' 하고 "그러죠."라는 대답을 하고 말았다. 때가 때인만큼 나는 이심전심의 선적(禪的) 해석을 내린 것이다.

　일요일 담임은 나를 데리고 도봉산을 올랐다. 담임은 먼저 나더러 요즘 왜 공부를 안하느냐, 공부가 우습게 생각될는지 모르지만 그런 것이 아니라 자네 나이에는 그저 공부를 해두어야 한다는 것, 앞으로 뭐가 되고 뭣을 하든 간에 공부만은 하지 않으면 안 된다는 것, '배워야 산다, 배우는 것이 힘' 이라는 말은 춘원이 만들어낸 슬로건인데 그것은 만고의 진리라는 것, 이제 공부 않으면 장차 반드시 후회할 날이 오리라는 것 등등 고리타분한 설교조의 말만 늘어놓은 끝에,

——오늘 춘원도 함께 등산할 예정이었는데 못 온 것이 유감—— 이라는 데는 번쩍 정신이 들었다.

"어디 몸이 편치 않은가요?"

내가 걸음을 멈추며 그렇게 묻자 담임은 잠시 쉬어갈까 하면서 가까운 풀포기에 가서 주저앉았다.

"건강이 말이 아닌 모양이야, 그 사람의 고질적인 결핵은 이제 골수에 든 셈이지."

——그렇다면 더욱 가만히 누워 있으면 될 텐데. 어디 그게 친일의 변명이 됩니까—— 내가 그렇게 마음속으로 반발하고 있을 것을 짐작한 듯이,

"그렇지만 춘원이 그로 인해서 심약해졌고, 심약해져서 그러는

건 아니라네."

"그럼요?"

"그는 그 길이 이 민족을 살리는 길이라고 믿고 하는 거지."

"그럴 수야!"

"하여간 그가 남들처럼 일헌(日憲)에 시달리는 것이 괴로워, 하는 수 없이 그러는 게 아닌 것만은 분명해."

"친일하는 것이 어째서 이 민족이 사는 길이 됩니까?"

"당연한 질문이지. 나두 그 까닭을 잘 모르겠어, 친구로서 이해해 보려구 무척 애써도 봤지만 알 듯하면서도 잘 납득이 가질 않아. 그렇지만 다른 사람들처럼, 옥고나 고문이 무서워서라든가 세속적인 영달 때문에 친일하지 않은 것만은 분명해. 신념으로 하는 일이란 말일세. 그 점만은 나는 인정해 주고 싶어."

"그 따위 그릇된 신념도 신념입니까?"

"가만 있어. 자꾸 그렇게 대들진 말게."

담임은 흐뭇이 웃으며 손을 들어 나의 말을 가로막는 시늉을 하고 나서,

"이건 어디까지나 나의 상상인데—— 내 짐작으로 그는 속죄양을 자처하고 나선 것이 아닌가 하는데. 말하자면 기왕 누가 나서야 할 바엔 자기가 나선다는."

"누가 나서야 하긴 뭘 나선다는 거예요?"

"그러니까 내선일체(內鮮一體, 日韓一體)가 민족이 사는 길이라는 전제에서 말일세. 남들이 꺼리는 걸 욕먹을 것을 각오하고 자기가 차라리 악역을 맡아 나선다는 게 아닌가……."

"그럼 이완용이와 다를 게 없군요?"

그러자 담임은 그저 허허 하고 웃었다. 그리고 혼잣말처럼 뇌까렸다.

"초록이 동색이란 말이군, 아예 이런 말을 꺼내는 게 아니었는데."

그 얼굴에는 한 가닥 후회의 빛이 스쳤다.

그것을 느끼자 나도 다소 지나쳤다는 생각이 들어 역시 혼잣말로 중얼거렸다.

"춘원은 가만 있으면 됐던 겁니다. 가만히 엎뎌 있었으면 말이죠." 하고 "이제 와서 그렇게 표변하면 따라가던 젊은 사람들은 어떡허라는 겁니까?"라고 덧붙인 나의 말꼬리는 자기 연민의 감정으로 말미암아 약간 떨려나왔다.

"그야 따라갈 수가 없을 테지."

담임은 또 한 번 그렇게 혼잣말로 중얼거리고 나서 잠시 뭔가 생각하는 품이더니 어조를 달리하면서,

"어때, 아예 잠자코 있게 된 친구 얘기 들어보려나?"

"아예 잠자코요?"

"그렇지, 마치 깊은 바다 속의 조개처럼 아예 굳게 입을 다물고만 친구가 있어."

"누굽니까, 그가?"

"동경 유학시에 춘원과 함께 문학을 시작해서 아주 탐미적인 시를 쓴 친구인데 자네 서낭(徐浪)이라는 시인 알지?"

아, 그 서낭! 나는 저도 모르게 언성을 튕겼다. 다음은 그때 담임이 들려준 서낭의 이야기를 간추린 것이다.

서(徐) 씨는 서울 태생, 낭(浪)은 필명이며 춘원과 나이가 같았다. 춘원과 서낭은 서로를 얕볼 수 없는 문우(文友)로서 그 두 사람의 우정은 한 사람이 주로 시를 쓰고 한 사람이 주로 소설을 썼기 때문에 유지되었는지도 모른다. 만약 두 사람이 다 한결같이 시를 쓰거나 소설을 썼다면 어쩌면 두 사람의 라이벌 의식은 날카로운

비수가 되어 그 우정을 갈기갈기 찢어놓았을지도 모른다.

춘원은 서낭의 시를 당하지 못한다고 생각했고, 서낭은 서낭대로 자기는 도저히 춘원 같은 소설을 쓸 수 없다고 생각한 것 같다. 그러나 서낭은 늘 농조로 춘원에게 말했다.

"나는 소설 따위 시시한 산문은 꿈에도 쓸 생각이 없어. 잘못해서 쓴다 해도 자네 같은 고리타분하고 답답한 소설은 쓰지 않을 걸세. 그러나 자네 소설은 그런대로 좋아."

그런 서 씨의 오기에 춘원의 대꾸는 이러했다.

"그럴 테지. 자네처럼 어휘를 사치하게 구사하는 탐미주의자는 소설을 쓸 수가 없을 걸세. 기껏 꽁트 정도나 쓸까. 그것조차 문장의 밀도가 지나쳐 솜씨 서툰 식모가 잘못 졸여낸 고깃국처럼 되어질 테니 어디 구수한 맛이 나겠는가."

젊은 시절에 일종의 나르시시즘에 빠져 있었던 춘원이지만 서낭에게만은 몇 수 놓아야 했다.

첫째, 서낭은 용모가 단아하고 몸매가 수려해서 그 일거수일투족에는 늘 미가 흘렀다. 춘원은 고작 삼불(三佛)이 들어 있다는 말을 듣는 두 눈을 제쳐놓으면 다른 어느 것 하나 서낭에게 당할 수 없다고 한탄했다.

둘째는, 그의 말솜씨였다. 아무래도 평안도 사투리를 쓰는 춘원은 그의 표준어를 일종의 음악이라고까지 극찬했다. 비단결 같은 서울 말씨에 자칫하면 흠일 수 있는 지나치게 여성적인 억양이 그에게는 없었다. 서낭이 웬만큼 말을 길게 할 때면 춘원은 눈을 지그시 감고 음미하듯이 그것을 듣는 것이 예사였다.

게다가 한 가지 춘원이 늘 야릇하다고 생각하는 것이 있었다. 그것은 서낭이 언제나 토론이나 모임의 중심에 있으면서, 그리고 그 발언이 늘 중대한 영향을 미치면서, 언제나 표면에 나타나지 않고 은근히 막후에 있는 인상을 남에게 주는 일이었다.

똑같이 행동해도 표면에는 어느새 춘원이 나타나고 그는 늘 일정한 거리의 뒤에 머물러 있었다. 남들은 어떻게 생각했는지 모르지만 춘원에게는 그런 것이 마음에 켕겼다. 왠지 그러한 서낭의 인상 자체가 하나의 절묘한 예술로서 선천적으로 자기보다 멋을 지니는 것이라고 춘원은 생각했다.

늘 춘원을 내세워 자기는 언제나 몇 걸음 뒤에 머무르면서 조금도 개의치 않는 서낭을 볼 때 춘원은 역시 자기는 고작 생래의 시골 선비로서 그를 당할 수 없다고 감탄의 혀를 찼다.

서낭은 술도 잘하고 놀기도 잘했다. 그러면서 놀음에 음(淫)하지 않고 술에 지는 일이 없었다. 술을 못하는 춘원이 언젠가 분위기에 말려 과음한 나머지 정신을 잃고 서낭의 부축을 받아 하숙으로 돌아간 일이 있었다. 이튿날 찾아온 그에게 춘원이,

"고만한 술에 정신을 잃다니 부끄러운 일이야. 자네는 그렇게 마시고도 늘 까딱도 없으니 정말 진골 양반이 다르군그래."
라고 했을 때 서낭은 자못 심각한 표정을 지으며 뜻밖의 대답을 했다.

"아니지. 그게 나의 탈일세. 아무리 취해도 머리의 어느 한 구석만은 말짱히 살아 있는 게 야속하단 말이야. 한번 곤죽으로 취해서 자기를 잊어보고 싶은데 그게 안 되는군그래. 자네가 부러워."

어떠한 경우에도 마음 한구석이 싸늘히 살아서 자기 자신을 지켜보고 있다는 것— 냉엄한 이성이랄까 성격을 서낭은 자기의 불행으로 간주했던 것 같다.

그러한 그의 탁월한 또 하나의 능력은 상황을 예리하게 분석하고 정확하게 평가하는 데 나타났다.

3·1 독립운동이 일어나자 서울로 돌아가려는 학우들을 만류한

것은 다름 아닌 서낭이었다.

그는 1920년의 시점에서 민족의 독립은 절대로 쟁취되지 않는다는 것을 역설했다. 국제적인 역학관계가 조선의 일본으로부터의 이탈을 허용하지 않는다는 것이었다. 혈기 있는 어느 학우가 민족의 독립은 "주어지는 것이 아니라 쟁취하는 것"이라고 강변했을 때 그는 그 단아한 용모에 냉기조차 흘리면서,

"일본은 지금 오르막이야. 국제적인 주가는 상승일로란 말일세. 청나라와 제정 러시아를 이긴 그들의 총칼에 맨주먹으로 대항하는 결과는 뻔한 거야."

라고 잘라 말했다.

춘원이 상해로 망명할 때 서낭은 굳이 말리지는 않았지만 이렇게 충고했다.

"낭만이면 몰라도 독립을 얻으리라고는 믿지 말게."

그랬던 서낭은 춘원이 돌아왔을 때 이렇게 격려했다.

"비로소 고기가 물을 얻은 걸세. 마음껏 말장난을 하게나."

그로부터 춘원이 연이어 소설을 써가며 낙양의 지가를 올린 배후에 서낭의 적절한 충고가 있었음은 물론이다. 그 무렵 서낭이 시를 쓴 것인지 쓰고도 발표만은 하지 않은 것인지 그것은 분명치 않다. 한 가지 분명한 것은 그가 춘원과 함께 강연회에는 가끔 나가서 그 유창한 말솜씨로 청중 다수로부터 갈채를 받고 그 탐미적인 예술론으로 제한된 소수에게 깊은 감명을 주었다는 사실이다.

서낭의 부인은 춘원으로 하여금 상징적인 "조선의 처녀"라고 감탄케 할 만큼 아름답고 정숙한 여성이었다. 『무정(無情)』을 쓸 때 춘원은 서낭의 부인을 뇌리에 두고 여주인공 영채를 그린 것이라고도 전해진다.

춘원은 자기와 함께 상해로 떠나자고 할 때 서낭이 안 떠난 것은

그가 정세를 판단한 끝에 망명으로 독립을 얻을 수 없다는 결론을 얻은 때문이기보다 그처럼 아름다운 부인 곁을 차마 떠날 수 없는 데서 못 떠난 것이 아닌가 하고 생각한 때가 있었다.

춘원이 언젠가 미국인 선교사를 부른 만찬의 자리에 서낭의 부부를 청한 일이 있었다. 그 뒤 춘원은 그 선교사로부터 "자기는 조선인이 아름다운 민족이라는 것을 당신의 친구 미스터 서의 부부를 보고 더 확실하게 느낄 수 있었다."는 술회를 들었다.

그것이 만찬에 대한 사의에 곁들인 외교사령적인 표현이라고만 생각되지 않았다.

서낭의 그 아내에 대한 사랑은 거의 몰두에 가까웠다.

서낭과 춘원의 우정은 일헌이 조선인 명사들의 전쟁에의 협력을 종용하게 되어 춘원도 차차 협력하는 쪽으로 기울어지면서도 변함 없이 지속되었다.

아직 노골적인 협력의 시국 강연이 아닌 문학 강연에, 물론 그것은 협력 종용의 전초적인 성격을 띠고 있었지만 서낭은 서슴지 않고 춘원과 함께 나갔다.

지금의 국회의사당인 당시의 부민관(府民館)에서 학생이 주로 청중인 그 문학 강연회에 서낭이 먼저, 다음에 춘원의 순서로 연설을 하게 되었다.

그날 서낭의 태도에는 아무런 변화도 없었다. 그 단아한 용모와 수려한 체구가 단상에 나타났을 때 청중들은 조용한 박수를 보냈다. 탁자의 주전자에서 컵에 냉수를 부어 한 모금 목을 축인 그의 입에서 춘원이 음악이라고 평한 아름다운 말이 비단결처럼 흘러나왔다. 그런데 갑자기 이변이 생겼다.

일 분 가량 지났을 무렵, 이제까지 흐르는 듯싶던 그의 얘기가 딱 끊어졌다. 처음 청중들은 그것을 조금도 이상하게 받아들이지 않았

다. 서낭이 부리나케 탁자 위의 컵을 들어 남은 물을 한꺼번에 들이
켜는 것을 보고는 청중 몇 사람이 웃음 소리를 틀어내었을 뿐이다.
그런데 그러고 나서도 서낭은 말을 잇지 않았다. 앞자리의 청중들
은 그의 얼굴이 갑자기 창백해지는 것을 보았다. 그는 한 손을 들어
자기 입으로 가져갔다. 그리고 몇 번 입술을 문질렀다. 다음은, 입
에서 손을 떼고 다른 한 손으로 목을 쥐어 문질렀다. 청중은 그제서
야 그에게 어떤 이상이 생긴 것을 짐작했다. 서낭은 다시 두 손으로
입을 덮더니 손가락 사이로 "어어어어" 하고 짐승 같은 소리를 틀
어내었다.

그렇게 되자 청중 몇 사람은 무슨 일인가 싶어 엉거주춤 자리에
서 일어섰다. 단 위의 사회자도 일어났다. 그러자 서낭은 두 손으로
입을 가린 채 빠른 걸음으로 단 위를 가로질러 삽시에 무대에서 그
자취를 감추고 말았다. 뒤에 청중들의 고조하는 소리를 남긴 채 서
낭을 따라나갔다가 허둥지둥 무대로 되돌아온 사회자는 들뜬 목소
리로 "서낭 선생이 갑자기 목에서 피를 토했다."고 하면서 청중들
이 진정해 주기를 간청했다.

그토록 단상단하를 가리지 않은 소란한 광경 속에서 이채로운
것은 춘원의 거동이었다. 시종 그는 포갠 두 손을 무릎 위에 놓은
채 눈을 깔고 꼼짝도 않고 앉아 있었다. 사회자의 성급한 소개가 끝
나자 춘원은 소리없이 일어나 연단 앞으로 가서 조용히 입을 열더
니 차근차근 문학 이야기를 하기 시작했다. 춘원은 나중에 가서 여
전히 가라앉은 어조로 일본과 조선의 문화가 한 뿌리에서 나온 것
임을 주장했다. 이렇다 할 청중의 반발은 없었으나 때가 때인만큼
청중의 상당수로 하여금 무엇인가 불안한 예감을 느끼게 했다.

그날을 계기로 춘원은 내놓고 친일을 말하게 되었고 서낭이 목
에서 피를 토한 것이 아니라 갑작스레 벙어리가 되었다는 소문도

퍼지기 시작했다.

처음에는 세상에 그럴 수가 있을까 하고 어처구니없어 하면서 갑작스레 벙어리가 된 서낭을 동정하는 데 머물렀던 소문은 춘원의 친일적 발언이 잦아지자, 그런 것이 아니라 서낭이 그렇게 해서 벙어리를 가장한 것이라는 설로 기울어져갔다.

남달리 상황의 추이에 민감한 그가 전쟁 협력이 강요될 것을 미리 짐작하고 벙어리 시늉을 하게 된 것이라는 이야기는 일제에 대한 저항의 욕구불만에 사로잡혀 있던 의식적인 지식층에게는 직성을 풀어주는 하나의 청량제가 아닐 수 없었다.

치료차 금강산으로 요양을 떠났다는 소문이 들려왔을 때, 사람들은 그것을 정치적 은둔이라고 하여 백이숙제(伯夷叔齊)에 비겼다.

“그렇지만 선생님, 그런 게 아니구 문자 그대루 진짜 벙어리가 되었다는 이설(異說)이 더 받아들여지고 있는 것 같은데요.”

얘기를 다 듣고 난 나는 그렇게 담임에게 물었다.

“그야 말 많은 우리 사회니 그런 이설도 나올 법하지.”

“서낭이 일부러 그랬다는 얘기를 믿고 감격한 나머지 금강산으로 따라갔던 학생이 먼발치라도 한번 서낭을 우러러보고 가능하다면 필담이라도 해볼 작정이었는데 전혀 반응이 없을 뿐 아니라 벙어리는 둘째치고 넋 잃은 사람 같더라데요.”

“누군 줄 알고 나는 가짜 벙어리요, 하고 털어놓겠어?”

“아뇨, 부인이 울먹이면서 조용히 내버려두어 달라는 비탄이 보통이 아니더라는데요.”

“글쎄.”

“게다가 귀까지 먹어버렸다는 겁니다. 일부러 벙어리 행세를 한다는 소문이 사실이라면 조선 사람에게 심상치 않은 영향을 줄 것이라고 생각한 일본 형사 삼륜(三輪)이 언젠가 서낭을 찾아가 틈을 타서 몰래 뒤통수 가까이에서 권총의 방아쇠를 당겼는데 끄덕도 안 하더라는 겁니다."

"그 탄환에 개가 맞아 죽은 것을 보고도 전혀 반응이 없었다는 얘기 말이지?"

"가짜라면 아무리 그렇게까지 반응이 없을 수 있을라구요?"

"전혀, 반응이 없는 것도 이상하다면 이상하다고 볼 수 있지."

"그러면 그 지독한 일본 관헌이 왜 더 이상 추궁하려 들지 않았을까요?"

"그야 비중이 다르니까. 춘원의 경우면 그냥은 안 넘어갔을테지. 일헌으로서도 소문이 못마땅하긴 하지만 벙어리가 되어버려 하여간 말은 없을테니 그대로 내버려두는 걸 테지."

"춘원은 어떻게 생각하고 있을까요?"

"한 번 찾아갔는데 전혀 반응이 없더라고 슬퍼만 하더군."

"가장한 것으로 생각하고, 졌다! 또 한 번 당했다! 그렇게 생각진 않았을까요?"

"글쎄, 나 같은 사람은, 야! 그런 수가 다아 있었군! 하고 감탄하겠지만, 흉내를 내봐야 아류(亞流)로 웃음거리나 될 뿐이구 나에겐 그런 연기력도 없어. 또 교단에서 말로 벌어먹는 놈이 벙어리가 되었다가는 처자식을 노두에 방황시킬 뿐이지. 춘원은 정직한 사람이니까 정말로 믿고 있을 걸세. 가짜라고 여겼다면? 글쎄, 서로 차원이 다르니까, 졌다! 당했다! 그렇게 느끼진 않았을 걸세."

"역시 선생님은 서낭이 일부러 벙어리를 가장하고 있다고 생각하십니까."

"나같이 관립학교에서 교편을 잡고 있는 사람에게는 그런 일에 대해 두 가지 반응을 보일 수 있어. 두 가지가 다 열등의식에서 나오는 것인데, 하나는, 진짜 벙어리가 되었다고 생각하는 것, 저항할

것에 저항 못 하는 인간이 저항하는 인간에게 느끼는 시기질투가
그 원인이지. 다른 하나는 그러기엔 인생이 너무 서글퍼진다. 그러
니 차마 나는 못 하지만 그렇게 저항하는 인간도 있다는 생각에서
같은 인간이 자기도 그런 일말의 가능성은 지니고 있다는 것을 느
껴보고 인간으로서 자위해 보는 거지. 남의 행동에 공짜로 얽혀보
자는 수작이지만 전자보다는 후자 편에 구원이 있는 것 같군그래.”
　“그러니까 저더러도 그렇게 믿으라는 겁니까?”
　“안 믿는 것보다야 믿는 편이 낫지 않을까?”
　“믿고 자위하고만 있을 수 없어요. 행동이 문제니까요.”
　“행동…… 알았어. 그런데 도대체 춘원을 어떡하자는 거지?”
　“그냥 둘 수는 없습니다.”
　“그만두게!”
　담임의 그 한마디는 일언지하였다. 그만 나는 얼른 대꾸를 못했다.
　“그건 내가 춘원과 가까워서두 아니구 교사로서 자기 주변이 무
사하기를 원해서두 아니구, 자네가 연소해서두 아닐세. 테러란, 특
히 동족끼리의 테러에는 전혀 적극적인 뜻이 없어. 지극히 소극적
인 행동이란 말일세. 청년은 큰 뜻을 품으란 말이 있지만 왜 춘원에
맞설 사상을 가져보려거나 춘원보다 더 영향을 줄 어떤 독자적 행
동을 생각지 않고 춘원에게 욕만 보이려구 하나?”
　“저는……”
하고 나는 머뭇거리면서,
　“저는 지금 전혀 무력하지 않습니까?”
　“그러니까 더 배워야지. 그리고 때를 기다려야지.”
　“언제까지 말입니까?”
　“그렇게 조급히 생각할 건 없어. 성급히 회초리 노릇을 하려들지
말구 참고 커서 대들보감이 될 생각을 하게나.”

그래서 나는 대꾸할 말을 잃었지만 담임이 대들보감이 되어 보라는 권면을 내가 대들보감이라고 착각하고 10대의 치기 어린 감동마저 느꼈다.

지금 생각하면 노련한 선생에게 깨끗이 설유당한 것인데 지금은 이승에 없는 그 담임이 좋은 스승이었다는 고마운 마음이 날이 갈수록 간절하다.

해방 다음 해 봄에 나는 월남해서 신문사에 들어가 사회부 기자가 되었다. 이미 많은 인사들이 사회의 표면에 나타나 활약하고 있었다. 이북에서 친일파는 말할 것도 없고 민족주의적 독립투사까지 프롤레타리아 계급이 아닌 사람들에 대한 힐난과 공격과 배격으로 세월이 없는 꼴에 식상할 대로 식상한 나는 좌우를 가리지 않은 친일파에 대한 조소와 배척 일변도의 상황을 볼 때 거기 동조하고 싶기보다는 인간이 같은 인간을 치죄(治罪)함에 있어서는 어쩌면 그렇게도 자기 자신을 소외시키는가에 염증조차 느끼기에 이르렀다.

그런 심정에서 나는 춘원의 곤경을 동정적으로 보게 되었다. 감히 누가 그에게 돌을 던질 수 있는가? 나는 성경의 한 구절을 그렇게 단순히 적용시켰다. 아직도 여론이라든가 다수라는 것에 얼른 동조하지 않고 망설이는 나의 버릇은 그런 데서 싹튼 것인지 모른다. 대중이란 말에 내가 남들처럼 그토록 무조건 취하지 않는 것도 그런 데 있는지 모른다.

나의 춘원에 대한 동정 표시를 동료 기자들은 동향의 탓이라고 평했다. 동향 탓이니 동창 탓이니 동 계급 탓이니 하고 칼로 섬벅 무 자르듯이 가르는 평가를 나는 싫어한다. 인간이란 그렇게 단순한 것일까?

춘원을 동정하다가 나는 문득 서낭 생각을 했다. 이 당연한 연상이 월남하고도 상당한 시일이 지난 뒤에 일어났다는 것을 생각하고 보니 너무 멍청했다.

생각나기가 바쁘게 나는 문화부장──당시의 학예부장에게 그의 소식을 물었다.

"서낭? 누구야."
하고 반문하고, 한참 나의 얘기를 듣고 나서야 학예부장은 뭐, 그런 거라는 듯이,

"아, 그 사람, 그 사람이 어떻다는 거야?"
하고 또 되물었다. 내가 성급히,

"지금 뭘 하고 있죠?"
하고 다가묻자,

"뭐 허긴? 벙어리가 뭐 하겠어?"
하고 도무지 상대하려 하지 않는 품이다.

"일부러 벙어리 노릇을 했다고도 들었는데요?"
학예부장은 입가에 냉소를 띠우면서,

"그야 당시 그런 소문이 있긴 했지. 와전이었어. 여보게 해방이 아무리 대단한 일이기로서니 벙어리가 입이야 열라구."
하고 피식 웃어 보였다.

나는 그만 실망하고 말았지만, 그에 대한 환멸을 거부하는 무엇인가가 나의 마음 한구석에 남아 있었다.

나는 혹시나 걷잡을 수 없이 혼란한 이 시기에 서낭이 표면에 나타나 입을 열지 않는 것은 어떤 깊은 까닭이 있는 때문이 아닌가도 생각해 보았다.

그러나 그렇게는 의심하면서 돌도 입을 열어 말해야 한다고 생각되는 이 중대한 시기에 침묵을 지켜야 할 까닭이 무엇일까 도무지 상상할 수가 없었다.

나는 혹시나 하고 그제야 월남 후 처음으로 예전에 도봉산에 나를 데리고 간 은사를 찾아갔다.

은사는 내가 신문기자가 된 것을 마음으로부터 기뻐해 주었다. 도봉산 등산 이야기도 나오고 춘원에 대한 의견도 교환했다. 내가 춘원에 대한 동정적 일가견을 피력했더니 은사는,

"그런 공격은 오히려 춘원의 마음을 가볍게 하고 있지 않을까. 그는 자기를 더 욕되게 탓해 주기를 바랄는지 모르지."

라고 말했다. 나는 또 한 번 은사에게 앞질리운 듯싶었다. 화제가 필연적으로 서낭에게 옮겨졌을 때 은사의 얼굴에는 갑자기 어두운 그늘이 드리워졌다.

그러나 나는 뜻밖의 이야기를 기대하면서,

"혹시 어떤 깊은 사연을 들으시지 못하셨습니까?"

하고 물었다. 은사는 한참 동안 무연히 손바닥으로 턱을 쓰다듬더니,

"그때 일부러 벙어리가 되었다는 건 기대에서 나온 상상의 산물이었던가봐."

"그럼, 그때 진짜 벙어리가 된 것이 틀림없었군요."

"유감이지만 그랬던 모양이야. 작년 말인가, 그가 명의를 찾아 본격적으로 치료에 나섰다는 소문을 들었어."

"그래요? 환멸입니다."

"글쎄, 환멸이라면 분명 환멸인데, 그때도 따지고 보면 문제는 그에게 있었다기보다 우리 자신에게 있었던 게 아닐까. 그가 진짜 벙어리인지, 가짜 벙어리인지는 그의 문제이면서 그실 우리에게는 바루 우리의 문제가 아니었던가 말일세. 그가 벙어리 시늉을 했다는 사실보다, 자네나 내가 그렇게 생각했다는 사실이 더 귀중했다구. 그러니까 인텔리는 속아도 안 속는다고 할 수는 없을는지 모르

겠네. 그런 의미에서 그의 벙어리의 허실을 따질 것 없이 그런 계기를 준 그에게 감사를 드려도 좋은 걸세."

은사의 그 말에 나는 어거지로 스스로를 납득시키려고 애썼지만 뒷맛은 결코 개운치 않았다.

젊은 혈기에 피로를 모르고, 지하에서 나타나거나 해외에서 돌아온 투사들을 정력적으로 쫓아다니며 그 풍모와 성해(聲咳)에 접하기를 기자된 유일한 보람으로 삼아오면서, 그러나 만날수록 기대와는 먼 것을 느끼게 되어서 안타깝던 터에 서낭에 대한 환멸은 마치 배반이나 당한 것처럼 나의 가슴에 퀭 구멍을 뚫어놓았다.

그래도 나는 한 가닥 희망을 버리지 않고 무엇인가를 알아내려고 어느 잡지에 서낭에 관한 수필을 쓴 일이 있었지만 아무런 반응도 없었던 것으로 기억한다.

헤어질 때 은사는 나에게 이렇게 물었다.

"기자 생활을 계속하겠지?"

"정치운동에 관심이 있습니다만."

"그만두게!"

은사의 어조는 도봉산에서 나더러 테러를 말라던 때처럼 단호했다.

"해야 할 사람은 따로 있어. 자네는 아닐세. 강한 개성이 조직 속에서 어떻게 될 것인지 나는 생각만 해도 소름이 끼치네. 얼려 돌아가다 자기를 잃으면 끝장일세."

다음 해 서낭에 대한 밀약 같은 것으로 연결되었던 은사는, 교수로 있던 대학에서 정치성을 띤 성명서에 서명을 않겠다고 고집한 끝에 반대적 정치 색채로 몰려 어느 편의 정치 학생에겐가의 테러를 맞고 늦가을의 어두운 벽돌담 밑에 몸을 눕히고 말았다. 그로부터 20여 년, 나는 시인 '서낭'을 잊고 있었다.

인생을 50년 가까이 살아보면 간혹 예기치 않은 때에 우연한 장소에서 미지이면서 알 만한 사람을 만나 뜻밖의 얘기를 듣는 수가 있다. 그럴 때 나는 인간으로 살고 있는 기쁨을 만끽하고 흠뻑 그 보람에 젖는다.

바로 얼마 전 취재차 다녀오던 충청도 어느 소도시의 여관에서 그런 경험을 했다.

이제까지 경험 가운데서도 그것은 최고의 경험이었다고 할까.

저녁상을 물린 나는 하루 전의 신문을 뒤적이다가 갑작스러운 위경련의 엄습을 받았다. 세차게 비틀리는 배를 움켜쥐고 간신히 심부름하는 아주머니를 불러 진통제를 사오도록 부탁했는데, 그것을 마시고도 여전히 신음하는 것을 보다못한 그 아주머니는 바로 이 여관에 이름 있는 의사 한 분이 며칠 째 유하고 계시는 데 봐주십사고 부탁하면 어떠냐고 했다. 웬 이름 있는 의사가 어떻게 이런 여관에 유하고 있는지 그 까닭을 따질 겨를은 없었다. 그거 왜 빨리 말하지 않았느냐고 알려준 아주머니를 나무라며 어서 모셔오라고 일렀다.

잠시 후 아주머니의 안내를 받아 방안으로 들어선 의사를 보고 나는 어리둥절했다. 이름 있는 의사라기에 나는 얼핏 고령의 인물을 생각했는데 밤색 스웨터 위에 밤색 골덴 양복 아래위를 아무렇게나 걸친 그의 얼굴은 눈썹까지 머리가 뒤덮이고 입언저리와 턱과 볼에 수염이 무성했으나 혈색 좋은 얼굴은 팽팽하고 눈에는 젊은 생기가 감돌고 있었다.

"술을 많이 하시나요?"

두주불사라고 했더니 그는 빙그레 웃으며

"그럼 한 대 갖고는 안 되겠습니다."

하고 진통제 두 개를 주사기에 뽑아 솜씨 있게 놓아주었다.

나는 속으로 서슴지 않아 좋긴 한데 이 친구 혹시 돌팔이 의사가
아닌가 의심했다.

시골 소도시의 여관에 유숙하고 있는데다가 풍모나 옷차림으로
미루어보아서 그럴 성싶기도 했다. 그는 잠시 손으로 나의 배를 더
듬고 나서,

"수술하셨으니 맹장일 리는 없고, 췌장은 아닌 것 같고 위경련이
틀림없겠지요."

라고 말했다. 막연한 말이라고 생각되었으나 나는 그가 아름다운
음성의 소유자인 것을 알았다. 게다가 머리칼과 수염에 뒤덮이긴
했으나 눈썹이며 코며 입이며가 뜯어보면 볼수록 수려하기만 했다.

돌팔이 의사라고 용모가 단정하지 말라는 법은 없지만, 어딘가 인
상이 좀 달랐다. 얼굴과 몸 전체에서 어딘지 세련된 지성이 풍겼다.

나의 속물 근성은 곧 그에게 흥미를 느꼈다. 그래서 그를 오래
잡아두려고 아주머니에게 과일이나 한 접시 깎아오라고 일렀다. 그
는 그저 두 눈에 미소를 담을 뿐 사양하지를 않았다.

과일이 들어온 다음의 통성명까지 웬만큼 뜸을 들이려고 나는
잡담의 실마리를 풀었다.

"어디 가시다 들르신 건가요?"

"아뇨, 이렇게 떠다닙니다."

"떠다니다뇨?"

"의사 없는 벽촌을 돌아다니노라면 가끔 부채눈 같은 이런 소도
시에 들르기 마련이지요."

"왜 정주하고 개업하시지 않구?"

"그러다 보니까 이제 방랑벽이 천성이 되고 만가 봅니다."

"고되시지 않으세요?"

"이젠 재미를 붙여서요."

“가족은 어디 계시는데요?”

“저 혼잡니다.”

“양친께서는?”

“모두 세상을 떠났어요.”

“결혼은 아직?”

“네.”

하고 그는 빙그레 웃었다.

그만 얘기가 심문하다시피 빗나가 통성명이 불가피하게 되었을 때 아주머니가 접시에 사과와 배를 깎아가지고 들어와 놓고 나갔다. 과일을 권하고 나서 나는 무례를 사과했다. 그리고 먼저 나의 이름을 대었다.

의사도 자기의 이름을 말했다. 그가 “서파”라고 했을 때 나는 얼른 알아듣지 못하고 “네? 서파요?” 하고 되물었다.

그러자 또 그의 두 눈에 미소가 어렸다.

“서가라는 서는 아시겠죠? 파, 물결 파라는 외자지요.”

“서파(徐派)!”

“부친이 지어준 이름은 따로 있는데 시골을 돌면서부터 파(波)자 외자를 쓰기는 했지요. 본명보다 더 부친을 느끼게 해서 그렇게 쓰고 있는 거죠.”

“서파! 인상적인 이름이십니다.”

그러고 나서 까닭은 뒤에야 안 것이지만 두 사람 사이에 잠시 침묵이 흘렀다.

그 잠시의 침묵 동안 나는 무언가 가물가물하면서 그것이 좀처럼 뇌리에 떠오르지 않는 안타까움을 느꼈다.

──본명보다 더 부친을 느끼게 해서──

다음 순간 나는 전신에 쭉 소름이 스치는 것을 느끼며 뚫어지도

록 그의 얼굴을 응시했다. 나는 얼른 열려지지 않는 입을 열려고 안간힘을 쓴 끝에 간신히

"그럼 혹시나 댁은 시인 서낭 선생의……."

하고 뒤를 잇지 못했다. 의사는 얼핏 눈을 밑으로 깔았다 뜨면서,

"그렇습니다. 저는 그의 아들이지요."

라고 말했다. 그래요! 하는 한 마디가 나의 입 속에서 돌 뿐 말이 되어 나오지 않았다. 잠시 세찬 감동을 곁들인 전율이 나의 전신을 파상적으로 스쳐가고 또 스쳐갔다.

한참 후 나는 떨리는 목소리로 읊듯이 혼잣말을 했다.

"이렇게 여기서 서낭 선생 자제분을 만날 줄이야."

그러자 그가 물었다.

"부친을 아십니까?"

"뵌 적은 없습니다만 얘기만은."

"어떤 얘기를 들으셨지요?"

그는 그렇게 성급히 다그쳐 물었다. 진지한 빛이 그 영롱한 두 눈에 봉화처럼 피어올랐다. 그의 눈빛을 보는 순간 나는 이제야 내가 오랫동안 품어온 서낭에 관한 수수께끼를 풀 수 있다는 것을 직감했다.

무엇부터 물어볼까——나는 잔뜩 기대에 찬 마음속에서 그렇게 망설였다.

또 한참 동안 두 사람 사이에는 거북한 침묵이 흘렀다. 잠시 후 나는 입을 열었다.

"제가 서낭 선생에 관해 들은 얘기는 소문뿐입니다. 그때 일부러 벙어리 시늉을 하였는지 정말 구강인후에 어떤 장애가 생기셨던 것인지 저에게는 그것이 궁금했고 이제라도 그 점을 분명히 알았으면 합니다."

그러자 의사의 눈길이 잠시 흩어졌다가 다시 초점을 모으더니,

"그때 부친은 일부러 벙어리 시늉을 하신 겁니다."

"그래요!"

순간 나의 가슴은 탁 트이고 거기서 너른 하늘을 보는 느낌이었으나 그것은 잠시였다.

"그러면 해방 후에도 입을 열지 않으신 까닭은요?"

"그것은……."

하는 의사의 얼굴에는 비통한 그늘이 스쳐갔다.

잠시 후 그는

"사연을 들어보시겠습니까?"

하더니 먼 곳을 쳐다보는 눈초리가 되면서,

"그러니까 그것은 6 · 25가 일어나고 서울이 수복된 직후의 일입니다. 그해 10월에 부친은 돌아가셨는데, 돌아가시는 며칠 전 부친이 저를 불렀어요."

나는 나의 전 신경을 오직 두 귀에다 모았다.

"한참 저의 얼굴을 올려다보던 부친의 입에서 저의 이름을 부르는 말 한마디가 떨어졌을 때 저는 까무러칠 듯이 놀랐습니다. 아버지가 말을 하시다니! 저는 간신히 기우는 몸을 두 팔로 버티고 견디었지요."

아들의 이름을 부르고 난 다음 서낭의 입에서 흘러나온 것은 "미안하구나."라는 한마디였다고 한다. 나에게 들려준 의사의 얘기를 간추리면 다음과 같다.

그날 서낭은 연단에 서서 얘기를 시작하다가 얼핏 일종의 환각에 사로잡혔다. 그것은 청중이 자기를 비웃는 소리라고 할까, 갑작스레 그것은 밀물과도 같이 세차게 그에게로 밀려들었다. 순간 그

는 말을 끊었다. 수 초간 그의 머리는 빠른 속도로 회전했다. 그 회전이 머물렀을 때 그의 마음에는 하나의 결단이 생겼다. 이제부터는 일절 말을 않겠다는, 그래서 벙어리가 된다는 결단이었다. 그러자 어느새 한 손은 입으로 가고 다른 한 손은 스스로의 목을 쥐어틀고 있었다.

부민관을 떠나 그 길로 집으로 돌아와 아내의 얼굴을 보는 순간 그는 자기가 엉뚱한 짓을 저질렀다고 생각했다. 아내와 열다섯 난 단 하나의 아들에게는 어떻게 할 것인가?

시름 끝에 그는 아내와 아들에게만은 은밀히 사연을 일러주려니 생각했다.

그러나 며칠 뒤 그는 그러한 자기의 생각을 철회했다. 그 까닭은 결코 일종의 완전범죄를 달성시키자는 데 있지 않았다.

이상하게도 아름다운 아내의 비탄에 오히려 그지없는 사랑스러움을 느꼈고 철이 들기 시작한 아들이 어딘가 깊어지는 것 같은 것에 미더움을 느낀 때문이었다고 할까. .

조선인인 자기의 아내며 조선인인 자기의 아들이라는 차원에서 항상 느끼던 조선인으로서의 측은의 정은 그러한 아내와 아들을 볼 때 얼싸안고 통곡하고 싶도록 애처로워지면서 한결 더 사랑스러워지고 귀여워지는 데 그는 도취하고 만 것이다. 이 상태를 그대로 간직하려니! 당시의 말세기적 상황에서 그의 탐미적 사디즘은 그로 하여금 그렇게 결심케 했다.

그리고 나서도 몇 번 흔들린 그의 그러한 결단은 아내와 아들과 셋이서 수화술을 배우게 되면서부터 더욱 고질화되었다.

손짓을 해가면서 서로 의사전달의 완벽을 기하려고 애쓰며 그것으로 모자라는 것을 보완하려는 절실한 눈의 움직임에 서낭은 말을 개재시키는 경우와 비길 것이 아닌 인간의 진정 같은 것을 절감했다. 끝내 서낭은 말이란 게 별것이 아니라고 생각하게 되었을 뿐 아니라 어쩌면 말이란 영적인 인간교류의 방해물이 되는 것인지도 모른다고 생각하기에 이르렀다.

형사 삼륜이 찾아왔을 때 그는 얼른 때마침 씹어먹고 있던 잣을 한 알씩 자기의 귓속 깊숙이 틀어박았다. 간악한 삼륜에 대한 연기를 보다 더 자연스럽게 해치울 장난기에서였다. 삼륜이 자기의 등 뒤에서 마당에 대고 권총 한 발을 쏘았을 때 그의 청각은 그로 말미암아 둔하게 반응했다. 그러나 그가 3년을 제자식처럼 키운 진도견이 그 탄환에 맞아 길길이 두 번이나 뛰었다가 땅에 쓰러져 피를 토했을 때 꼼짝도 않은 것은 순간적으로 자기가 저지른 죄를 느끼고 망연자실했던 탓이다. 자기로 말미암아 적어도 개 한 마리는 죽은 것이 아닌가.

잣으로 귀가 막힌 탓으로 둘레의 움직임이 정지한 상태에서 그는 그러한 죄의식에 깊숙이 침전해 갔다.

그렇게 해서 그 가열한 태평양전쟁 말기의 몇 년을 서낭은 심해의 패류인 양 스스로를 지켰던 것이다.

해방이 되던 날 밖에 나갔던 아내가 대문을 열고 들어서기가 바쁘게,

"여보, 이제 전쟁이 끝났대요."
라고 외치는 소리를 서낭은 방안에서 너무나 똑똑히 들었다.

황급히 방안으로 들어선 아내는 부리나케 그에게 손짓으로 전쟁이 끝났다는 시늉을 해보였다. 그러한 아내를 보고 그는 지그시 웃어 보였다. 아내의 그러한 시늉이 아름답고도 사랑스러웠다. 그리고 애처로웠다. 끝내는 좀 우스웠다.

──자, 이제는 이 애처로운 아내를 기쁘게 해주자──

그래서 한 번 깊이 숨을 몰아쉬고 난 그는,

　　―여보―

하고 입을 열었다. 그런데 그 한 마디가 목젖에 걸려 얼른 말이 되어 나오지 않았다. 그래 다시,

　　―여보―

하고 입을 놀렸다.

　　그런데 역시 말이 되어 나오지 않았다.

　　그는 약간 당황하며 성급히 또 한 번,

　　―여보―

하고 입을 놀렸다. 그런데 웬일일까. 여전히 그것은 말이 되어 나오지 않는다. 이럴 수가!

　　그는 당황했다. 황급히 이번에는 두 팔을 치켜올리며,

　　―만세!―

를 불러보았다. 아, 그러나 그것은 전혀 방안의 공기를 가르지 못하지 않는가! 아찔해진 그의 눈에 아내의 일그러져가는 얼굴만이 너무나 선명히 비쳐 보였다. 그는 전신의 힘을 모아 기를 써보았다.

　　두 번, 세 번―그러나―그만 나의 정신은 전도되고 말았다.

　　아내가 자기 가슴으로 몸을 던지며 와 하고 울음 소리를 터뜨렸을 때, 그의 눈길은 초점을 잃고 그의 전신은 쏟아져나오는 땀에 흥건히 젖었다.

　　한참 동안 그는 사고의 능력을 잃었다. 그 마음은 공허로 가득 찼다.

　　한참 후 정신을 되살린 그는 마음속으로

　　―복수를 당했구나―

하고 뇌까렸다. 하염없이 우는 아내를 꽉 부여안고 그는 오랫동안 그것을 놓지 않고 껴안은 팔에 더욱더 힘을 주었다.

　　그렇게 아내를 부여안고 있지 않고는 배길 수가 없을 것 같다.

　　──깨끗이 복수를 당했어, 보기 좋게 복수를 당했군, 용서가 없군──

　　아내와 아들마저 속여온 것을 그 누군가는 어디선가 빤히 보고 있다가 결정적인 일순에 결정적인 일격을 가해 온 것이라고 생각했다.

　　마음이 가라앉자 그는 왠지 우스운 생각이 들었다. 스스로가 우스꽝스러운 희극배우로 여겨졌기 때문이다.

　　이튿날부터 아내는 의대 예과에 재학 중인 아들을 앞세우고 그럴싸한 의사란 의사를 모조리 찾아다니게 되었다.

　　그러자 얼마 후 서낭이 본격적인 치료를 서두르고 있다는 소문이 나기 시작했다.

　　그러나 서낭은 아내와 아들이 권하는 누구의 진찰도 어떠한 치료도 일절 거절했다.

　　그러는 가운데 날이 가고 달이 갔다.

　　다음 해 봄의 어느 날, 그것은 들창 유리 너머로 만발한 개나리꽃이 보이는 봄날이었다.

　　서낭은 곤한 낮잠에서 깨어나 한참 동안 멍하니 그 개나리꽃을 쳐다보다가 무심코,

　　"여보."

하고 아내를 불렀다. 그리고 깜짝 놀랐다. 그 한 마디가 분명히 자기의 청각을 건드린 것을 깨달았다.

　　"여보, 여보."

하고 점차 높아가는 소리로 아프도록 스스로의 귓전을 두드리는 것이 아닌가. 이번에는 아들의 이름을 불러보았다. 그것은 따근히 목과 입술에 느껴졌다. 그는 벌떡 일어나 대청마루로 뛰어나가면서 연거푸 아내와 아들을 불렀다. 헤아릴 수 없는 기쁨이 그의 전신을 굽이쳐 흘렀다.

생각해 보니 아들은 학교에 가고 아내는 장보러 가서 집안에는 아무도 없었다.

이번에는 죽은 개 이름을 불러보았다.

물론 반응이 있을 리 없었다.

문득 죽은 개를 생각하면서 들떠오르던 마음이 가라앉아 갔다.

그때 대문 밖에서 담 너머로 장사치의 말소리가 들려왔다.

"미역 쓰시려구요."

그는 곧 대청을 내려서서 신발을 꿰고 마당을 가로질러 대문으로 가서 빗장을 뺐다. 안 보던 미역장수가 잔뜩 미역 타래를 어깨에 드리우고 버티고 서 있는 것이 보였다.

"흩어지지 않고 곤두서지도 않고 아주 좋은 미역입니다요."

"아, 난 내자를 부른 건데……."

"그러셨어요? 저는 또 저를 부르는 줄 알고요."

"어디……."

서낭은 미역장수가 내미는 미역을 손으로 쓰다듬어보다가 미역한 타래를 샀다. 자기 말소리가 미역장수인 남에게 확인되었다는 사실이 흐뭇했던 것이다.

그렇게 미역을 사놓고 서낭은 조바심으로 아내가 돌아오기를 기다렸다.

그런데 아내는 친정에 들렀다가 저녁 늦게야 돌아왔다. 만약 그날 아내가 빨리만 돌아왔던들 그날부터 서낭은 입을 열었고 벙어리의 신세를 면했을 것이다.

그런데 아내가 늦게 돌아온 탓으로 서낭이 그만 생각할 많은 시간을 갖게 된 것이 서낭이 입을 열게 되었는데도 벙어리 노릇을 계속하게 한 까닭이라고 할까.

서낭은 자기가 이제 새삼스럽게 입을 여는데 무슨 뜻이 있을까 싶었다. 오랜 수화술의 습성으로 말미암아 이 가정이라는 울타리 안에서의 아내와 아들과의 의사소통이나 생활에는 아무런 지장이 없었다. 그토록 이제는 말이 필요치 않게 되어 있었다.

밖에 대한 그것도 별로 의미가 없어 보였다. 이제 내가 누구에게 무슨 말을 하랴! 게다가 너무나 말이 많아 그것이 탈이 된 세상에 이제 또 내 말까지 보탤 것은 없지 않은가?

자기가 입을 열어 얻을 것은 무엇이며 잃은 것은 무엇일까? 한 번은 스스로 버리고 한 번은 빼앗겼던 말을 이제 되찾았다고 얼싸 좋아라, 다시 구사한다는 것은 우스꽝스러운 일이 아닐까. 희극이다! 그렇다, 오히려 그건 희극이다! 어쩌면 되찾아진 말을 거부하고 계속 침묵을 지키는 것이 자기에게서 말을 빼앗아간 그 무엇엔가에 대한 역습이 되지 않을까. 도대체 말이란 무엇인가?

아내가 늦게 집으로 돌아왔을 때 다시 서낭은 한점 거리낌없는 벙어리로 되돌아가 있었다. 그러나 그러한 서낭이 그 후 한 번 입을 열 충동을 느낀 때가 있었다. 아내가 세상을 떠나는 임종을 맞았을 때이다.

자기의 생명처럼 그토록 사랑하고 삶의 뜻 바로 그 자체였던 아내가 이승을 하직하는 순간 서낭은 입을 열어 말로써 아내를 떠나 보내려고 했다. 그러나 끊어져가는 생명의 줄을 간신히 당기며 풀어진 눈길을 자기에게 모으고— 있는 기력을 오직 손가락 하나에 모아 수화술로 절실한 감정을 전달하는 아내를 볼 때 차마 그의 입은 떨어지지 않았다. 그래서 그도 열심히 손가락을 놀려 아내에게 마지막 작별의 인사를 보냈던 것이다.

"그러고 나서 부친은 의사가 너의 적성으로 여겨지느냐고 물었어요. 제가 그런 것 같다고 했더니 부친은 다행한 일이라고 하면서 내가 벙어리가 되었다는 것이 네가 의학을 하게 된 동기가 된 것이 아닌가고 가슴 아파했는데 그러나 그것이 그지없이 기쁘기도 했었다구요."

"어버이의 마음이란 그런 것이지요."

"저더러 환자를 사랑할 수 있느냐고도 물었어요. 정직하게 잘 모르겠다고 대답했더니, 사람이란 혼자 살 수도 없고 혼자 살아서는 안 된다고 하면서 부득이 사람이란 얼려 살게 마련이구, 그것이 또 사람이 사는 일인데 남을 사랑한다는 건 보통의 일이 아니라고 하더군요. 한 사람을 사랑하는 것도 힘에 겨운 일인데 많은 사람을 사랑한다는게 여간한 일이겠느냐구요."

"그렇죠, 사람이란 남을 미워하기가 쉬운 일이어서 미워하지 않는 것만도 대견한 일이죠. 그런데 남을 사랑한다는 것, 더욱, 많은 사람을 사랑한다는 것은 그건 정말 여간한 일이 다 뭡니까, 거의 불가능한 일이지요."

"그렇죠? 그건 불가능한 일이죠?"

의사가 그렇게 다그쳤다. 그 언성은 세차고 그 두 눈에는 안타까움 같은 빛이 서려 있었다.

그러나 나는 아예 불가능하다고 단정할 자신이 없어서 망설이고 있는데 의사는 나의 대답을 기다리지도 않고 자문자답하듯이,

"사실 불가능한 일입니다. 그렇게 남을, 그리구 그 많은 사람을 어떻게 사랑할 수가 있겠어요. 있다면 그건 거짓말일 테지요."
하고 처지는 음성으로

"부친이 돌아가신 뒤, 그때 저에게 하신 말씀이 두고두고 마음에 걸렸어요. 환자를, 남을 사랑할 수 있느냐고 한 말씀이죠. 솔직히 말씀드려 저는 남을 사랑할 수가 없습니다. 인간을 송두리째 사랑할 수가 없어요. 왠지 저는 인간의 추한 것에 눈이 가려지지가 않아요. 정신적으로나 육체적으로 저까지 포함해서 모든 인간은 너무나

추한 데가 많은 것 같구요, 추한 것 바로 그것이 인간인 것 같기만
하게 보이니까요."

나는 그의 이야기를 들어가면서 의사는 역시 그 탐미주의자인
서낭의 아들이구나 생각했다. 미에 예민했던 그 아버지에, 추에 예
민한 이 아들.

"그래서 극도의 자기 혐오에까지 사로잡히게 되었는데 언젠가
저는 그토록 추한 인간이 어떤 일순 불꽃을 튀듯이 아름다워진다는
것을 느끼게 되었어요."

의사는 조용히 말을 이었다.

"6·25 때 저는 군의관으로 있었는데 부하를 개돼지처럼 다루고
즉결처분을 떡먹듯 하는 그런 사나운 지휘관도 환자로서 군의관을
대할 때만은 여간 착해지지가 않아요. 그건 아기처럼 귀엽게조차
느껴지지요. 물론 낫기만 하면 도로아미타불입니다만."

거기서 의사와 나는 함께 웃었다.

"살인범까지 저는 치료해 봤는데요, 환자로서의 그는 의사인 제
눈에는 착하고 순진하게조차 보였어요. 불쌍하고 측은한 생각이 들
더군요."

"그랬을 테죠."

"예전에, 개업한 친구를 거든 적이 있어요. 그때 저는 고통을 이
기면서 오직 의사만 믿고 있는 환자의 이마에 구슬땀을 흘리면서
오직 수술에 몰두하는 친구를 보는 순간 정말 아름답다고 느꼈어
요. 그리고 인간이 계속 이러한 아름다운 관계를 지속시킬 수는 없
을까고 생각했습니다. 그런데 며칠이 안 가 치료비로 실랑이가 벌
어졌을 때 저는 정말 견디기 어려운 환멸을 느꼈어요. 그토록 아름
답게 보이던 인간관계가 어쩌면 그렇게 추해 보일 수 있을까 하고
요. 그래서 아, 인간이란 어느 일순, 어느 한 때만 선하고 아름다운

것이구나, 그렇게 생각했지요. 그래서 저는 떠돌이 의사가 되기를 결심한 겁니다. 의사 없는 벽촌에 가서 치료를 하게 되면 저는 곧잘 환자에서 인간으로서의 아름다움을 발견하지요. 제 앞에 나타나는 사람들은 어쩌면 그렇게도 착하고 아름다울 수 있을까, 경탄할 수밖에 없어요. 물론 약품을 도난당하는 수도 있어서 가슴이 철렁 내려앉을 때도 있긴 합니다만…….”

나는 신음하듯이 탄성 어린 어조로 말했다.

“욕심도 많으셔. 그렇게 사람이 착하고 아름다운 순간만 독차지하려 하시다니.”

그러자 의사는 한 번 고개를 기우뚱해 보이더니

“참, 그렇게 볼 수도 있겠군요. 아니 정말 그렇기도 하군요.”

하고 말했다.

밤은 어느덧 깊어갔다. 나는 또 한 접시의 과일을 청했다. 과일 접시를 갖고 온 아주머니가 나가는 것을 기다리는 품이더니 의사는 앉음새와 표정을 달리했다.

“용서를 빌어야겠습니다.”

“갑자기 또 무슨 말씀을…….”

“제가 선생님을 뵌 것은 우연이면서 우연이 아니라는 말씀입니다.”

“네?”

“저는 아까 객보에서 선생님 이름을 보고 이렇게 뵙기를 노린거지요.”

“아니, 그렇지만 저의 위경련까지 선생이 조작한 것은 아니잖아요?”

“그야 그렇지만, 그렇지 않아도 찾아뵈려 했어요.”

“그럼 제가 앓길 잘했군요. 어때요? 제가 환자로서 아름다워 보였습니까?”

의사는 그저 소리없이 웃고 나서

"저는 옛날 선생님께서 잡지에 쓴 저의 부친의 이야기를 읽었어요."

"그랬었나요!"

"그 글이 깊이 저의 인상에 남아 있었지요. 그래서 부친이 돌아가신 뒤 저는 몇 번 선생님을 찾아가 진상을 말씀드릴까도 했는데 그것을 밝히는 것이 과연 부친의 뜻일까 하고 망설여져서 이제까지 뵙질 못한 겁니다. 그러다가 어느새 하나의 마음속에 깊숙이 간직해 두면 된다는 생각을 하게 되었던 것인데 아까 객보를 보고는 갑자기 생각이 달라졌어요."

"거꾸로 제가 벌써 서낭 선생께 댁 같은 자제분이 계시다는 걸 알았다면 어떻게 해서든지 찾아뵈었을 텐데요."

"제가 공연한 얘기를 드렸는지 모르겠어요."

"천만에요. 그런데 서낭 선생께서 술을 잘하셨다고 들었는데……."

"그랬죠."

"한잔 하실까요?"

"아뇨, 술을 마시면 실수하기가 쉬워서요."

"실수 않는 술이 어디 술입니까?"

술을 마시게 되면 무슨 실수를 할 것인지 의사는 굳이 술을 사양했다.

"혼자 늙으실 생각입니까?"

"그렇게 될 것 같군요."

"역시 여자에게서 자꾸 인간의 불미한 것이 느껴지셨나요?"

의사는 또 소리없이 웃었다.

"아뇨, 어디 이런 떠돌이를 따라다닐 여자가 있습니까?"

“있을 성싶은데요.”

나는 이 의사와 같은 혈통이 단절된다는 것이 아까운 생각이 들었다.

“솔직히 물어보겠는데, 남성으로서의 충동을 어떻게 처리하고 계셔요?”

의사는 또 히뭇이 웃더니

“이제 버릇이 된 게 아닐까요? 관심을 두지 않는 것이 어느덧 버릇이 되어버린 것 같아요. 버릇이란 무서운 것이니까요. 이제 별로 그런 일로 고통을 느끼지 않습니다.”

“일종의 도통이시군.”

“천만에요!”

의사는 조금 언성을 튕기더니

“곧잘 마음의 간음을 경험하니까요.

“그게 어떤 경우죠?”

나는 다그쳐 물었다.

“글쎄요.”

의사는 잠시 생각하는 품이더니

“뭐라 할까요? 뜨거운 여름에 시골길을 가다가 우물가에 들러 시원한 물 한 모금을 청하는 저에게 물을 떠주는 어느 아낙네의 수줍은 표정 같은 것에 일순 저는 강력한 인력(引力)을 느낄 때가 있어요.”

“인력이라고 하시는군.”

“우스우십니까?”

하고 의사는 얼굴을 붉혔다.

“천만에요, 계속하세요.”

“뭐…… 이런 경우도 있긴 해요. 청진기를 들고 기다리고 있는 제 앞에서 시골 아가씨가 오히려 가슴을 여미며 목덜미까지 얼굴을 붉히는……."

"그 일순에!"

그 한마디를 동시에 뇌이고 나서 의사와 나는 똑같이 소리를 내어 웃었다.

이번에는 내가 앉음새를 고쳤다.

"그럼, 선생께서 일정한 장소에 머물지 않고 가방 하나를 들고 벽촌을 떠다니시는 건 처음 만나는 사람들이 보이는 어느 일순 어느 한때의 아름다움을 보고 느끼시기 위해선가요?"

"글쎄요."

하고 의사는,

"그걸 느끼기 위해서라기보다 그걸 느낄 때만 저는 남과 연결될 수 있어서라고나 할는지요?"

"아녜요, 그런 건방진 게 아녜요. 그런 게 아니구 남들처럼 남을 사랑할 수가 없어서……."

뭔가 안타까워하는 의사를 보고 나는 현상 퀴즈의 해답처럼 한마디로 나 자신을 납득시킬 대답을 성급히 그에게서 끄집어내려 한 나의 속물성에 나도 모르게 얼굴을 붉히고 말았다.

이튿날 아침, 나는 일찍 그 소도시에서 20여 리 떨어져 있는 마을까지 도보로 간다는 의사를 거리 밖의 동둑까지 전송했다. 그도 나도 말이 없었다.

의사와 나 사이에는 이미 말이 필요치 않았다. 그저 함께 나란히 이렇게 거니는 것으로 족했다.

동둑에 이르러 의사와 나는 그저 잘 가라느니, 또 만나자느니 하는 의례적인 싱거운 인사로 헤어졌다. 그러나 앞으로 나와 그가 다시 만나지 않으리라는 것은 너무나 분명했다. 왜냐하면 의사도 나도 똑같이 그것을 원하지 않는 터이니까.

그는 조그만 손가방 하나를 들고 바람에 밀리듯이 성큼 둑을 걸어갔다.

그렇게 멀어져가는 그의 뒷모습에 눈을 주고 있다가 나는 자욱한 고독의 그늘과 함께 눈에 보이지 않는 무거운 짐 같은 것이 그의 두 어깨를 누르고 있음을 환각(幻覺)했다.

그것은 스스로가 짊어진 것이면서 그의 부친인 시인 서낭이 이어준 것인지도 모르고 어쩌면 나 같은 이승의 속물들이 어거지로 떠맡긴 것인지도 모를, 그러나 어느 누군가가 짊어져야 할 그런 성질의 짐으로 여겨졌다.

잠시 그렇게 시름에 잠겼던 나는 차차 마음이 비어져가는 느낌이면서 기실 그 어느 때보다도 충족돼 가는 듯한 아주 이상한 기분에 사로잡혀 갔다.

희극배우

중국의 성현의 한 사람인 공자님의 제자 가운데 언제 봐도 울상의 사나이가 있어서 어디 초상이 났다고 하면 으레 공자님이 그를 골라 문상을 보냈다는 이야기를 아는 사람은 많을 것이다. 사람이 별로 슬프지도 않은데 슬픈 얼굴 표정을 지어야 하는 것처럼 힘들고 괴로운 일도 없는 법인데, 일부러 애쓰지 않아도 울상이라니 문상에 그 이상의 안성맞춤인 인간이 또 어디 있겠는가.

그런데 공자님이 하신 그 일이 사실이라면 공자님으로서는 잘못하신 것이다.

초상난 집에 문상을 가는 진정은 슬픔을 진정으로 나누는 데 있다고 할 때 슬프지 않아도 슬픈 얼굴의 사나이를 문상 보낸다는 것은 형식의 극치로서 공자님의 좋은 가르침이 맹랑하다는 생각이 들어 탈이다.

그야 공자님의 행적이란 것을 보면 꽤 까다로웠던 듯하여 해학으로 느껴지는 경우도 많은데, 위대한 사상가인 공자님이 의식하지

않고 생래의 해학성으로 다룬다면, 울상의 제자를 초상집에 보냈다
는 것은 어쩌면 공자님답기도 하다.

사람은 누구나 언젠가 죽는 것이니 별것이냐는 생각으로 기왕이
면 울상의 제자를 보냈다는 것은 그렇게 따질 일도 아닌 것 같다.

그러나 공자님이 가장 사랑하던 제자를 잃고는 대성통곡하며 제
대로 그 슬픔을 가누지 못하였다는 것이 사실이라면, 또 그에 대한
평가가 흐트러지는데, 천재는 모순을 지니는 법이라는 견해도 있으
니 그만해 두는 것이 좋겠다.

더욱 작자가 이제부터 기술하려는 이야기는, 중국의 공자님과
아무 관련이 없을 뿐 아니라 어떠한 천재와도 전혀 관련이 없고 그
자신도 너무나 평범한 두뇌의 소유자에 관한 것이다. 물론 언제나
그렇듯이 작자가 그리는 인물이니만큼 그 사람은 한국 사람이다.

그런데 그 한국 사람은 한 사람이라 해도 좋고 두 사람이라해도
좋다. 한 사람의 이야기를 쓰는 데도 수십 명, 수백 명을 등장시켜
야 하는 수가 있으니 여기서 한 사람 이야기냐 두 사람 이야기냐 하
는 산수 문제는 별로 의미가 없을는지 모른다. 게다가 아무리 외고
집이거나 기인이라 하더라도 사람이란 혼자 사는 재간은 없는 법이
고, 또 산다는 뜻은 남과 얼려 산다는 것이 정답이다. 좋아하거나
싫어하거나 사랑하거나 미워하거나 또 소닭 보듯이 살거나 괭이가
쥐 잡아먹듯이 살거나 간에 말이다.

이만소(李萬笑). 자기 아들에게 만소라는 이름을 붙일 만큼 마음
이 트인 한국인이 드문 시대에 붙인 이름이니, 물론 성만 제 것이고
이름은 예명이다. 원래 이름은 만복(萬福).

그에게 그 예명을 지어준 것은 그와 동고향, 동연배, 죽마고우인
양일소(梁一笑)이다. 물론 그의 이름도 만소의 경우나 다름없이 필명
이다. 원래 이름은 거창하게도 대위(大偉), 양 대위는 만복에게 만소

의 예명을 지어준 5년쯤 뒤에야 스스로 일소라는 필명을 사용했다.

양일소로서는 이만복에게 만소의 예명을 지어줄 때 일 분간 이상 궁리할 시간을 허비하지 않았다.

만복이 만담을 한다고 예명을 부탁할 때 그의 머리에 웃음 소(笑) 한 자는 당장 떠올랐던 것이며 그는 소(笑)자는 복(福)자에 통한다고 생각했던 것이다. 자고로 소문만복래(笑門萬福來)라고 했으니 소(笑)는 곧 복(福)이 아닌가.

양 대위가 스스로 일소라는 필명을 사용하게 된 것은 그가 만소를 위하여 각본을 쓰게 되어서인데, 만소를 위한 갖가지 대본을 쓰게 된 까닭에 만소에 대하여 일소로서 겸양지덕을 발휘한 때문이긴 하지만 처음 일소를 필명으로 삼는 데는 달리 두 가지 뜻이 곁들여 있었다.

하나는 폭음포식의 버릇이 있는 일소는 늘 대위의 자기 이름에서 대위(大胃)를 연상했던 것이며, 거북할 때는 위에 가득 찬 음식물의 일소(一掃)를 생각한 데 기인하며 또 하나는 한때 정치 문제와 사회 문제에 적잖은 관심을 기울였던 그로서 잔재일소니 부패일소니 하던 슬로건이 그의 뇌리에서 빠지지 않고 있었던 까닭이다.

후에, 철이 덜 들어 오기와 객기가 빠지지 않은 탓으로 그와 같은 까닭을 붙였던 것을 뉘우치고는 일소는 문자 그대로의 일소(一笑)임을 스스로의 마음에 다짐함으로써 비로소 일소는 진정한 일소가 되었던 것이다.

만소와 일소는 박천강 기슭의 같은 군에서 태어났으나, 면은 달라서 둘이 처음 만난 것은 국민학교 그러니까 당시의 보통학교에 입학해서이다.

둘은 공교롭게도 같은 책상 같은 의자에 나란히 함께 앉게 되었던 것이다.

뒤에, 그것도 상당히 커서 서로 격의 없이 나눈 술회의 감상이지만, 둘이 처음 얼굴을 마주보고 나서 느낀 인상은 만소는 일소를 보고, 세상에 건방지게 생긴 놈도 다 있다는 것이었고, 일소는 만소를 보고, 세상에 우습게 생긴 놈도 다 있다는 것이었다니, 만소와 일소가 거의 일생을 두고 함께 한 기묘한 이인삼각(二人三脚)은, 뭣에든지 그럴 듯이 뜻을 붙여야 직성이 풀리는 사람 같으면, 그것을 가리켜 운명적인 해후라고 했을 것이 분명하다.

나로서 굳이 말한다면 희극적인 해후라고 할 것이다. 아니 소극적인 해후가 옳을는지 모른다. 아니 아니, 그렇지 않다. 역시 희극적인 해후 편이다. 왜냐하면 생애의 막바지에 이르러 오랫동안 해학과 익살과 웃음으로 엮어졌던 두 사람이 어느 일순 어떤 비극도 침묵할 완전무결한 감정의 일치를 가졌기 때문이다.

만소가 세상을 떠난 뒤 일소는 그를 추모하는 글에서 이렇게 쓰고 있다——그는 천생의 희극배우였다. 그를 보기만 하여도 사람들은 웃었고, 청중은 적극적으로 그에게서 웃음을 발견하려 했다. 그리고 함께 웃음을 나누려 했다. 그가 잠자코 있어도 웃고, 말해도 웃고, 서도 웃고, 앉아도 웃고, 누워도 웃었다. 그가 웃으면 물론 웃고, 심지어 그가 울어도 사람들은 웃었다.

대위——일소가 여덟 살에 처음 만소—— 만복을 만나고 세상에 우습게 생긴 놈도 다 있다고 느끼기는 했으나, 서로 어려서 딱히 얼굴의 미추를 가릴 때도 아닌데다가 어린이들의 눈에는 세상에 우습게 생겨 보이는 놈도 많은 만큼, 대위——일소가 만복——만소의 그 절묘한 얼굴 생김새를 제대로 인식하게 된 것은 퍽 훗날의 일이다.

대위가 처음 만복이 여느 사람과 다르다는 데 놀란 것은 그의 예민하기 짝없는 청각이다. 여름철에 들에 나가 잠자리 같은 것을 잡을 때 만복은 눈으로 발견하기보다 귀로 발견했다. 그는 잠자리가 내려앉는 소리와 뜨는 소리 그리고 날아가는 소리를 들을 수 있었고, 풀숲의 메뚜기가 바스락거리는 소리를 다른 아이들이 미처 들을 수 없는 먼 거리에서 먼저 들을 수 있었다.

그러나 대위가 그의 청각에 놀란 것은 장난이나 놀이에서가 아니었다. 불미스러운 일이었지만 언젠가 산수시험을 치를 때 커닝을 하면서 그 점에 놀랐던 것이다.

처음 만복이 속삭이듯이 대위에게 산수 문제의 답을 맞추어 보자고 했을 때, 대위는 적이 놀라고 먼발치의 선생님의 눈치를 살피면서 가슴을 두근거렸다. 머뭇거리고 입을 안 떼자 만복은 재촉을 했다.

하는 수 없어진 대위는 속삭이는 어조이기보다 그야말로 모기 소리로 문제의 해답을 불러갔다. 대위로서는 책상과 의자를 같이 쓰는 어깨동무의 의리상 권에 못 이겨 하는 수 없이 답을 불렀던 것으로 자기의 모기 소리를 만복이 알아듣건 말건 그것은 문제가 아니었다.

그런데 거의 입술을 벌리지 않은 상태에서 이 사이로 들어낸 대위의 모기 소리를 일소는 깨끗이 알아들었던 것이다.

그렇게 만복은 남달리 귀가 트였던 탓인지 남의 하는 말을 한번만 들으면, 곧잘 그 흉내를 내었다. 그래서 우리말로서는 할아버지의 흉내, 아버지의 흉내, 동네 어른네들의 흉내, 장터에서 주워들을 수 있는 장사치의 흉내, 노점 약장수의 흉내에는 입으로 바이올린 소리까지 곁들였다.

일본말로는 일본인 순사의 호령조로부터 오카미상(부인네)들의 인사 흉내는 물론 점잖은 교장 선생님이 훈시하시는 흉내, 남선생, 여선생의 흉내를 닥치는 대로 모조리 옮겨놓았던 것이다.

그러한 흉내는 때로 제스처까지 보탠 탓으로 같은 또래의 인기를 독차지했다.

그만큼 남의 말을 듣고 흉내를 잘 내면, 선생님의 가르치는 것을 듣고 공부도 웬만큼 할 법한데, 하늘은 한 사람에게 모든 걸 다 주는 것은 아니어서 그런지, 만복이 그토록 예민한 청각도 선생님의 가르치는 말씀만은 딱 거절하였던지 성적은 엉망이었다.

또 한 가지 신기한 것은, 노는 자리에서 만복의 갖가지 흉내는 자유자재, 융통무애하였지만, 소풍을 가서 노래자랑이라도 벌이는 때면 만복의 목은 고장난 소리통처럼 전혀 쓸모가 없게 되었다. 동무들이 성원을 보낼수록 담임 선생님이 재촉할수록 그의 입은 닫혀진 소라껍질이 되었다.

만복의 장난도 대위만큼은 심해서 때로 실수도 하는 수가 있었지만 벌을 받게 되면 언제나 대위가 도맡아야 했다.

마을 어른이고, 학교 선생이고 간에 호되게 꾸중하려고 만복이 앞에 다가섰다가도 그의 절묘한 얼굴 표정을 보고는 피식 웃고 기껏 주먹쥔 손으로 머리에 가벼운 밤알 하나를 먹이고는 돌아섰던 것이다. 그래서 채 직성이 풀리지 않은 어른이나 선생은 만복이 처음 보고 느낀, 세상에 건방지게 생긴 놈도 다 있다는 대위를 가중 처벌했다. 대위에게는 명백한 횡액이었으나 그렇다고 뭐 만복에게 죄가 있는 것은 아니었다.

대위도 그렇게 되는 기미랄까 까닭을 알고 있었으나 조금도 만복을 원망하진 않았고 그의 기질은 오히려 그것을 사나이로서의 자랑으로조차 생각했다.

그렇게 만복이 미래의 희극배우라는 될성부른 나무로서의 떡잎을 보여준 셈이지만, 보다 뚜렷이 나타난 징후는 그가 어렸을 적부터 극장과 무대에 거의 생리적으로 접근한 일이다.

아래위층 합해서 사오백 석 될 정도의 소도시 고장 극장에는 가끔 신파연극과 가극 비슷한 쇼를 공연하는 유랑극단이 찾아들었다.

그럴 때면 일본 시바이(연극)의 공연 전 선전을 흉내내어 배우나 가수들이 탄 몇 대의 인력거와 울긋불긋한 세로 긴 폭의 깃발을 앞세운 일행의 시내 순시가 있었다.

그럴 겨우 십 세 내외의 고장 소년들에게 구경을 공짜로 시켜준다는 미끼로 깃발이 달린 긴 깃대를 메게 하였는데, 꼭이랄만큼 만복이 그 몇 명의 소년 가운데 끼였던 것이다. 공연 중에는 거의 극장 출입구 언저리에서 서성거린 것은 두말할 나위가 없었다.

그래서 극장에서 공연이 있을 때마다 만복은 담임 선생님으로부터 꾸중을 듣거나 응당한 벌을 받아야 했다.

진지한 동급생들이 정당한 고자질을 했기 때문이었다.

그래도, 공연 때마다 들떠 돌아가는 만복의 버릇은 고쳐지지 않아서, 공연히 있으면 담임 선생은 으레 그에게 벌을 주어야 하는 꾸중과 징계와 언약과 파약이 반복되었던 것이다.

그러나 시골 소년의 호기심의 발로 같은 그런 정도로 만복의 희극배우로서의 앞날이 점쳐진 것은 아니다.

실제로 그는 무대에 뛰어들었던 것이다.

어느 공연 때인가 만복은 깃대를 메고 돌아가거나 극장 출입구에서 서성대는 데 그치지 않고 무대 뒤의 의상실에 들어가 기웃거렸던 모양이다. 그러다가 비슷한 또래의 몇 명과 함께 좌장의 호통으로 쫓겨나게 되었는데, 그만 만복은 도망치는 길을 잘 못 잡아, 자기도 모르게 배우 몇 명이 한창 관객들을 웃기고 있는 무대에 나서고 말았다.

연기하던 배우들도 놀랐지만, 만복이 기겁을 한 것은 물론이다. 그런데 무대 양쪽에서 손가락질하는 단원들을 보자 그만 만복은 도망칠 길을 잃고 말았다. 무대에서 관객석 앞으로 내리뛰면 되었는데, 갑작스레 생각지도 않은 자기 고을의 코흘리개가 무대 한가운데 나타난 것을 보자 극장 안에 꽉 들어찬 고을의 관객들이 홍소와 박수를 보내는 바람에 만복은 그야말로 독 안에 든 쥐가 되고 말았다.

독 안에 든 쥐는 무대 한가운데서 정신없이 갈팡질팡했다. 이 배우에 부딪치려다가는 저 배우 쪽으로 몸을 피하고 저 배우가 힐난하는 듯 여겨지면 이 배우 쪽으로 몸을 돌리는 바람에 만복은 무대 한가운데를 다람쥐 쳇바퀴 돌 듯하는 수밖에 없었는데, 그렇게 그가 당황하여 몸둘 바를 모르는 꼴이, 그 얼굴 생김새로 말미암아 관객들에게 뜻하지 않은 즐거운 웃음을 던져주었던 것이다.

그런 분위기를 알아차리자 무대 위의 배우들은 잠시 각본을 제쳐놓고 각기 애드리브의 연기를 보였고, 무대 좌우의 단원들도 그를 내몰렸던 손을 쉬고 관객들과 함께 턱을 들어 웃었다.

사태가 수습되었을 때, 혼이 나리라고만 믿었던 만복에게 뜻밖에도 좌장은 50전짜리 은전 한 닢을 주었다.

어쩌면 그것이 만복이 그의 연기의 대가로 받은 최초의 보수라고 할 수 있을는지 모른다.

그 소문이 고을에 퍼지고 학교에도 알려지자 호된 꾸중과 엄중한 처벌을 각오했던 만복에게, 좌장으로부터 받은 50전을 담임 선생님에게 바쳐서, 때마침 널리 모집 중이던 삼남 수해의연금으로 보내기를 권한 것이 다름아닌 양 대위——훗날 만복——만소의 만담과 희극의 극본을 써주게 된 양 대위——일소였던 것이다.

어쩌면 그러한 권유는, 그 후 거의 생애에 걸쳐 만소의 그늘에서 그를 도운 일소의 최초의 자문행위였는지 모른다.

보통학교를 졸업한 뒤 해방이 되어 성장한 장정으로서 제 고장에서 재회할 때까지의 경력을 두 사람은 서로 잘 모른다. 재회하고

도 두 사람은 서로가 지나온 길을 굳이 캐물으려 하지 않았다.

사실, 인간의 성장기란, 성공보다는 실패가 더 많고 자랑할 일보다는 실수한 편이 더 많은 까닭에, 남에게 굳이 알릴 것도 없고, 따져물을 것도 없는 것이다.

위대한 인물일수록 그 성장기는 잘 알려지지 않는 법인데, 위대하지도 않은 인물의 성장기 따위는 더욱 알 필요가 없는 것이다.

다만 두 사람은 서로 떨어져 있던 성장기에 두 사람에 있었던 각기 다르고 또 유사한 두 가지 사실만은 어렴풋이 알고 있었다. 다른 것은 이만복은 어떤 상급학교에도 진학하지 않았는데 양 대위는 중학교를 거쳐 일본 유학을 했다는 일이며, 유사한 것은 일제 말기에 두 사람이 다 일본군에 끌려가 곤욕을 치르고 돌아왔다는 사실이다.

해방 후, 한두 달의 간격을 두고, 이만복은 만주에서 육로로 압록강을 건너 제 고장으로 돌아왔고, 양 대위는 중국에서 상해를 거쳐 이른바 귀국선을 타고 인천을 거쳐 삼팔선을 넘어서 제 고장으로 돌아왔던 것이다.

해방 후, 한반도의 어느 구석에서도 친구 사이면 으레 그런 말이 오가고 있었지만, 본의 아니게 일본군의 꽁무니에 붙어서 전쟁을 경험한 친구 사이에는, 어떻든 피차 살아남아 천만다행이라는 뜻에서 재생 축하의 술을 몇 차례 나눠먹고 나면, 앞으로 어떻게 살 것인가, 무엇을 할 것인가의 의견을 주고받는 것이 예사였다.

그 어떻게 살 것인가, 무엇을 할 것인가라는 데, 반드시 뜻을 찾는 경향이 짙었다는 것은 당시의 특성이면 특성이었던 것이다.

만복과 대위 사이에 오고간 이야기도 바로 그런 종류의 삶이었고 보람이었고 뜻이었다.

"자넨 무엇을 할 작정인가?"

하는 대위의 위엄 있는 물음에 만복은 이렇게 되물었다.

"자넨 내가 앞으로 무엇을 하면 좋겠다고 생각하나?"

"그야 자네 생각에 달렸지. 내가 어떻게 이래라저래라 하겠나."

"아냐, 내 말은 그런 게 아니야. 이래라저래라 하고 명령하라는 게 아니라……."

일본군 상등병에 머물렀던 만복은 아직도 일본군 소위였던 대위의 계급을 의식하고 한 말이었다.

"내 얼굴을 보게나. 이 얼굴을 갖고 앞으로 뭘 할 수 있겠는가 말일세."

"얼굴."

하고 말꼬리를 튕긴 대위는 새삼스럽게 찬찬히 만복의 얼굴을 뜯어 보았다.

어렸을 적부터 낯익은 얼굴인데, 여덟 살 때 처음 만나 받은 인상이 아직도 다를 수 없도록 그 얼굴 생김새와 거기 어려 있는 표정은 한 마디로 절묘했다. 눈꼬리가 처진 것보다 더 처진 두 눈썹고리는 웃거나 찡그리면 더욱 더 밑으로 처졌고 코는 들창코로 하늘을 우러러보고 있는데 커다란 입은 길게 옆으로 째지고 맞닿은 입술은 아래위가 모두 두터웠다. 그것 역시 웃거나 긴장하면 그 양부리가 위로 치올라갔다. 옛날 평양으로 수학 여행 가는 차 안에서 대위가 장난으로 잠들어 헤벌린 데, 커다란 감자 한 알을 밀어넣었던 입이다.

그런 얼굴이 진지한 물음과는 달리 찡그린 것인지 웃고 있는 것이지를 분간할 수 없게 했다.

"왜, 자네 얼굴이 어때서?"

그러자 만복은 정말로 소리를 내어 웃었다.

"친구라구 봐주는군, 그럴 필요는 없다네. 이 내 얼굴은 일본 장교를 웃기기보다 울린 얼굴이라네."

그의 얘기는 다음과 같았다. 부대가 꽤 높은 일본군 고급참모의

사열을 받게 되었을 때, 부임한 지 얼마 안 되는 중대장이 사전연습을 하다가, 앞줄 한가운데 버티고 서 있는 만복을 보자, 그 앞에 걸음을 멈추고 서서, 물끄러미 만복의 얼굴을 쳐다보더니 느닷없이,

"웃지 마, 뭐가 우스워?"

하고 소리쳤다는 것이다. 그러자 그를 뒤따르던 부관이 황급히 그 신임 중대장의 귀에다 가까이 입을 대고 뭐라고 속삭이자,

"뭐?"

하고 그는 뜻밖의 표정을 짓더니,

"으음."

하고 한 번 코를 울리고는 웃기는커녕 양미간을 찌푸리면서,

"뒷줄로 돌려."

하고는 자기 앞을 떠나더라는 것이다.

"자네, 내 귀가 밝다는 거 알지, 그때 소대장이 신임 중대장에게 뭐라고 했을 것 같아?"

"글쎄, 뭐라든가?"

"저건 어쩔 수 없는 얼굴입니다, 라고 하더군. 그런데 신임 중대장이 그 말을 못 알아듣는 눈치를 하자, 소대장이 또 뭐라고 속삭였는지 알아?"

대위가 얼른 대꾸를 못 하자,

"엽전으로 태어날 때부터 저런 웃기는 얼굴이란 말입니다. 그러니 저 자에게 책임이 있는 건 아닙니다, 라고 봐주더군. 언즉시야(言則是也)라, 그런데 엽전으로 태어날 때부터——물론 그는 엽전이라고는 안했어. 센징(鮮人)이라고 하더군——어떻든 그 한마디는 나 같은 놈한테두 뭔가를 생각게 했어."

하고 또 한 번 웃어 보였으나 그 웃음은 허했다.

"일본이 져서 돌아오는 보따리를 챙길 때부터 생각한 것은 내가

다른 누구도 아닌 바로 엽전이란 점이야. 그리고 태어날 때부터 이렇게 생겨먹은 엽전으로서 내가 앞으로 할 수 있는 일이 무엇일까. 그렇게 생각할 때 다른 사람들과 달라서 나는 나의 생김새를 생각지 않을 수 없는 거지. 누가 봐도 웃게 마련인 이 얼굴을 갖고는 안 될 일이 수두룩한 것 같아. 시치미를 떼고 버티어봐야 어린애들까지 웃으니 뭘 제대로 할 수 있겠는가 말일세. 그러다가 얼핏 머리에 떠오른 생각은 이런 얼굴을 놓고 아무리 애태워봐야 해결날 일이 아니니, 이제 그런 걱정일랑 말자. 그 대신 거꾸로 이렇게 생겨먹은 얼굴을 살려볼 수도 없는 것은 아니지 않은가 하는 생각을 해봤다네.”

그리고 만복이 잠깐 뜸을 들이는 순간, 양 대위는 응 하고 용을 쓰는 듯한 소리를 틀어내고는 저도 모르게 자기 무릎을 딱쳤다.

“됐어!”

이번에는 만복이 그러한 양 대위의 기세에 몸을 뒤로 젖히듯이 하면서 놀랐다.

“됐다니 뭔가?”

“이제 자네는 장님 문고리를 잡은 셈일세.”

“문고리?”

“문고리도 문고리, 자네는 인생의 문고리를 확 잡아채었어. 시원한 외계의 바람은 일시에 확 밀어들고 자네 인생의 앞날은 오색의 파노라마처럼 질펀히 벌어졌단 말이야.”

그리고 양 대위는 열띠어가며, 인생 일반을 논하고, 인간으로서의 깨우침과 인간에게 주어지는 기회의 섭리를 말했다. 그리고 나서 그는 만복에게 물었다.

“그래 뭐 헐 텐가?”

그러나 만복은 되물었다.

“그러니까 나더러 뭐 하라는 거야?”

그제야 양 대위는 예사로운 마음으로 돌아갔다.

그렇게 해서 두 사람이 얘기를 나눈 결과, 만복이 앞으로 만담가나, 희극배우로 입신하는 것이 좋겠다는 구체적이라면 구체적이고 막연하다면 막연한 결론을 얻었던 것이다.

거기다 양 대위는 또 그답게 까닭을 붙이고 부연해야 했다.

"자네는 이제부터 사람을 웃기는 거야. 예외없이 허파줄이 끊어지고 턱이 어긋나고 밸이 솟구쳐 나올까 봐 누구나 턱과 배를 꽉 움켜쥐지 않을 수 없도록 웃기고 또 웃기는 거야. 그리고 한 가지, 이것만은 명심해 두게. 자네는 어디까지나 엽전으로서 엽전들을 웃기는 것이라는 점을! 알겠나?"

만복은 양 대위가 한 말의 참뜻을 제대로 알아듣지 못한 채· 이렇게 혼잣말처럼 뇌까렸다.

"그건 그래, 내가 일본 군대생활의 여흥에서 만담 비슷한 것으로 웃겼을 때 그들은 좋다고 웃으면서도 나를 엽전이라고 비웃기도 했으니까. 같은 엽전들이야 그럴 리 없을 테지."

"내 말 뜻은 좀 다르지만 그건 그래."

그래서 해방 후 어디서나 할 일은 많은데 할 일은 없었던 들뜬 분위기 속에서 그 고장에도 심심풀이의 소인극단(素人劇團)이 생기자, 만복은 거기 끼여들어 연극에서는 단역을 맡아했고 얼마 안 가서는 혼자 나와서 원맨쇼의 짤막한 만담까지 하게 되었다.

그때 양 대위가 만복에게 만소라는 예명을 지어주었던 것이다.

양 대위가 보기에 만소가 무대에 오르면 마치 고기가 물을 얻은 것처럼 전신에서 활기를 뿜어내는 듯싶었다.

관중들은 만소가 무대에 나타나기만 해도 웃었고, 말을 하기 전에도 웃었고 무슨 말을 해도 웃었다.

그러나 그렇다고 만소는 무대에 올라 되는 대로 내뱉을 수는 없었다. 좋은 말도 한두 번이란 말이 있지만 우스운 말도 한두 번이어서 관중은 만소에게 새로운 웃음거리와 아찔하는 풍자를 요구했다. 관중이란 언제 어디서나 냉정하기보다 냉혹한 것이다.

그래서 만소는 웃길거리를 찾아내는 데 무진 애를 썼지만 그의 능력의 한계는 뻔한 것이어서, 생각이 막히면 만소는 양 대위에게 도움을 청했다.

만소가 어려서 처음 만나 건방지기 짝없다는 인상을 받은 양 대위의 용모는 성장함에 따라 더욱더 거오하게 변모해 갔고, 본인으로서는 거오하다기보다 위엄 있는 얼굴로 믿고 있는 양 대위는 일본군 소위까지 승진한 자신도 있어서 그 헌칠한 풍모와 허우대를 갖고 언젠가는 정치계에 진출할 것을 남몰래 노리고 있었다.

그러나 해방 후 삼팔선 이북의 정치적 분위기는 그로 하여금 선뜻 나서는 것을 망설이게 하는 점이 없지 않았다.

일본 유학의 대학 시절에 몇 권 사회주의에 관한 서적으로 읽기는 했으나, 그런 정도는 당시 의식적인 대학생이면 누구나 경험한 것으로서, 그의 호탕한 기질에 사회주의적인 것은 한때의 호기심을 일으키는 이상의 흥미를 주지 못했다.

게다가 그가 보기에 소련군의 진주에 힘입어, 너도 나도 자기를 내세운 주의자라는 것들은 천박한 시세의 편승자 외의 아무 것도 아니었고, 그들이 멋대로 놀아나는 꼴을 차마 볼 수 없는 삼류, 사류의 정치 쇼로밖에 여겨지지 않았다.

그래서 그는 민족을 내세우는 민주주의자들에게 관심을 기울여 보았으나, 새로운 비전이 없어 보였고, 또 기독교 신자가 아닌 그에 있어서, 그 정치운동의 언저리에 지나치게 기독교인이 많고, 따라서 종교적 색채가 짙다는 것이 그리 달갑게 받아지지 않았다.

그래서 그는 혼자 끙끙 앓고 있었던 것이다.

그러한 그에게 만소의 간청은, 한때의 심심풀이를 풀어주는 일종의 여흥이랄까 여가가 될 수 있었다.

그는 학생시절에 읽고는 버리지 않고 쌓아두었던 장서 가운데서 소화(笑話)에 관한 책 몇 가지를 끄집어내어 거기서 얻은 힌트로 만소가 할 만한 만담의 대본을 만들어주었다.

그러는 가운데 시간은 가고 세월은 흘렀다. 평양서는 민족적인 민주주의 편이 점차 밀려가면서, 소련 주둔군의 비호를 받은 공산주의적인 좌익 편이 날로 기승해 갔다. 그렇게 되자 삼팔선 이북에는 득세해 가는 좌익에 대한 반감이 높아갔고, 사람들은 다투어가며 그에 대한 익살을 술 안주감으로 하게 되었다.

그러한 일반적인 사회 분위기를 반영시킨다는 꼭이 그런 의도는 없었지만, 양 대위는 때마침 평양에서 온 한 친구가 들려준 당시 평양 시민 사이에 퍼지고 있는 웃음거리를 만소의 만담 대본으로 엮어주었던 것이다.

그 대본을 무대 위에서 연출한 만소의 연기는 그 어느 때보다도 더 열렬한 관중의 반응으로 받아들여졌다.

청중들은 만소의 타고난 희극적인 연기에 마음껏 웃으면서, 그 만담이 비치는 익살에 답답한 심정의 체증을 확 풀었던 것이다.

양 대위가 만소에게 써준 만담대본은 대체로 이러했다.

"여러분, 나 좀 보소. 내 이 머리를 좀 보시라구요. 찌꾸(머릿기름)로 찰싹 발라붙인 이 대갈통에 여러분 뭐가 안 보여요? 오매, 오매, 청맹과니신가봐. 아무것도 안 보이다니 그래 가지고 칠성이 임자 간난이하고 어떻게 연앤가 사랑인가를 하지이, 그야 사랑은 자고로 눈먼 장님이라고 했겠다. 그러나 여러분 보소. 우리의 해방군 아라사 아저씨들 말이오. 이번으로 우리 고장에는 두 번 오시는 손님이라오. 한번은 저 게다짝 쪽발이 왜놈 친구들과 싸우러 왔던 노일전쟁 때, 그때는 카자크 기병 아저씨들이 왔었다오. 스텐카라친의 아저씨들 용케도 왔었지, 그때 우리 아저씨들 장죽을 물고 뻑뻑 담배만 피면서 먼발치에서 구경만 했으니 참 한가했었어.

느긋한 성질의 아라사 카자크 아저씨들과 잘 지냈다오.

그런데 이번에 온 쌀 닷 되(살다트＝병사) 아저씨 성미가 좀 고약해서, 그저 다바이(달라는 뜻) 판이라, 젱긴(돈) 다바이, 마담(아가씨) 다바이, 차스이(시계) 다바이, 살 닷 되짜리니 그럴 수밖에.

그러나 여러분 압록강, 대동강 물 거슬러 떠마시며 자란 평양 기질에 쌀 닷 되 아저씨들의 다바이가 다 뭐냐!——

점잖지 못하게 왜 이렇지. 마우저 아저씨들 해방은 고맙지만 어디 해방이 다바이인가? 그래서 평양 매생이 패들의 박치기, 여기서 우지끈, 저기서 딱, 따발총이 다 뭐야. 평양 매생이 패들의 박치기는 총알보다 빨라 거리거리에 나자빠지는 아라사 쌀 닷 되 아저씨들, 여기 자빠진 것은 무슨 꼬프며, 저기 엎어진 것은 무슨 스키더냐.

여러분, 그러나 다바이가 탈이지, 아라사 아저씨들 원래는 사람이 좋고 무흠하다오. 삼팔 이남에서는 양키 아저씨들이 악수하고 나면 당장에 항카치를 꺼내 손을 닦는다고 하는데, 아라사 아저씨들, 두부찌개도 잘 먹고 소주도 잘 마셔. 짠 고등어를 날대로 먹는가 하면 옥수수 삶은 거 속까지 족쳐댄단 말이야.

이만소 엊그제도 봤소. 쌀 닷 되 아저씨 오징어 두 마리 들고 양화점 찾아와 다 떨어진 구두창 갈아 달라고 조르는 것 말이여. 핫하하. 여러분 그렇게 웃지들 마소."

그리고 뒷부분에 가서

"평양 가서 진짜 냉면 먹으러 냉면집 찾아간 게 아니겠소. 그 시원한 냉면, 평양 냉면은 세계에서 제일이오. 왜냐, 냉면이란 우리나라밖에 없으니 우리나라에서 제일이면 세계에서도 제일이란 말이

오. 안 그렇소? 이의가 있소? 이의가 있는 사람은 이 무대에 올라오
란 말이오. 이만소 비록 씨름대회에 나가 소를 타려다 만 사람이지
만, 기꺼이 상대하겠소.

그런데, 그런데 말이오, 나는 놀랐어. 놀랐어요. 어디 평양 냉면
맛이 이럴 수가 있나. 정말 이럴 수 없단 말이오, 왜냐구요? 맛이 뚝
떨어져도 이만저만이 아니었단 말이외다. 정말, 이만소 눈물이 나
왔소. 아무리 이럴 수가 있는가 하고 말이오.

그러나 여러분, 이렇게 평양 냉면 맛이 떨어진 데는 그럴 만한 까
닭이 있단 말이외다.

여러분 시대가 바뀌었단 말입니다. 그래서 이제 보따리를 바꿔
쥐었단 말이외다.

그래서 인민위원회, 공산당에 무명의 인재가 구름처럼 모여들게
되었단 말이외다. 우리의 자랑하는 냉면 기술자, 국수 중노미들까
지 말이오.

자, 때가 왔다. 보따리를 바꿔쥘 거다. 인민위원회로 공산당으로!

그러니 여러분, 기술자가 떠난 냉면집의 냉면이 맛이 있을 까닭
이 있겠소.

그러나 불평은 말아요. 말이 많단 말이외다.

냉면 맛쯤 뭐냐. 더욱 평양 냉면 맛이 떨어졌다고 울다니 그래도
너는 사나이냐."

양 대위가 써 준 이상과 같은 내용의 대사를 엮어 내려가는 만소
의 연기는 볼 만했다. 이제 그의 연기도 능숙해져서 아마추어의 영
역을 벗어나 프로 뜸 떠먹을 경지에 이른 것이 분명했다.

차차 그는 그때그때의 분위기와 청중의 반응에 민감하게 대처하
는 임기응변의 애드리브를 구사하는 데 있어서 급속도의 진전을 보
이게 되었다.

그의 인기는 사발통문격으로 사람의 입과 귀를 통하여 제 고장 일대를 벗어나 멀리 함경도의 도시에까지 번져갔다.

그러나 호사다마란 말이 있듯이 그에게 뜻하지 않은 재앙이 들이닥쳤다. 공산당이 그의 만담을 문제삼은 것이다.

그 이유는 단순했다.

하나는 반소(反蘇)적이라는 데 있었다. 특히 영웅적인 해방군인 소련병사의 '살다트'라는 말을 '쌀 닷 되'로 비꼰 것이 첫째 잘못, 차스이 다바이, 젱긴 다바이, 마담 다바이라고 하여 해방군대 전사를 도둑놈으로 만들었다는 것이 둘째 잘못, 오징어를 들고 양화점을 찾아가 구두창을 대어달랬다느니, 옥수수를 쐐기째 먹었다느니 하여 소련군 전체를 야만인의 집단으로 모욕한 것이 그 셋째 잘못이라는 것이었다.

다른 하나는 반혁명적이며 보수 반동적이라는 데 있었다.

첫째 프롤레타리아트에 속하는 냉면집 종업원을 구태의연한 국수 중노미라고 부르고, 둘째 그들의 신분이 향상되듯이 말하는 속셈으로는 신분철폐의 과업을 비웃었으며, 더욱 용서할 수 없는 것은 혁명에 앞장서고 있는 공산당과 인민위원회의 구성요원을 모두 비천한 출신처럼 비꼰 일이며, 그것은 명백한 반혁명적 언사이며 보수반동적인 악질적 선동이라는 것이었다.

그리고 그런 이유를 통틀어 만소의 행위 전체가 심각히 문제되는 것은, 한 사람 빠짐없이 지지하여야 할 이 중대한 혁명적 역사적인 진행 과정에 있어서, 조국혁명을 굳건히 밀고 나가는 혁명적 일꾼들이나 과업 수행을 빈정대고 비꼬고 비웃는다는 것은 전 인민의 이름으로 배격하여야 할 가장 악질이며 반동적인 죄악이라고 단정했던 것이다.

그쯤되면 일개 아마추어 만담가인 만소의 가엾은 운명은 파리목

숨에 지나지 않게 되는 것이다.

그러나 차차 공산당이 세력을 굳혀가는 때이긴 했으나 아직도 그 체제는 확립되기 이전이어서, 내세운 이유가 어마어마한테 비기면, 그것을 다루는 측의 의식은 아직 무자비하게 때려잡을 만큼 성숙되어 있지 않았다.

물론 만소는 보안서로 끌려가 보름이나 곤욕을 치러야 했다.

만소를 담당한 보안서의 관계요원은 그의 만담 내용을 놓고, 반소적인 점과 반혁명적 보수 반동성을 따져 들어갔다. 그러나 얼마 안 가서 관계요원은 조서를 꾸미는 펜을 놓고 말았고, 다음은 팔짱을 끼고 혀만 털었고, 나중에는 허허 웃고 말았다.

만소의 진술은 시종일관, 자기 만담을 일부러 지어낸 것도 아니고, 항간에 떠도는 말을 그대로 옮겼을 뿐인데 뭐가 잘못이냐는 것이었다.

해방군 소련군 병사한테 자기는 단추 한 알 뜯긴 것이 없고 따라서 아무런 사적 감정도 원한도 없으며, 자기같이 없는 놈이야 혁명이 잘되면 잘될수록 나쁠 것이 없는데 뭣 때문에 반소나 반혁명을 하겠느냐고 했다.

변명의 이치는 그럴 듯하다고 관계요원은 생각했다. 그러나 이치는 이치에 지나지 않으며, 누구를 때려잡아야 한다고 할 때, 이치는 거기 맞추어지는 것이지, 거기 맞추어지지 않는 이치는 이치가 될 수 없는 것이다. 다만 아직도 이데올로기와 그 전술 전략으로 철저히 무장될 수 없었던 단계의 관계요원으로서는 만소의 얼굴 생김새와 표정의 변화에 따라 촉발되는 웃음을 이길 수가 없었던 것이다.

처음, 그는 엄정하여야 하는 보안서원으로서의 위신을 지키려고 천연덕스러운 표정을 견지했으나 더 이상 조서를 기록할 수가 없어서 먼저 펜을 놓고 말았고, 다음은 웃음이 끓어오르는 가슴을 억누

르느라고 팔짱을 꼈고 나중에는 하는 수 없이 허허 웃고 말았던 것
이다.

그러자 만소의 얼굴에 그것 보라는 듯한 회심의 빛이 떠올랐다.
그제야 관계요원은 제정신을 되찾아 팔짱을 풀고 주먹쥔 손으로 탁
책상을 쳤다.

"이것 보라구, 이만소."

"네?"

만소의 얼굴도 색다른 표정을 지었다.

"날 뭘루 알아, 웅! 날 극장 안의 싱거운 만담이나 듣고 실없이
웃는 쓸개빠진 관객으로나 아냔 말이야! 내가 웃는 건 딴 게 아니
야, 그 따위 변명이 하두 한심스러워서 웃은 거란 말이야. 사람을
우습게 보지 말라우야."

그렇게 호통을 친 요원은 벌떡 일어나 자리를 떠나 황급히 밖으
로 나가버렸다. 그는 자기 호통에 놀란 만소의 얼굴에 떠오른 기묘
한 표정을 보고, 차마 그대로 버티고 앉아 있을 수가 없어, 변소로
달려간 것이다. 거기서 그는 마음껏 웃었다.

보름쯤 지나서 만소는 보안서에서 풀려나왔다.

처음 공산당국은 그를 평양까지 보내려 했으나, 상부에서 흐지
부지해 버리는 바람에 다시는 그런 일이 없을 것이라는 서약을 받
는 정도로 마무리짓고 말았던 것이다.

만소를 더 이상 문제삼지 않은 당국의 사실상의 이유는 만담 따
위를 우습게 보는 상부층의 견해에 있었다. 그들은 만소의 만담 같
은 점잖지 못한 실없는 우스개란, 영웅적으로 혁명과업을 밀고 나
가는 진지한 혁명투사가 크게 문제 삼을 대상이 못 된다는 결론을
내린 것이다.

그러나 보안당국은 보름 뒤 재차 만소의 만담을 문제삼았다. 이

번에는 만소가 그 대상이 아니라 양 대위가 그 대상이었다.

어떤 경로로 알았던지 보안당국은 만소의 그 만담 대본을 써준 것이 양 대위라는 사실을 포착한 것이다. 그렇게 되면 문제는 커지는 것이었다. 단순한 우스개로 끝낼 일이 아니라 정치적인 음모라고 단정한 보안당국은 아연 긴장했다.

게다가 양 대위란 자는 이제까지 그들에게 몹시 거추장스러운 존재로 인식되고 있었던 터이다. 소지주의 출신 성분으로서 일본에 유학했고, 일본군의 소위까지 지내며 중국 대륙의 제국주의 전쟁에서 그 앞잡이 노릇을 한 자. 제 고장에 돌아와서도 과거를 청산한 인텔리로서 혁명대열에 참가하지 않았고 그렇다면 당연히 보수반동 노선을 가야 할 것임에도 불구하고 명백한 정치색채를 나타내지 않으며 흐리멍덩한 태도로 일반 대중에게 악영향을 준 기회주의자. 그런 자가 알고 보니, 만소 같은 만담가에게 그런 반소적·반혁명적 보수반동의 대본을 써주고 있었구나. 이건 명백한 정치적 음모다. 그를 잡아라. 그리고 그 이면 조직을 백일하에 폭로하라.

욕구불만 속에서 장난기로 그런 대본을 써주었던 양 대위에 있어서 그것은 명백한 횡액이었다.

된통 걸려서 아오지 탄광으로 끌려갈 것이었으나 그 당시만 해도 삼팔선 이북에는 정치적 여백이 남아 있었고 가지각색의 다양한 인간들이 남아 있었다. 그래서 보안서원이 양 대위를 잡으러 오기 전에 먼저 그에게 그런 사실을 알려주는 사람이 있었고, 그것을 알자 양 대위는 때를 놓치지 않고 제 고장을 떠나 일로 남하하여 삼팔선을 넘었던 것이다.

한 가지 웃지 못할 웃음거리가 있었다면, 삼팔선을 넘어서 안심한 양 대위가 경찰의 심문을 받다가, 태도가 건방지다고 이북의 공작원이 아닌가 덮어씌우는 바람에 뜻하지 않은 욕을 보았다는 사실이다.

개성(開城)의 여인숙에서 며칠 쉬면서 부어오른 얼굴을 원형으로 돌린 뒤, 양 대위는 거울 속의 자기 얼굴을 물끄러미 들여다보고 나서 다음과 같이 혼잣말로 뇌까렸다.

——위엄 있는 얼굴이 받아야 할 고난이었구나——

서울에 자리잡고 보니——라고 하지만 이 서울에 자리를 잡는다는 것이 결코 쉬운 일이 아니었다. 타향이란 서울이 아닌 어디라도 그렇지만——

정치에 뜻을 둔 터이라 가볍게 처신할 수도 없었고, 그러자니 양 대위의 나이와 경력으로는 힘에 부쳤다.

무엇보다 며칠이 지나지도 않아서 먹고 사는 문제가 바로 코 앞에 들이닥쳤다.

그래서 취직을 서둘렀다. 가장 바람직한 것은 미군정청 관계일을 얻는 것이었는데, 졸업도 하기 전에 일본군에 끌려간 일본 유학의 영어 실력으로는 필요한 어학력을 감당하기 힘들었다. 게다가 불가항력의 일본군 군징집으로 부득이했던 대학 중퇴라는 학력이 경력상의 장애가 되었다.

아직, 직종은 적은 편인데 사람은 많았다. 굽실거리면 기아를 때울 만한 취직자리가 없는 것은 아니었지만, 거오한 성격과 대붕의 뜻이 그것을 용서치 않았다.

그러나 목에 힘을 줄수록 목구멍이 타가고 목의 칼라 사이즈는 줄어들어갔다.

한 달도 못 가서 건방진 양 대위도 혀를 뺄 수밖에 없었고, 수염이 석 자라도 먹어야 산다는 옛 늙은이들의 얘기가 새삼스럽게 실감되었다.

혼자 내팽개쳐졌을 때의 무력을 이번처럼 뼈저리게 느낀 적은 이제까지 한 번도 없었던 것이다.

그러다가 끝내 정치 성향만은 버릴 수 없었던 그가 밥턱을 댄 것을 보수 경향의 어느 정치 보스였다.

물론 정치 보스라야 최상급은 아니었고 굳이 말하자면 이급 정도의 정치 보스라고나 할까. 그는 분주히 일급 정객들을 찾아다니면서, 어떤 움직임이 있다고 여겨지면 어떻게 해서든지, 거기 한몫 끼여드는 것을 능사로 하고 있었다.

그런데 양 대위가 볼 때 기묘한 것은, 별로 항산이 있어 보이지도 않는 그 정치 보스에게 심심치 않게 이른바 정치자금을 제공해 주는 사람이 뒤가 끊어지지 않는다는 일이었다.

양 대위도 그 일부를 뜯어먹고 있는 터이라 마다할 일은 아니었지만, 세상에 밑천 없이 하는 장사는 정치뿐인 듯 싶었다. 정치 지향의 양 대위에게 그와 같은 현상은 하나의 매력이기도 했지만, 어딘지 저항을 느끼게 하는 점도 없지 않았다.

양 대위가 밥턱을 댄 대신에 해야 했던 일은 그 정치 보스의 연설문을 쓰거나 그 정치 보스가 관계하는 정치단체의 성명서를 기초하는 데 참획하는 일이었다.

학생 시절에 웅변도 좀 해보고, 가락이 높은 인물전이나 영웅전을 탐독한 일도 있었고 또 때가 격앙의 시대라, 양 대위의 쓰는 문장투도 어느 편인가 하면 비장조로 흘렀다.

천하대세를 관망한다——는 표현이 결코 우습지 않았던 시대이다.

——아아, 이 민족 이 동포를 어떻게 할 것인가——그러한 문장을 양 대위는 곧잘 썼다.

그러나 정치 보스는 그것으로 탐탁해 하지 않았다. 양 대위는 20대 중반이었고, 정치 보스는 40대 중반이라는 연령상의 간격이 있어서 문장에 대한 감각도 그만큼 다를 수밖에 없었지만, 그렇다

치고도 정치 보스가 요구하는 문장의 투와 가락은 심했다——오호라, 이 민족 이 동포를 어찌할 것인고——라야 그는 만족했다.

언젠가 거기다가 슬쩍 수식사를 넣어,

——오호라 이 슬픈 백의민족, 이 가엾은 백성들을 어찌할 것인고—— 하는 식으로 써주었더니 그 정치 보스는 대단히 만족하면서 양 대위의 문장력에 칭찬을 아끼지 않았다.

그 바람에 양 대위는 같은 신세의 몇몇 정치 청년들과 술 한잔을 나눌 수 있었지만, 어딘지 마음이 개운치 않았다.

민족진영 어쩌면 보수진영, 어쩌면 우익진영의 정치인들이 입만 열면 비분강개조로 흘러 가슴을 치고 침을 튀며 오호라를 연발하면서 민족과 동포를 찾는데 비하여 공산계열 어쩌면 진보혁신계열 어쩌면 좌익계열의 정치인들은 그 특이의 과학적 이데올로기를 내세워, 조리있게 이론을 전개하고 설득력 있게 따져 들어가는 매력을 발휘했다.

그것도 엄격히 따지고 보면, 과학이랄 수 없는 이론이요, 엉성하기 짝 없는 독선에 지나지 않았지만, 당시 아직도 정치적인 훈련을 겪지 않은 미숙한 일반대중에게는 호소력이 대단했고, 더욱 때가 때인만큼 그 선동성은 속시원한 청량제 역할을 하고도 남음이 있었던 것이다. 게다가 양 대위는 무엇보다 그 정치 보스가 호들갑대는 수선이 싫었다. 양 대위 자신에게도 그런 수선의 가능성이 있었기에 더욱 그 정치 보스의 수선은 싫었던지 모른다.

물론 해방 직후의 사회상황은 차분한 이성이 지배하는 그런 상황은 아니었다. 양 대위도 당시의 사회상황을 하나의 질풍노도로 간주하고 있었다.

그러나 자기가 밥턱을 대는 그 정치 보스의 데마가 그는 질색이었다.

그것도 만약 양 대위 자신이 먼저 나섰다면 정치 보스 이상으로 야단을 떨었는지 모른다. 그러나 정치 보스가 하는 양을 옆에서 객관적으로 냉정히 볼 때 양 대위는 역시 자기가 그 가능성을 지니고 있었던 까닭에 더욱 심한 혐오를 느꼈다고 하는 편이 옳았다.

언제 봐도 정치 보스는 누구보다 더 격앙했고, 누구의 의견보다도 더 극단적이었다.

양 대위는 그것이 결코 정치 보스의 성격 탓도, 그 신념의 철저함 때문도 아니라는 것을 알아챘다.

보스는 그 나름으로 세밀한 계획에 의하여 그런 언동을 취하고 있는 것이 분명했다.

언젠가 보다 못한 양 대위가 참을 수가 없어서, 연설초안을 갖다 주는 기회에 보스더러 비교적 정중히,

"이번에 내세우시는 주장은 좀 극단적이 아니십니까?"

하고 물었다. 때마침 방안에는 다른 아무도 없었는데, 보스는 한 번 슬쩍 둘레를 살피듯이 눈을 굴리고는,

"양 군."

하고 사뭇 다정스럽게 부르더니,

"정치가란 인심의 해방에 대하여 그 심리를 통찰하는 재능이 있어야 하는 거라네. 심리학자가 돼야 한다는 말일세. 양 군, 정치토론에서 이기는 요체가 뭔지 아나? 그건 언제나 극단론을 주장하는 일야."

하고 자못 자족한 듯 만면에 회심의 미소를 띄우기에 양 대위는,

"그렇지만 극단론이 반드시 옳은 주장이랄 수는 없지 않습니까?"

하고 조심스럽게 물었다. 그러나 보스는 긍정적인 표정 대신 동정 어린 표정을 지으면서,

"옳은 주장? 정치적 주장이란 이기는 주장이 옳은 주장이야."

하고 벌떡 자리를 일어나더니 양 대위의 어깨를 툭툭 치고는 연설 초안을 들고 밖으로 나가버렸다.

20대 중반의 나이로 양 대위는 당시 정치라는 것을 아직 그렇게 더러운 것으로는 생각지 않고 있었기에, 혼자 방안에 남겨진 그는 한참 멍하니 서서 가슴 밑바닥에서부터 서서히 치미는 노여움과 혐오의 정을 누르기에 안간힘을 썼던 것이다.

그러나 그것으로 양 대위가 그 보스의 곁을 떠난 것은 아니다. 그로 하여금 보스와 결정적인 결별을 하게 한 것은 얼마 후 일어나 세간을 놀라게 한 정치적 암살사건 때문이었다.

물론, 보스도 양 대위도 그 사건에 직접 관련한 것은 아니었다. 그러나 양 대위가 볼 때, 보스는 그 배후의 중대인물이랄 수 있었을 뿐 아니라, 각도를 달리해 보면, 저격의 하수인보다도 그 하수인을 교사했다고 알려진 정치인보다도 더 범죄적이었다.

자고로 우리 한국인의 사고방식에는, 뭣이 있는 대신에 뭣은 없어야 한다는 단순성이 있다. 선한 자는 있어야 하고 악한 자는 없어야 한다든가, 뼈는 있어야 하지만 피는 뽑아야 한다든가 하는 데서 시작한 것이, 개구리는 있어야 하는데 뱀은 없어야 한다든가, 닭은 있어야 하는데 살쾡이는 없어야 한다는 것으로 변하면서 급기야 구두는 있어야 하는데 구두끈은 없어도 되고, 신랑은 있어야 하는데 신부는 없어도 된다거나, 신부는 있어야 하는데 신랑은 없어도 무방하다는 식의 해괴한 단순성으로 떨어지는 경우란 비일비재한 것이다.

해방 후 두드러진 경향의 하나는 뭐가 있어야 한다는 것보다 뭐가 없어져야 한다는 주장이었다. 우익은 좌익이 없어져야 한다고 생각하고 좌익은 우익이 없어져야 한다고 생각했다. 그것을 먼저 주장한 것은 좌익이었다고 할 때, 그렇게 말살을 내세운 그들의 책임은 크다.

그러나 그와 같은 섬멸적 이론은 우익과 좌익 사이에만 상호작용하였던 것이 아니다. 우익 속에서 우익끼리, 좌익 속에서 좌익끼리 서로 '나는 있어야 하는데 너는 없어야 한다.'는 말살과 섬멸 이론은 날로 승해갔고 그로 말미암아 사회 분위기의 경향은 상응함으로써 무고한 많은 아까운 사람들이 줄지어 목숨을 잃어갔다.

양 대위가 그 자신이 모신 정치 보스의 범죄성을 발견한 것도 그중 하나에 속하는 사건이다.

민족을 위하여 나라를 위하여 독립을 하여 '누구의 존재'는 장애요 암이라는 여론이 사회 일각에서 일어나자 그 여론에 정력적으로 부채질하고 나선 것이 다름아닌 그 보스였던 것이다.

그는 정치토론의 좌석에서도 한담의 좌석에서도 술좌석에서도 영탄적이며 강개적인 어조로 '누구의 존재'를 부정했다. 그리고 그 존재를 말살하는 이상의 애국적인 행동이 또 어디 있을 것인가고 소리쳤다. 그리고 들으라는 듯이 그럴 수 있는 기개세의 젊은이들은 없느냐고 호령하며, 개탄했다.

그뿐 아니라 그는 그가 그 존재를 부정하는 정치인과 맞서고 있다고 여겨지는 원로를 찾아가, 눈물 어린 자기 의견의 토로를 서슴지 않았다.

원로는 그의 그러한 토로를 묵묵히 들어넘겼을 뿐, 그가 말살을 비치는 데 대하여 타이르려고 하지는 않았다.

그 무렵, 그는 그 원로에게 열혈청년 및 몇 사람을 인사시켰다. 젊은이들에게는 평소 존경하는 어른을 직접 우러러보게 함으로써 감격시켰고, 그럼으로써 그 자신의 권위도 높일 수 있었던 것이다.

양 대위는 그 열혈청년들에게 보스가 무슨 직접 무슨 교사를 했다고는 믿어지지 않았다.

그러나 보스가 그 젊은이들을 데리고 다니면서 몇 차례 술을 먹였다는 사실만은 알고 있었다.

얼마 후, 그토록 보스가 그 존재의 말살을 떠벌였던 정치인이 권총의 저격을 받고 죽었다. 그 저격범이 바로 보스가 데리고 다니던 젊은이들 중의 한 사람인 것을 알았을 때, 양 대위는 자기 예감이 적중하였음을 슬퍼했다.

보스가 밉기보다 그저 싫기만 했다. 더욱 재판이 진행되는 동안, 보스는 한 번 검찰에 불려갔을 뿐, 보스의 이름은 어느 신문보도에도 전혀 비치지 않았다.

다만 원로 정치인의 이름이 클로즈업되었을 뿐이다.

재판도 끝나고 그 저격범이 형장의 이슬로 사라진 한참 뒤 양 대위는 보스의 밑을 떠나기로 결심하고, 작별인사차 보스를 그 사무실로 찾아갔다.

"뭐 허려구?"

보스는 양 대위의 걱정부터 해주었다.

"뭐 허든지 입에 풀칠이야 못 하겠습니까?"

"정치를 어떡허구?"

"정치를 이제 그만둘까 합니다."

"왜?"

"이제 정치란 게 우스워졌습니다."

"우스워졌다구? 그건 또 무슨 말인가?"

"흥미가 없어진 겁니다."

"허허, 그렇게 진심이 없어서 어떡허나."

"진심은 딴 데 돌릴까 합니다."

"사업 같은데 말인가?"

"아니오, 어떻게 하면 사람이 정치 없이도 살 수 있을까 하는 연구를 해볼까 합니다."

"호호오, 사람이 정치 없이 살 수 있는 연구를 한다고…… 양 군,
그런 농담은 말게."

"뭐, 농담도 좋지요. 아뇨, 참 농담이 정담보다 나을는지 모르겠
습니다."

"양 군, 자꾸 그런 소리 말구. 어떻든 잘 해 보게나. 오랜 우리의
정의야 잊을 수 있겠는가."

보스가 거드름을 피면서 주는 송별 촌지를 양 대위는 서슴지 않
고 받았다.

당분간은 먹고 살아야 했기 때문이기도 했지만, 그가 돈이 필요
했던 것은, 며칠 전 만소가 거지꼴로 월남하여 두루 수소문한 끝에
자기를 찾아왔기 때문이었다.

그날 저녁 둘은 오랜만에 불갈비를 뜯으며 소주를 마셨다. 만소
는 양 대위가 이남으로 튄 뒤, 몹시 시달렸던 모양이다. 극단 같은
데 끼여들려고 해도 끼워주지도 않을 뿐 아니라, 밥턱을 대었다 하
기가 무섭게 쫓겨나곤 했다는 것이다.

"역시 그 문제의 만담 탓이었다."

"물론 그 때문이었지."

"안됐네. 미안하이."

"아냐, 그 탓만은 아니었어."

"그럼 또 무슨 까닭이 있었나?"

"이북은 저런데 아닌가, 살기등등하고 눈에 핏발들이 서서 연설
밖에 안하는 판이란 말일세. 혁명만 한다고 야단들이니 어디 웃길
틈이나 있나. 도대체 웃으려구를 않으니 말이야. 웃으려구두 않는
데 어떻게 웃기지. 아니, 웃을 수가 없다는 거야. 어떻게 웃느냐 왜
웃느냐, 정신을 바짝 차려도 모자란데 웃다니 말이 되느냐는 거야.

그러니 어떻게 내가 그들을 웃기나, 안 그래? 나 같은 놈 발 붙일 땅이 없어졌어.”

“여기두 꽤 진지한 것들이 많아. 그러나 아직 웃고 웃기는 여지는 남아 있어. 만소, 나도 말일세, 이 건방진 쌍통을 가지고 웃지도 않고 정치를 해볼까 했는데 틀렸어.”

“왜, 자넨 나와 달라서 괜찮게 될 텐데, 자네만큼 늠름한 인물도 드물잖나.”

“고맙군, 그런데 나는 웃지 않으려구 애썼는데, 나를 웃기니 어떡허나.”

“누가?”

“정치가 말일세, 정치가들이 말이야.”

“어떻게 말인가?”

“그건 자네가 웃기는 것과는 다른 거야. 자네가 웃기는 데는 웃을 수가 있는데, 정치가들이 웃기는 데는 웃을 수가 없으니 말일세.”

“알쏭달쏭하군 그래.”

“그렇다는 것만 알면 돼.”

“앞으로 뭐 헐 텐가.”

“글쎄.”

하고 양 대위는 취기 어린 눈을 몇 번 깜박거리다가,

“만소!”

하고 두 가락을 높여 죽마고우의 이름을 불렀다.

“왜 그러나?”

“자네허구 한 번 동업을 해볼까.”

“밑천이 있어?”

“장사가 아니야.”

“그럼 어떻게 동업한다는 거야.”

"됐어, 좋은 생각이야. 자네가 만담가로 나서는 걸세. 나는 자네의 만담을 위해 대본을 쓸 테니 어떤가?"

"그러면야 더 이상 좋은 일이 없지. 그렇지만 그게 제대로 잘될까?"

"되구말구. 서울도 별 곳이 아니야."

그래서, 만담가 만소를 위한 대본의 작성자 일소의 필명이 생기고, 이만소와 양일소의 인생 이인삼각이 시작되었던 것이다.

보스가 준 송별금으로 둘이서 자취를 하면 석 달은 살 수 있었다.

일소는 우선 만소의 사투리를 고쳐야겠다고 생각했다. 사투리란 간간히 써먹으면 애교가 있고 또 독특한 맛을 낼 수 있지만, 너무 심하면 청중들의 귀에 거슬리는 것이다.

만소의 사투리를 교정하는 과정에서 일소는 많이 웃어야 했다.

닷자줄 발음과 잣자줄 발음이 가장 골칫거리로서 대체로 닷자줄은 잣자줄로 고쳐보라고 하였더니, 동대문이 종재문이 되거나 떡이 쩍이 되지는 않았지만, 대머리를 재머리라고 하고 도둑놈을 조죽놈이라고 아주 자연스럽게 뽑아내는 데는 실소할 수밖에 없었다. '목적 달성'은 평안도 사투리로 '목덕 달성'인데, 그만 '목덕'은 그대로 두고 달성을 '잘성'으로 발음하는 것도 우스웠다.

일소는 그렇게 만소의 사투리를 교정하면서, 어쩌면 그다지 크지도 않은 한반도에서 그처럼 각 고장의 사투리가 고개 하나를 제대로 넘지 못하고 보전되어 왔을까, 새삼스럽게 우리 옛날 사회의 지방적 폐쇄성이 느껴져서 우울하기도 했다.

어떻든 남달리 귀가 밝은 만소의 사투리 교정은 놀라운 속도로 성과를 거두어갔다. 그쯤되자 일소가 해야 할 일은 우선 만소를 어느 악극단에 만담하는 단원으로 집어넣는 일이었는데 그것은 그리 어렵지 않았다. 일소의 교섭이 능해서가 아니라 만소의 얼굴을 본

단장은 빙그레 웃더니, 그 일견으로 그를 자기 악극단에 입단시킨 것이다.

처음, 음악과 희극 사이의 막간 약 10여 분이 그에게 배당되었다. 그런데 서울의 무대에 처음으로 서는 만소여서 일소가 가졌던 불안은 3분도 안 지나서 깨끗이 무산되고 말았다. 그의 배짱과 비위는 대단했던 것이다.

일소가 써준 대본의 레퍼토리는 다양했다.

——해방은 왜 해방이냐, 우리말을 마음대로 쓰게 됐으니 해방이지 뭡니까. 그러나 여러분 우리들 주변에는 일본말 쓰는 분들이 수두룩 '닥상' 있어요. 아차, 이 '닥상' 이란 말이 왜말이었고나. 요 주둥아리 좀 보라니까, 제 친구에 김 아무개란 사람이 있어요. 물론 그도 할 수 없이 일정 때는 왜말을 썼지만 해방이 되자 가정에서 왜말 안 쓰기 운동을 벌였다오. 그래, 아이들을 불러서 앞으로 만약 실수로라도 왜말을 쓰는 경우에는 이 아버지가 용서 않는다고 했지요. 잘돼갔습니다. 그런데 버릇이란 야속한 것이거든요.

한 놈이 그만 일본말을 썼어요. 그냥 둘 수 있느냐, 아버지 위신으로도 그냥 둘 수 없다. 그래서 이놈 오너라 왜 왜말을 쓰느냐, 자, 벌로 꿀밤 한 알이다. 그리고 엄하게 타일렀지요. 이놈 또 왜말 쓰겠느냐. 아들은 달달 떨면서 대답했지요. 다시는 안 쓰겠어요, 절대 안 쓰겠다구요. 그래서, 만족한 아버지 "요오시('좋아' 라는 뜻의 일본말)."

중간 정치 보스에게 실망한 일소였지만, 만담의 대본을 쓰는 데도 어쩔 수 없이 정치 색채가 가미된 것은 세태 탓이기도 했지만 그의 기질과도 결코 무관한 것은 아니었다.

——여러분, 광복된 이제 우리는 바짝 정신을 차려야 합니다. 미국, 고맙지요. 그러나 미국 믿지 말자. 소련 해방군이란 사람들도 있지만 다바이 다바리시찌. 소련에 속지 말자.

지금 일본으로 쫓겨간 일본 사람들. 하얗게 눈부신 따뜻한 쌀밥 생각이 간절할 거요. 불고기, 갈비, 생선인들 오죽 좋았나. 거기다 영등포의 시원한 맥주 그리고 사이다아, 라무네에…… 일본 만만치 않은 놈들이오. 일본, 일어난다, 속차려야 합니다. 정신차려야 한다구요——

——진고개에서 얼마 전 이런 일이 있었지요. 미군 병사 지아이가 느닷없이 어떤 젊은이를 붙들고 내 시계 내놓으라고. 질겁해서 무슨 소리냐고 했더니 방금 저기서 내 시계를 낚아챈 놈이 아니냐고 막무가내. 경관도 오고 엠피도 와서 잘 알아보니 비슷한 나이 또래 젊은이지만 전혀 딴판의 젊은이를 보고 착각을 한 것이었습니다. 오, 김 가고, 이 가고 비슷비슷해 보였단 말이외다.

거꾸로 이런 일도 있었다나요, 조지를 상대한 양공주 아가씨 헨리를 보고 돈 내놓으라고 야단. 아가씨 눈에는 조지고 헨리고 비슷비슷해 보였단 말이외다. 우리 속담에 그놈이 그놈이란 말이 있지만, 외국인끼리 처음 보면 그렇게 알쏭달쏭해 보이는 법이라오. 그러니 우린 같은 족속, 한 동포라는 거죠. 이 가 대신 김 가가 맞을 수 있고, 김 가 대신 이 가가 욕을 볼 수가 있으니 그런 것을 가리켜 동포라는 거 아니겠소——

——미국 사람들 깨끗한 것 좋아하고, 더러운 것 싫어해요. 그런데 한국 사람 밥먹는 것보고 놀랐대요. 하얀 밥을 먹다가 물에 말아 먹는 것을 보고 깨끗한 밥도 또 한 번 씻어 먹으니 얼마나 깨끗한 것을 좋아하는 민족이냐.

그러나 밥 다 건져 먹고 나머지 물 홀짝 마시는 것을 보자 노 굿이라고 실망했대지 뭐요. 뭐 실망하라면 하라고요. 어디 그 눈치 보다가 밥이나 먹겠나 말이오 ——

——해방이 되자 쏟아져나온 것은 일본군이 남기고 간 개털오버

와 군화, 미군이 쓸어오자 쏟아져나온 것은 초콜릿, 깡통, 담요, 운라 구제품, 페니실린, 그보다 더한 게 뭔지 여러분 아시오, 혁명가와 사상가와 독립 투사, 이만소, 진짜라면 이런 말 않겠소. 진짜보다 가짜가 많아. 가짜가 더 기승하는 꼴 못 본단 말이오. 유식한 친구 하는 말이 그런 것을 그레샴 법칙이라고 한대요, 악화가 양화를 구축한다고 말이오.

이북의 저의 고향에 나보다 무식한 놈이 있었다고 생각하세요. 일정 때 멋들어진 사진 한 장을 찍어야겠는데, 유식하게 보일라면 책 한 권이 있어야 한다고 친구한테 책 한 권을 빌린 것이 대사상전집! 어이구 거챙해.

이 책 한 권을 무릎에 깔고 눈을 흡뜨고 찍었더니, 근사하게 되었다고 사진관에서 쇼윈도에 걸어놓았겠다. 지나가던 형사가 그걸 보았지 뭐요. 이 형사 또 나만큼은 무식했던 가봐서 대사상전집! 큰일이다. 저놈 잡아라.

그래서 가엾는 친구 경찰서에 끌려가 되게 얻어터졌지 뭐요. 그러나 알고 보니 판판무식쟁이라 유치장 신세 사흘 만에 풀려 나왔다오.

그런데 해방, 주재소 담벼락에 오줌 한 번 깔기고 유치장 신세를 졌어도 반일운동을 했다고 나서는 판이라, 사상 문제로 사흘이나 콩밥 먹었으니 그만하면 당당하지 않느냐.

그렇게 되니 그 자 눈알빛이 달라졌단 말이오. 날 누군 줄 아느냐. 사상 문제로 고문을 당하고 옥고를 치른 투사, 일본 군복에 순사칼 비껴차고, 가죽장화 뚜벅거리며 나 치안대장이다아, 만주 · 중국 등속에서 은전 밀수, 아편 장수하던 작자들이 이제와서 독립운동을 했다는 것도 웃기지 뭡니까.

그러니 내가 여러분 웃기는 것 정말 웃을 만하죠. 안 그래요. 자꾸 웃으라니까요. 소문만복래라——

　물론 일소의 대본은 풍속적인 것을 많이 다루기도 했다. 그러나 역시 풍속적인 것도 일소가 다루다 보면 어딘가 정치성을 띠게 되어 웃음 뒤에는 따금따금 익살의 가시가 돋쳤다.

　——양공주 아가씨들 화장한 꼴 좀 보소. 눈언저리는 얻어맞아 멍이 들고 입술은 쥐를 잡아먹었는지 피투성이오. 헬로헬로 해롱해롱하다가 제멋에 겨워 세월을 보내다 보면 조지도 굿바이오.

　피엑스 물건은 좋았는데, 고향으로 돌아가게 된 조지 군 뭐가 있어야지. 야, 너 그대로 고하고 그것으로 아이 돈 노 하기야. 야 조지. 너 그래 아이 러브 유. 유 러브 미를 투 이어즈나 했는데, 겨우 이즈 디스냐 말이다. 아이는 유가 쏘오까녬인 줄 몰랐어.

　그러나 여러분 양공주 아가씨들은 그런대로 순정이나 있었지, 그러니 그런 도깨비 같은 화장도 용서할 수 있단 말이외다. 세상에 고약한 화장은 남자들 화장이라오. 아이새도도 않고 연지를 안 바르는 멀쩡한 가면이 더 무섭단 말이외다. 여러분 가면을 조심하세요.

　보소 여러분. 내 얼굴 좀 보소. 세상에 요렇게 태어나기도 힘든 거라오. 우리 아버지 어머니 어쩌면 요렇게 신통하게도 나를 만들어 놓았을까. 난 거울을 볼 때마다 부모님께 감사드려요. 웃지 말아요. 왠지 아세요. 이 얼굴은 가면이 될 수 없는 얼굴이란 말이오. 잘난 체해도 안 되고 아니 잘난 체할수록 더 못나 보이는 얼굴이니 있는 그대를 백일하에 드러내고 살 수밖에요.

　여러분 그러니 알겠어요? 미인을 조심하라구요. 그리고 미남을 조심하라구요. 까마귀 검다 하여 백로야 웃지 마라. 겉이 검은들속조차 검을소냐. 겉 희고 속 검은 것은 너뿐인가 하노라. 이 이치 아시겠어요, 여러분.

　거 세상에 잘났단 사람들 조심해야 합니다. 내세우는 말 그대로 믿다가는 큰 코 다치지요.

나 누구 헐뜯는 거 아니오. 나 믿는 사람은 아니지만 믿는 사람들 빈정대는 것도 아니오. 그저 조심하자는 거외다.

옛날 저의 고장에 돌중 하나가 살고 있었다오. 암자 하나 지어놓고 부처님 모셔놓고 있었지만 진짜로 믿었는지 않았는지 나 그거 잘 몰라요. 머리 깎고 나 중이외다 했으니 착한 마을 사람 그렇게 믿었을 뿐이지요.

여기 진정 믿는 분들이 계시면 진짜 스님 얘기가 아니라 가짜 돌중 얘기라고 들어주세요.

하루는 그가 장터에서 쇠고기 몇 근 사갖고 가는 것을 본 사람이 있었어요. 그 사람 놀랐지요. 놀랄 수밖에요.

그래 물었다오. 스님 그 쇠고기 어떻게 된 겁니까. 아 이건 말이오. 장인 영감이 갑자기 찾아와서요. 네, 장인이 계셨습니까? 아, 마누라가 소동을 피워서 장인이 왔다오. 네, 부인이 계셨어요? 아, 몇 번 기방 출입을 했더니 마누라가 시기질투하고 나선 게 아니겠소.

하여간 겉만 보고 쉽게 사람을 믿지 말라는 거예요. 언제 어디엔가 고명한 분이 한 분 계셨는데, 그 양반이 도무지 말을 안했다는 거예요. 누가 찾아가서 무슨 말을 해도 그저 고개만 끄덕였다는군요.

그래서 사람들은 더욱 마음 깊은 훌륭한 분으로 높이 모셨다는 거지요.

그렇지요. 나처럼 이렇게 있는 소리 없는 소리 떠벌이는 놈이야 어디 마음이 얕은 냄비 조각 같아서 믿음직하지 않아요. 그렇지만 턱 버티고 앉아서 암말 않고 고개만 끄덕거리면, 뭔가 있어 보이거든.

그러나 뭐 있긴 뭐가 있어. 깊으면 얼마나 깊어서 말이 안 나올 지경이겠는가 말이오. 고개만 끄덕이는 걸 보고 괜스레 감탄하고 돌아오는 게 우습지 그러다가는 백 번 속는단 말이오. 그러니 이 세상 요지경 속이란 말이외다——

그러나 만소의 만담이 웃기는 것은 일소가 써준 대본의 내용 탓이기보다, 대사를 엮어 내려가는 만소의 능란한 화술과 얼굴 표정의 변화와 제스처의 다양성 때문이었다.

더욱 무대 출연의 횟수를 거듭할수록 만소의 만담은 놀라울 정도의 발전을 보여서, 때로 그는 일소가 써준 대사를 제쳐놓고 자기 나름의 만담을 엮어 내려갔다.

그것을 들으면서 일소는 그의 그 재능에 감탄했다. 왜냐하면 만소가 자기가 써준 대본의 대사를 제쳐놓고 자기 나름으로 엮어 내려가는 경우 그것은 바로 자기가 그렇게 썼어야만 할 흐름 그 자체의 그 대사였기 때문이다.

일소는 자기가 대본을 썼기에 그 점을 더 절실히 느낄 수가 있었던 것이다.

일소는 만소를 천성의 만담가라고 생각했다. 만소가 죽은 뒤 일소가 만감이 교차하는 마음으로 술회했듯이, 관중들은 그가 나타나기만 해도 벌써 웃었다. 아마 암말 않고 그가 무대에 우두커니 서 있었어도 관중은 5분은 웃을 것이었고, 잠깐 앉았다 일어서기만 해도 또 5분은 웃을 것이었다.

그렇게 그는 팬터마임으로도 능히 관객을 30분 이상 웃길 수 있는 천성의 웃음기를 그 전신에 지니고 있다고 할 수 있었다.

그래서 일소로서는 정치 보스의 연설문이나 정치단체의 성명서를 기초하던 때와는 달리 만소의 만담대본을 써주는 일에서 재미와 보람을 느꼈다.

노호하여 흥분시키는 연설문보다 웃으며 웃기는 만담대본을 보다 인간적인 것으로 느끼게 된 일소는, 그러나 때로 자기 가슴을 스치는 공허한 바람을 감득하기도 했다.

만소와 자기는 어렸을 적부터의 친구로서 서로 돕고 도우면서 사는 사이였다.

그러나 인간이란 나는 나요, 친구는 친구라는 말하자면 아무리 가까워도 나는 친구 자체가 될 수 없고, 친구는 나 자체가 될 수 없다는 생각을 갖는 법이다.

그러면 자기와 만소의 관계란 어떤 것인가. 두 사람의 이인삼각에 있어서 만소는 나의 도움을 필요로 하는 것이지만, 나는 과연 만소를 필요로 하는 것일까.

나의 대본 없이 만소의 만담은 있을 수 없는 것이다. 그러면 만소는 나의 대본을 무대에서 표현하는 꼭두각시에 지나지 않는 것일까.

그러나 관중이 받아들이는 것은 만소가 하는 만담이지 만소 없는 나의 대본 그 자체일 수는 없었다. 그래서 나의 대본에 담긴 웃음거리는 만소를 거쳐서만 표현된다고 할 때 그 전달에 있어서 오히려 내가 만소를 필요로 하는 것이 아닌가.

그러면 만소의 연기가 없을 때 나의 대본도 있을 수 없는 것이다. 그러면 나야말로 만소의 연기에 맞추어 글을 쓰는 꼭두각시의 팔자에 지나지 않는 것이다.

어쩌면 그것은 사람을 살해하는 데 있어서 교사자와 하수자와의 관계나 비슷한 것이 아닌가. 교사자!

아니, 자기가 교사자일 수는 없었다. 스스로 손을 쓰지 않고 남의 손을 빌려 하는 행동—— 거기에는 교활과 간사와 비열의 냄새가 났다. 기질적으로 일소는 그것이 싫었다.

그러나 그런 생각은 가끔 하는 생각에 지나지 않았다. 가끔, 사람이란 무슨 생각도 하는 법이니까.

게다가 일소와의 이인삼각에서 나눠가지는 금액으로는 겨우 최저의 식생활밖에 할 수 없어서 일소는 우리의 고전을 들추어 그 속에서 테마를 얻어 본격적인 희곡을 써보려고 마음먹었다. 일소의 생각으로 앞으로 사회가 다양해질수록 예술적인 수요에 대한 공급은 돈도 될 것으로 내다보았던 것이다.

그러면서 아직 마음 한 구석에 남아 있는 정치에의 관심과 욕망이 좀처럼 가시지 않는 것도 어쩔 수 없는 사실이었다.

그러던 어느 날 만소의 만담에 물의가 생겼다.

일소의 대본은 국기에 관한 것이었다. 미국기·영국기·소련기·프랑스기·적십자기로 옮겨가던 사실이 태극기에 이르러 독립투사들의 피맺힌 태극기이긴 하지만 네 구석의 괘가 아무리 하여도 외우기가 불편하니 한 가운데의 태극만으로 할 수 없을까하는 것이었는데, 거기서 만소는 "어떤 고얀 친구는 그걸 파리똥 같다고도 했지만." 하는 한마디를 저도 모르게 씨부렸던 것이다.

그러자 이제까지 부드럽던 장내의 분위기에 순간적으로 한 점의 찬바람이 싹 스쳐갔다.

만소는 아차했지만 그 어색한 일손을 돌이킬 사이도 없이 장내 한 구석에서,

"야 만소, 좀 지나치지 않아……."

하는 한마디가 들려왔다. 아찔해진 만소에게,

"이제 뵈는 게 없어졌나봐."

하는 또 한마디가 그야말로 비수처럼 날아와 그의 심장 한복판을 꿰뚫었다.

그 다음으로 관중 속에서 연이어 들려온 야유를 만소의 밝은 귀도 받아들이지 못했다.

그의 정신은 완전히 전도되고 말았던 것이다.

──만소 돌았어. 미쳤어. 정신나갔어──

그리고 가장 아픈 힐난은,

—만소도 물든 게 아니야—

하는 한마디였다. 그 한마디의 힐난에는 그럴 만한 까닭이 있었다. 그보다 일 년 전, 좌경한 만담가 신불출이 공공연히 태극기를 헐뜯으면서, 네 귀의 괘를 아예 파리똥이라고 단정하는 야유를 서슴지 않았는데, 그때 신불출은 경악한 관중들 가운데의 젊은이들로부터 몰매를 맞았고, 그것이 계기가 되어 그는 황급히 월북하고 말았던 것이다.

그러나 이북을 탈출하여 월남한 만소가 그런 경향에 물들 까닭은 없었다.

만소가 이북에서 소련군과 공산당을 야유하고 축출되다시피 했다는 사실이 감안되어, 불상사는 그 이상 확대되지 않고 마무리짓고 말았지만, 그 실수가 만소에게 준 충격은 컸다.

사기가 떨어져 풀이 죽은 만소를 일소는 위로했다.

"한 번 실수는 병가지상사야. 이제까지 너무 미끈하게 나간 게 되레 기적이지 그쯤 갖고 뭐 그러나."

"아냐, 나는 역시 바본가봐."

"그럼 천잰 줄 알았나?"

"일소, 역시 난 틀렸어. 사람이 천하게 생겨먹었나봐."

"그럼 이제까지 자기가 양반인 줄 알았어?"

"왜 하필이면 파리똥 소릴 했을까."

"그건 자네 죄가 아니야."

"그럼, 자네가 그렇게 써준 것도 아니잖아."

"파리가 죄란 말일세."

"웃기지 말게."

"웃기는 거야 자네 장기가 아닌가."

"일소, 내 한 가지 제안이 있는데 들어보려나."

244

“하세나.”

“난 정치란 모르지만 말이야. 이제까지 내 만담 가운데 말썽이 났다 하는 건 곰곰 생각해보니 모두가 어디선가 정치와 잇닿아지고 있는 것 같단 말이네.”

“으음, 그렇다면 그렇지.”

“그렇다면 일소, 앞으로 자네 대본에서 그런 정치적인 것 싹 빼구 어떻게 안 될까.”

“으음, 그럴 수는 있지.”

“그럼, 그렇게 해주겠어?”

“그렇지만 만소, 나는 정치와 인연을 가지려다가 실패한 낙제생에 속하지만 정치에 관계된다고 해서 이래저래 다 빼면 인간사 남아나는 게 없구, 어디 쓸 게 있어야지.”

“그럴까.”

“게다가 지금은 이러니저러니 해도 정치시대야.”

“거, 정치, 정치 야단들인데 난 그래서 뭐가 어떻게 된다는 것인지 통 모르겠어.”

“통 모르다니?”

“좌익이고 우익이고 다 잘 살게 해주겠다는 모양인데, 그래 잘 산다는 게 뭔가 말이야.”

“뭐 꼽으면 여러 가지 있지. 가령…….”

“나 그런 골치 아픈 것 알고 싶지도 않아. 자네가 언젠가 써준 대본에도 그 비슷한 게 있었지만, 난 눈이 벌개서 소리소리 지르며 야단하는 사람들이 하는 말이 생소하기 짝없어. 민주주의 민주주의하지만, 결국 서로 사이좋게 웃고 살자는 거 아니야. 사회주의란 것은 이런 게 아닌가 하는데, 혼자 찡그리고 살지 말고 모두 함께 얼려 살자, 노래 불러도 함께, 웃어도 함께 웃자. 뭐 그런 거 아닐까 말일세.”

“만소.”

“난 어려운 소리 해야 모른다니까.”

“아냐, 내가 얘기하려는 건 그런 게 아니라 자네는 천재라는 말일세.”

“웃기지 마.”

“웃기는 건 자네가 할 일이라니까.”

거기서 만소와 일소는 딱히 헤아릴 수 없는 어떤 마음의 공감을 느끼며 서로 얼굴을 마주보고 허허 웃고 말았다.

느닷없이 쳐들어온 인민군의 남침을 당한 6·25에 일소는 간신히 한강을 넘어 남하했고 만소는 미처 한강을 넘지 못하고 서울에 처지고 말았다.

일차 수복 때 서울로 돌아온 일소는 만소를 찾았지만, 그 행방은 묘연했다. 그 무렵 만소는 인민군에게 끌려서 수십 명의 연예인들과 함께 걸어서 북으로 북으로 가고 있었다.

인민군이 서울에 침입한 뒤 이리저리 숨어다니던 만소는 끝내 붙들려 대민공작을 강요당한 끝에 후퇴하는 인민군에게 몰리어 강제로 북상하는 신세가 되었던 것이다.

그러나 이차 수복 후 일소는 부산 부둣가에서 뜻하지 않게 만소를 만났다. 순간 둘은 부둥켜안았다. 만소는 체면 따위는 아랑곳없이 그 웃기는 얼굴을 일그러뜨리며 소리내어 하염없이 울었다.

일소는 그를 가까운 술집으로 데리고 들어갔다. 둘다 군복을 입고 있었는데 일소는 종군 작가단에 소속돼 있었고 만소도 육군 연예대에 소속돼 있었다.

만소는 인민군에게 끌려가던 중 공습을 만나 산지사방으로 흩어진 틈을 타서 남으로 남으로 내려오다가 국군부대를 만나 그것이

인연이 되어 부대를 전전하던 끝에 육군 연예대에 편입되었노라고
했다.

술 몇 잔이 오고 간 뒤, 6·25 때 어쩌다 서울을 빠져나오지 못하
고 그 고생을 했는가 하고 물은 일소는, 말하기 거북한 듯이 띄엄띄
엄 이어가는 만소의 얘기를 다 듣고 나자 소스라치듯이 놀랐다. 만
소는 일소를 찾아다니다가 한강을 넘지 못한 것이었다.

"가도 자네하고 함께 가야 한다는 생각으로 찾아다니다가 그만
시간을 놓쳤어."

"이 사람이, 그럴 땐 그저 뛰고 봐야지. 찾고 찾다가는 낭패야."

그렇게 말하긴 했으나 일소는 만소 앞에 머리를 들 수 없는 느낌
이었다.

그 위기에 나는 그를 생각하지 않았는데(걱정하지 않았는데) 그
는 나를 생각했었다(걱정했었다). 그는 나처럼 자기 혼자 생각만 했
더라면 능히 한강을 넘을 수 있었고 그 고초를 겪지 않을 수 있었는
데, 나를 찾아다니다, 그러니까 나 때문에 한강을 넘지 못하고 그
고초를 겪어야 했다.

그는 이인삼각을 생각했는데, 나는 이인삼각을 까마득히 잊고
있었던 것이다.

그러한 생각이 일소의 마음을 괴롭혔다. 그러나 이럴 때의 빈 말
은 간사할 뿐이라는 생각이 들어 일소는 화제를 딴 데로 돌렸다.

"연예대에서는 역시 만담을 하나."

"음, 혼자 만담도 하고 짤막한 희극도 하지."

"대본은?"

"써주는 사람이 있지만, 대개는 내가 꾸며서 하지."

"거 잘됐군."

"잘되긴."

거기서 만소는 아주 이상야릇한 웃음을 그 넙죽한 입가에 흘렸다.

"좀 어이가 없어. 생각하면 꿈인가 생시인가 어릿어릿하다네."

"그야 그런 고초를 겪었으니 오죽하겠나."

"아니야. 그런 게 아니구, 일소 들어보게나. 똑같은 말을 예나 지금이나 한없이 되풀이하고 있는 셈이란 말일세. 서울에서 붙잡혀 인민군의 대민공작에 동원됐을 때 욕지거리하던 걸, 지금은 그 상대만 바꿔서 하고 있단 말이야."

"이쪽을 저쪽으로 바꿨을 뿐이란 말인가?"

"대체로 그렇지."

"흐음."

"난 전에 정치를 그렇게 싫어했는데, 전쟁은 더 싫더군. 정치하구 전쟁은 어쩌면 한통속인지 몰라."

"왜 그렇게 느끼나?"

"인민군들을 따라다니다 그런 게 아니라고 생각하게 되었는데 노래를 불러도 거기 갖다붙이고 웃겨도 거기 갖다붙여야 한다는 투니 어디 숨이 칵칵 막혀서 견디겠던가."

일소는 마음속에서 경탄의 혀를 찼다. 만소는 기본교양이 없는 편이나 어쩌면 그러기에 그 단순성으로 사물의 핵심을 더 파악할 수 있을는지 모른다는 생각이 들었다.

그러나 단순소박한 사람 누구나가 그렇게 사물의 핵심을 보고 정곡을 뚫는 인식을 갖는 것이 아니라고 할 때, 만소는 가장 예리한 두뇌의 소유자가 아닌가 싶었다. 공연스레 사물의 언저리에서 찧고 까부는 식자우환의 자신을 생각할 때 일소는 그러한 만소가 정녕 부럽기조차 했던 것이다.

그 후 만소와 일소는 각기 자기의 길을 가면서 그 시절에 모든 사람이 그랬듯이 먹을 걱정, 때 걱정, 들어 살 집 걱정이라기보다 방

걱정을 하면서 살아갔다.

이인삼각은 풀린 셈이었으나 두 사람은 떨어져 살면서도 늘 서로를 생각했다.

만소는 군 연예대를 따라다니며, 일선과 후방의 장병들과 전투 지역의 주민들을 웃겼고, 일소는 종군 작가단에 소속된 채로 연극의 각본을 쓰고 일선 후방을 돌아온 르포 형식의 글도 써서 신문이나 잡지에다 발표했다.

그러다가 나이가 들어 외롭고 불편하면 누구나 그러하듯이, 일소도 자기보다 다섯 살 아래인 조연급의 무대 여우와 결혼을 했다.

부산서 올린 일소의 결혼식에 만소가 참석한 것은 물론이다. 만소는 조촐한 결혼의 피로연에서 얼근히 취한 상태로 일소의 결혼을 축하하는 만담을 한 토막 늘어놓았다.

그는 끝에 가서 이런 말로 마무리지었다.

——이제까지 이 만소의 만담은 몽땅 일소 신랑이 써준 것인데 오늘의 이 축하도 실은 내 말이 아니라 일소 신랑이 하던 말을 옮겨놓는 데 지나지 않는단 말이외다. 그러니 신랑 일소가 만소의 입을 빌려 신랑 일소에게 하는 독백이란 점을 알아주시오. 만소가 일소에게 주는 말이 아니라 일소가 일소에게 하는 말이란 말이오.

신랑과 신부, 아니 신부와 신랑, 그대들은 낮에는 존경하고 밤에는 사랑하라. 그런데 이게 또 일소 신랑의 말이 아니라 프랑스 사람이 한 말이라는 것이 일소 신랑의 말이니 상당히 까다로워지지만, 이 만소가 이렇게 말을 하니까 여러분들이 웃는 것을 보면 역시 이것은 만소의 말이라.

이 만소, 오늘은 감개무량하여 탁 터놓고 말한다면, 밤에도 낮에도 사랑하면 신랑의 건강에 나쁘고, 낮에도 밤에도 존경만 한다면 신부의 건강에 해로워, 가만 있어, 이 만소가 도대체 무슨 말을 하는 걸까. 모를 때는 애쓸 게 없어요. 그럼 어떡허느냐, 그만두는 거지. 일소, 정말 잘 살기 바랄 뿐이오——

그러한 만소의 축하만담을 들으면서, 일소는 만소의 결혼을 자기가 서둘러야 할 것이라고 스스로의 마음에 다짐했던 것이다.

한 달 후부터 일소는 만소에게 결혼하기를 간청했다. 왠지 당황하며 고개를 설레설레 가로젖는 만소에게, 내가 결혼했으니 자네도 결혼해야 이치에 맞는 것이 아니냐고 강요하던 일소는, 만소가 결혼을 두려워하는 까닭이 무엇인지를 알고 철렁 가슴이 내려앉는 느낌이 들었다.

첫째, 그는 자기의 용모를 생각하고 어느 여자가 자기를 사랑할 것인가 의아해 하고 있었다. 자기를 보고 웃는 여자는 많았다. 그러나 그것은 자기의 얼굴이 우스워서 웃는 것이지 좋아서 웃는 것은 아니라고 그는 굳게 믿고 있었다. 그는 기묘하게도 아내란 적어도 남편을 보고 웃기보다 울어야 한다고 생각하고 있었다.

둘째는, 기막힌 걱정이었지만, 만소는 자기처럼 우습게 생긴 자식이 태어날 것을 두려워하고 있었다.

그런 만소의 심사를 알아차린 일소는 새삼스럽게 만소가 항상 그 우스운 얼굴에 띄우는 웃음이란 외형과는 달리 남보다 갑절의 원초적인 서러움을 가슴에 담고 살아왔다는 것을 깨닫고 마음속에서 측은의 눈을 흘렸던 것이다.

그러나 섭리는 오묘한 것이다. 만소에게 훌륭한 여성이 나타난 것이다. 그 훌륭한 여성은 만소의 아주 가까이에 있었다. 만소가 하숙하고 있는 주인집의 딸이었다.

그녀를 발견한 것, 즉 그녀가 만소를, 웃음을 뿌리는 우스운 사나이가 아니고, 믿음직한 한 남성으로 생각하고 있다는 사실을 발견한 것은 일소였다.

일소는 부산에서 있은 대민공연의 무대 옆에 서 있다가, 일소로
부터 네댓 걸음 떨어진 곳에 서서 유심히 무대를 보고 있는 한 아가
씨를 발견했다.

그밖에도 연만한 아가씨가 네댓 명 거기 서 있었으나, 일소의 눈
을 끈 것은 그 아가씨의 남다른 표정이었다.

만소의 만담이 시작되어 끝날 때까지 그 아가씨만은 다른 많은
사람들처럼 소리를 내어 웃지 않았다. 지그시 웃는 듯한 표정을 짓
기는 했으나 그것은 오히려 극장의 웃는 분위기를 마음 속에서 되
씹어보는 그런 종류의 미소인 듯이 느껴졌다.

그것은 일소에 있어서 새로운 발견이었다. 누굴까? 무대 위에까
지 올라올 수 있는 저 아가씨는 누구일까. 그리고 깔깔대고 웃지 않
는 것은 인품 탓일까 아니면 특별한 사연 탓일까.

그러다가 끝내 그 아가씨가 만소가 하숙하고 있는 집의 딸임을
알자, 일소는 검은 하늘을 가르고 찬란히 비켜가는 한 줄기 빛을 보
는 듯싶었다.

──그녀는 만소를 사랑하고 있는 것이다.

그 뜻을 일소가 전했을 때 만소는 펄쩍 뛰면서 세차게 그것을 부
정했다.

그럴 리가 없다는 것이었다. 그러나 공연히 사람 망신시키지 말
라고 화를 내기까지 했다. 그럴 아가씨가 아니라는 것이었다.

"그럴 아가씨가 아니라니 자네를 사랑한다는 것이 그렇게 못할
짓인가."

"아니야, 사랑이고 뭐고 아주 순진한 아가씨라니까."

"알았어. 그러나 만약 그 아가씨가 좋다면?"

"글쎄, 그럴 리 없다니까."

“있다면?”

“글쎄 안 된다니까, 내가 어떻게. 나는 누구하고도 결혼할 수 없어.”

“이 못난이.”

그러나 일소의 제 육감은 틀림이 없었다. 만소가 자기 방에서 이불을 뒤집어쓰고 덜덜 떨면서 기다리는 동안, 일소가 만난 가족들도 모두 이의가 없었고 아가씨도 지그시 웃는 표정으로 고개를 세로로 세 번 끄덕였던 것이다.

당시 피난지 부산에서 서두른 결혼식은 어느 경우에나 빨랐고 간소했다.

그런데 북적거리고 웃음꽃이 만발할 줄 알았던 만소의 결혼식은 뜻밖에도 엄숙했다. 그것은 만소가 그렇게 한 것이었다. 연예대의 동료들도 만소의 뜻을 알아서 들떠 돌아가지 않았다.

그래서 일소도 아주 점잖은 축사를 보냈던 것이다.

결혼 후의 만소 내외의 금슬은 이루 말할 수가 없었다. 만소 아내의 남편을 모시는 품은 헌신의 한마디로 족했고 만소가 아내를 다루는 품은 사랑이라기보다 존경에 가까웠다. 일소는 가끔 만소의 가정을 찾아서 담소하는 시간을 가졌으나, 만소가 아내 앞에서 농담 비슷한 우스개 한마디 하는 것을 들은 적이 없었다. 그토록 만소 가족의 분위기는 언제봐도 엄숙했다.

언제 봐도 결코 소리내어 웃지 않고 지그시 웃을 뿐인 아내의 헌신에 힘입었는지 만소의 정진은 대단했다.

그는 창도 배우고 장구도 치고 거문고까지 뜯었다. “춘향전”, “배비장전”, 읽을 수 있는 우리 고전은 모조리 얻어 읽었다. 그래서 만소의 어투에다 독특한 리듬이, 엮어 내려가는 대사에는 격조가 생겼다.

그와 같은 자기 수련은 언제까지나 가려지지는 않는 법이어서, 군 연예대에서 나온 그에게 일거리는 심심치 않게 들이닥쳤고 그에 따라 그의 수입도 높아갔다.

그 후 만소도 일소도 피난살이의 먼지를 털고 서울로 올라왔다. 문화예술의 중심이 서울로 옮겨졌기 때문이었다.

서울로 올라온 만소가 언제부터인가, 그 얼굴과 거동에 불안과 초조의 빛을 띠게 되었다.

지그시 웃는 아내에게 일백 프로의 존경 어린 신뢰를 보내며 그 속에서 마음껏 자기를 키워간다고 믿었던 일소인 만큼 혹시나 하고 불길한 예감을 느껴보았으나, 그의 아내는 예나 지금이나 조금도 다름없이 지그시 웃는 표정으로 그 풍기는 안정감은 태산 같았다. 그러니 도무지 모를 일이었다.

어느 날 일소가 만소의 집을 찾아갔을 때 만소는 출타하고 없었다. 그래서 좋은 기회로 생각한 일소는 넌지시 그의 아내에게 물어보았다.

"요즘, 만소에게 무슨 걱정이 생겼습니까?"

그러자 그의 아내는 지그시 웃더니,

"역시 가까운 사이시라 그걸 느끼시는군요."

하고는 더 이상 입을 열려 하지 않았다.

일소가 몹시 궁금해하는 양으로 좀처럼 말하려 하지 않는 그의 아내에게 알아낸 사연은 뜻밖의 일이면서 어디까지나 만소다웠다.

만소의 아내가 임신한 것이었다. 아내가 애기를 밴 사실을 알자 만소는 펄쩍 뛸 듯이 기뻐했다고 한다. 그러나 곧 그의 흥분은 처졌다.

"그이는 마음 고생을 사서 하는 양반이서요, 저더러 엄마 닮은 아기를 낳아야 한다는 거예요. 물론 저를 사랑하는 마음으로 그러기를 바라시는 거겠죠, 그렇지만……."

마음이 깊은 그의 아내는 만소의 깊은 슬픔을 헤아리고 있었던 것이다. 모를 까닭이 없었다. 그렇게 만소를 깊이 사랑하는 아내라서…….

만소는 자기를 닮은 아기가 태어날 것을 꺼려하고 있는 것이다. 아니, 무서워하고 있는 것이다. 그런 생각을 하자 일소는 정말 만소가 가엾었고, 그 가엾음의 감정으로 인하여 만소가 더욱더 친근하게 느껴졌다.

일소는 만소를 만나자 눈치를 살피며 그에게 말을 걸었다.

"요즘, 자네 얼굴에 풍격이 생기는걸."

"고맙네."

"왜 어디가 불편한가?"

"아니."

"아기가 태어나게 된다면서."

"자네 그걸 어떻게 알았지?"

"내가 모르는 일이 있나. 자네 부인한테 들었네."

그러자 만소는 덤덤히 웃었다.

"그런데 왜 얼굴이 그 모양이야."

"일소 사실은 말일세."

"무슨 말 하려는 건지 알겠네. 아기가 마누라 닮았으면, 그보다 자기를 닮지 않았으면 해서 하는 말이지."

"그야 그렇잖은가."

"그렇긴 뭐가 그래. 자네 얼굴이 도대체 어떻다는 거야."

"사실 말이지 내 얼굴이 이게 얼굴인가."

"그럼 얼굴이 아니면 발바닥이란 말인가."

"고운 발바닥은 내 쌍통보다 낫지."

"자네 이제는 그런 생각 버리게."

"마누라 닮은 아기만 태어나면 나도 그런 생각 버리겠네."

"정 걱정인 모양이니 내 한마디 하겠는데 말일세. 자네 자기 아버지 얼굴 쏙 빼놓듯이 닮은 경우 봤지."

"치가 떨려."

"어머니가 닮은 경우도 봤지."

"그랬으면 해."

"반반씩 닮는 경우도 봤지."

"안 그랬으면 좋겠는데."

"전혀 누구도 안 닮은 경우도 봤지."

"으음, 내가 그랬었지."

"그러니까 꿍꿍 감아들지만 말란 말일세. 삼라만상의 조화란 신비하고 기막힌 거야. 내 단정하지만 자네 아기는 깔끔한 미남이 아니면 미녀로 빠져나올 테니."

"그랬으면 얼마나 좋겠나."

세월이 가고 달이 차자, 만소의 아내는 딸을 순산했다. 일소는 그날의 만소를 잊을 수 없다. 아내의 순산을 보고 곧바로 일소를 찾아온 만소는 그야말로 희색이 만면한 표정으로,

"하, 일소 자네 말이 맞았네. 분뚜껑같이 희멀겋고 보름달같이 뚱글한 계집애야."

하고 싱글벙글 몸둘 바를 몰라했다.

"자네 닮지 않구."

"아냐 전혀 닮은 데가 없어."

산끈 가린 아기의 용모란 아직 누굴 닮았다고 할 수 없는 상태일 텐데 만소는 그저 자기를 닮지 않았다고 강조하면서 오로지 그 점을 기뻐했다.

날이 가고 달이 가면서 차차 얼굴이 가다듬어진 만소의 아기를 보고 일소는 놀랐다. 어느 편인가 하면 엄마를 닮았다고 볼 수 있는데, 아기의 얼굴은 벌써 깎아놓은 듯이 예뻤고, 만소의 말처럼 아빠를 닮은 흔적조차 찾아볼 수 없었다.

세상에 자기 닮지 않은 것을 그처럼 기뻐할 어버이는 없다는 생각을 할 때, 일소는 만소가 측은해졌다.

만소는 그 딸을 사시사철 끼고 돌았다. 자기가 집에 있을 때면, 아내조차 끔적 아기에게 손을 댈까 질색할 정도로 아기는 그저 만소의 차지였다.

그런 만소의 수선을 넌지시 바라보는 그의 아내의 얼굴에는 여전히 그 지긋한 미소가 감돌고 있었다.

그 무렵부터 만소는 만담보다도 희극에 더 열중하게 되었다. 우리의 희극은 일소가 보기에 아직도 소극의 한계를 벗어나지 못하고 있었으나 예전에 비기면 훨씬 점잖아져서 격조가 높아지고 있었다.

그러나 희극만 가지고는 살림이 힘들었다. 더욱 딸을 보고 가정 살림의 재미에 박차를 가한 만소로서는 벌고 또 벌어야 했다.

그는 라디오 방송에도 나가고, 때로 간혹 있는 고위층 연회석상에도 나가 그 다양한 재주를 보이고, 적지않은 보수를 얻었다. 만소의 말에 의하면 극장이나 라디오의 출연료보다 연회 좌석에서의 촌지가 몇 갑절 많다는 것이었다. 그러나 만소는 그것을 기뻐하기보다 한탄했다.

"이게 화대란 말이야. 기생들이 손님들에게 아양떨고 받는 것이니 말일세."

그러한 만소가 어느 날 밤늦게 술이 만취해서 일소의 집을 찾아왔다.

그리고 언제나 형수님이라고 높이 모시는 일소의 아내에게 술

한 잔 더 주기를 간청했다. 간단한 술상을 사이에 두고 마주앉아 일소는 술 취한 만소의 두 눈에 예사롭지 않은 그늘을 발견했다.

"만소, 오늘 저녁 무슨 일이 있었나?"

"무슨 일? 연회석에 나가 돈을 많이 받았지."

"돈 많이 벌어 기분난 얼굴이 아닌데."

"돈이 곧 기분이 아닌 것을 누구보다 잘 아는 자네가."

"말해 보게. 까닭이 있어 밤늦게 날 찾아왔을 테니까."

"맞았어. 자, 한 잔 더."

만소의 얘기는 이랬다.

그날 저녁, 서울에서 멋없는 큰 요정에 불려간 연회는 우리의 어느 고명한 인사가 일본인 예술인을 초대한 반공식의 술좌석이었다.

거기서 만소는 팔도강산을 찬양하는 간단한 만담을 하고 장구니 거문고를 놀리면서 익살맞은 몇 가지 창을 읊었다.

초대객인 일본 예술인이란 백발의 중년은 만소가 재간을 피우는 동안 옆에 앉은 사람의 설명을 들어가며, 좌석에서 터지는 웃음에 그 자신을 맞추려는 듯이 보였다.

여흥이 끝나 만소가 춤과 노래의 다른 연예인들과 함께 좌석의 한구석에서 땀을 들이고 있을 때, 술주전자와 술잔을 든 일본인 초대객이 자리를 일어나더니 너른 방을 가로질러 이쪽으로 다가왔다. 그러더니 그는 맨 먼저 술잔을 만소에게 주었다.

"참, 좋은 예술을 보여주어 감사하오."

일본 예술인은 일본말로 만소에게 그렇게 치사했다. 술을 받아 마신 만소는 결코 기분이 나쁠 수가 없었다.

그런데 일본 예술인이 그렇게 여흥을 보여준 사람들에게 술잔을 한 바퀴 돌리고 자기 좌석으로 돌아가자 그를 초대한 한국의 고명한 인사가 그와 이런 말을 주고받는 것을 만소는 똑똑히 들었다.

"그렇게 일부러 가서서 그들에게 술잔을 돌리실 것은 없었는
데……."

"아니오, 기막힌 예술가들 아닙니까. 저는 가만히 있을 수 없어
진정으로 경의를 표한 겁니다."

"그야 하신 일의 뜻은 잘 알겠습니다만 너무 그렇게 하면 그들은
기어오르니까요."

그래서 만소의 나쁠 수 없었던 기분은 싹 가셨다는 것이었다.

"물론, 무슨 소리든 할 수 있겠지, 그렇지만 일소, 기어오르다니,
술 한잔 얻어먹는다고 기어오르다니."

"흐음, 그 고명하신 인사도 자네 귀가 그렇게 밝은 줄은 미처 몰
랐었군. 잘못은 자네의 똥별나게 밝은 귀에 있었다고 해야지."

"그렇지만 기어오르다니 도대체 누가 뭣 허러 어디 기어오른단
말이야."

"기어오르는 거야, 자리를 탐내는 그들이지. 그런데 만소 자네
그런 거 이제 알았나. 새삼스럽게 흥분하다니 뭣보다 자네답지 않
은 걸. 그런 거 일찍이 초월한 게 아닌가."

"웃어넘긴 지 오래네. 나는 그런 거 무시하지. 그러나 우리 딸 미
애 아빠로서는 웃어넘길 수 없단 말이야. 미애가 그런 모욕을 감수
하는 아빠라는 것을 안다면 날 어떻게 보겠나."

"아직 돌도 안 지났지 않아."

"그야 그렇지, 아, 화대, 목구멍이 포도청, 돈이 유죄야."

"천만에!"

"천만에?"

"당당한 보수가 아닌가. 고마워서 바치는 조공으로 생각하게. 만
소 선생. 웃겨주셔서 감사합니다, 하고……."

"농으로 얼버무리지는 말게."

"농담이라니 천만에, 자네 그럴 때는 정말 고루해지는데 자기 땀 흘려 얻는 것도 아닌 돈으로 술이나 마시고 앉아서 노래 한 마디 못 하는 주제에, 그 따위 소리하고 거드름이나 피우는 그런 작자들을 자네는 사람으로 보나. 그런 것들 싹 없는 것으로 무시하란 말이야."

"무시한다고 그들이 없어지나."

"그렇구말구. 무시하면 없어지지. 사람들이 그들을 의식하니까 그들은 더욱 엄연히 존재하고 더욱 잔뜩 목에다 힘을 준단 말이야."

"무시하면 없어진다? 그럴 수야."

"어떻든 그러고 보니 자네도 어쩔 수 없는 한국의 평범한 아버지로군. 미애의 아빠로서 그런 수모를 받을 수 없다니."

"나야 평범 이하지."

"어떻든 감격했어. 잘못하면 신파가 될 건데. 자네가 화를 내고 나서니 남달리 박진력이 있단 말이야."

——나는 괜찮지만, 내 자식을 봐서——이것은 한반도에 발을 붙이고 살게 된 우리 조상들이 수천 년 전부터 면면히 이어온 비원이라고 일소는 생각한다. 그 점에 있어서 만소도 조금도 다를 것이 없었다. 그러나 만소가 기어오른다는 말을 듣고 모욕적으로 느낀 데는 남다른 까닭이 있다고 생각되기에 일소는 마음을 쓰는 것이다.

거기에는 자기를 닮지 않아 예쁘고 앞으로 더 아름답게 자랄 자기 사랑하는 딸이, 언젠가 그 아버지인 자기의 못생긴 얼굴에 실망을 느끼지 않을까, 그래서 부녀간의 정이 멀어져가지나 않을까 하는 불안과 위구가 만소의 마음 깊은 곳에 축축히 깔려 있는 것이다.

그러한 그의 불안과 위구는 딸 미애가 자랄수록 더해 갔는데, 일소는 그 하나의 뚜렷한 증거를, 만소가 자기 딸에게만은 절대로 자기의 무대를 보이지 않는다는 데서 너무나 아프게 느낄 수 있었다.

이 세상에서 가장 사랑하고 아끼는 딸에게 자기의 광대꼴을 보이고 싶지 않았던 것이다. 그러한 만소의 아집은, 이 세상의 다른 누가 자기더러 뭐라고 하든 간에 자기에 대한 딸의 애정만은 높은 차원에서 확보해 두고 싶은데 있었다.

——이 세상에서 우리 아버지가 제일이다—— 그것도 또한 밖에 나가 짓눌려 살기 십상인 우리 한국의 아버지들이 언제나 그 자식들에게 바라온 또 하나의 비원인 것인지 모른다.

일소는 그러한 만소의 심정을 헤아렸을 때, 자기도 뭔가 일소를 거들어야 한다고 생각했다.

그래서 만소의 소극적(笑劇的) 재능을 고차원의 희극에 살려볼 수 있는 가능성을 검토해 보았다. 그러한 검토의 결과는 긍정적으로 나타났다.

그래서 일소는 본격적으로 만소를 위한 희극의 각본을 쓰기로 작정했다.

그리고 일반적인 통념을 깨뜨려, 만소를 인상적으로, 만소다운 배역이라고 생각하는 배역이 아니라, 만소와는 이미지가 전혀 다르다고 일반이 생각하는 배역으로 바꾸어, 그에게 종전 연기의 틀을 깨고 새로운 연기의 영역에 뛰어들도록 강요했던 것이다.

처음, 만소는 좀 당황한 듯 싶었다. 그러나 만소는 종전과 다른 배역에 흥미를 느껴갔다. 그것은 바로 만소가 생각하는 딸이 보아도 무방한 배역이요 연기였기 때문이기도 하다고 일소는 생각했다.

종전과 판이한 각본에 의하여, 종전과 면모를 일신한 새로운 이미지의 배역을 맡은 만소의 정진은 놀라웠다.

그것은 수족관에서 뛰쳐난 큰 고기가 망망한 대해에 던져져서 마음껏 솟구치고 가라앉고 좌로 우로 헤엄치며 부글부글 파도를 끓게 하는 것이나 다름이 없었다.

일소도 희극대본을 쓰는 데 전에 없이 정력을 기울였다.

가령 『돈 키호테』의 경우, 누가 생각해도 만소는 산초지만 돈 키호테를 연기케 하는 것이다. 우리의 「놀부와 홍부」의 경우, 누가 생각해도 만소는 홍부지만, 그에게 놀부 역을 시킨다. 『춘향전』의 경우, 만소는 에누리 없는 방자지만 그에게 변학도의 배역을 준다.

그런 배역을 미리 가상하고, 그 작품들과 유사한 각본을 쓰게 되며 그 대사에는 절묘한 희극적인 맛이 나게 하는 것이다.

일소는 만소에게 『햄릿』의 햄릿 역을 시켜도 무방하다고 생각했다.

전통적인 극작가들이나 연출가들은 일소에 부칠 것이지만, 일소의 생각으로는 『햄릿』은 비극이기보다 희극인 것이다. 그러니 만소가 햄릿 역을 해서 우스울 것은 조금도 없었다.

일소는 언젠가 영국 왕실 연극회가 일류 셰익스피어 배우를 동원하여 본격적으로 만들었다는 햄릿 영화의 프린트를 본 적이 있는데, 그 짜임새 있는 연출, 빈틈 없는 무대장치, 섬세하고 웅장한 연기 그 자체에는 감탄했지만, 그 연극 전체의 톤은 그야말로 전형적인 희극이라고 보았고, 그것을 숨을 죽여가며 보고 있는 관객들이 자아내는 진지한 분위기야말로 소극적이라고 생각했던 것이다. 뭐가 그렇게 요란스러워야 하는가?

그 무렵, 국산영화가 영화 사상 처음의 황금기를 맞게 되면서 연극에 속하는 무대활동이 점점 쇠퇴해 가기 시작했다.

그러나 만소는 물론 일소도 그와 같은 시대의 변천을 민감하게 느끼지 못했다.

그러니까 일소가 만소를 놓고 각본을 정력적으로 써냈다는 것은 꺼져가는 연극의 불길을 최후의 일순에 방긋하고 돋우어본 셈이며, 무대에 집착한 나머지 기민하게 영상의 세계로 뛰어들지 못한 만소로서는 끝까지 무대를 고수한 최후의 파수병 노릇을 했다고 볼 수 있었다.

그러나 마무리는 극히 자연스럽게 다가왔다. 연극의 등불이 꺼지기 직전에 만소는 마지막 무대에서 그로서는 가장 기막힌 연기를 보였던 것이며, 그 뒤는 한 번도 무대에 서지 않고 앙앙불락하다가 이승을 하직했기 때문이다.

그 마지막 무대는 역시 죽마고우 일소가 써준 각본에 의한 것이다.

그것은 코믹하게 엮어진 『심청전』으로서 그러나 결코 욍강젱강 자빠지고 엎어지면서 실없는 말이나 주고받아 야하게 관객들을 웃기는 그런 맹랑한 것이 아니라 차분한 페이소스가 처음부터 마지막까지 드라마의 전편에 가려서 관객으로 하여금 겉으로는 웃게 하지만 속으로는 울게 하는 그런 종류의 희극에 속했다.

그 속에서 심봉사 역을 맡은 만소의 연기는 그 어느 때보다도 더 다채로웠다. 그래서 매일 같이 만원사례의 간판을 내거는 극장 앞에는 인산인해를 이루었다.

관객들은 웃음에 굶주리기나 한 듯이 다투어 밀려와서 만소의 연기에 도취되어 웃고 싶은 대로 웃고는 오랜 체증을 푼 사람인 양 시장기조차 느끼면서 돌아갔다. 한 번 보고는 양에 차지 않아 두 번 세 번 보는 사람들도 적지 않았다.

웃음을 뿌리는 사나이 만소! 어느 신문의 칼럼에서는 만소의 『심청전』이 일으킨 웃음의 회오리 바람을 이렇게 평했다.

"왜 사람들은 웃어야 하는가. 행복한 사람은 물론 불행한 사람도 웃어야 한다. 행복한 사람이 웃으면 더욱 행복해지고, 불행한 사람이 웃으면 그 불행을 잊을 수 있는 것이다. 그래서 옛날 말에 '소문만복래' 라는 것이 있다.

그러나 사람들이 다투어가며 만소가 뿌리는 웃음을 사는 데는 일반론이 아닌 특별한 다른 까닭이 있다. 그것은 지금 우리는 왠지 우울하다는 것이다. 정치적으로도 진전이 없고 경제적으로도 발전이 없다. 모리배는 거들먹거리고 깡패들은 판을 치며 도박은 어두운 구석 방에서 성행한다.

뭐, 좀 시원한 일이 없느냐. 이것이 지금 국민 대중이 답답한 사회에 바라는 환기 작용이다.

그러나 아직 그런 징조는 보이지 않는다. 그럴 때 만소가 웃음을 뿌리고 나선 것이다. 웃어라. 웃어야 한다. 터놓고 웃으면, 그 웃음의 함성은 기필코 어떤 변화를 가져올 것이다. 물론 만소에게 그런 의도가 있는 것은 아니다. 그는 그저 사람들을 그 천성의 표정과 재치 있는 연기로 웃길 따름이다. 그러나 그의 웃음에는 스스로 꾸미지 않고 갖추어진 강렬한 시대적 요청이 깃들여 있는 것이다.

그 점을 생각지 않고 그저 웃는 것이라면 그 웃음은 올바른 웃음이 아니다."

그 단평을 본 일소는 그저 쓸쓸히 웃었다.

——올바른 웃음이라——

그런데 그렇게 놀라운 연기를 보여주고 있는 만소의 마음속에는 한순간도 가시지 않는 걱정이 깊숙이 숨어 있었다.

공연 시작 며칠 전부터 발열한 미애가 조금도 차도를 보이지 않고 앓고 있었다. 공연이 끝나면 만소는 그 길로 집으로 달려가 딸을 간호했다.

여러 명의 의사에게 보였으나 병명 미상이었다. 매일 같이 공연에 시달린 그였으나 꼬박 밤을 새우다시피 앓는 딸의 곁에 앉아 찬물에 손수건을 축여서 이마의 열을 식혀 주었다. 그러다가 그는 딸의 조그만 이마에 번갈아 손을 갖다대며 마음속으로 어디엔가 대고 빌었다.

믿음이 없는 그는 머릿속에서 그리스도를 그려보고 부처님을 생

각해 보면서

"그저 딸 미애만 낫게 해주십시오, 그러면 댁을 믿겠습니다."

라고 말을 되풀이했다.

또 산신령을 머리에 그리며,

"제발 내 손을 통하여 미애의 열이 나에게로 옮겨지고 모든 병근이 몽땅 내 몸으로 들어오게 해주십시오."

하고 빌기도 했다. 그러나 미애의 열은 내릴 줄을 몰랐다. 조그만 것이 숨을 할딱거리고 고통을 참고 있는 양이 애처롭고 가엾었다.

그러다가 공교롭게도 공연 마지막 날 밤 『심청전』 제3막 2장으로 들어가려 했을 때였다. 만소 심 봉사는 지팡이를 짚고 무대로 걸어나가다가 무대 옆에서 들려온 잔가락의 어지러운 발걸음 소리를 들었다. 여느 사람이면 못 들었을 조심스러운 신발 소리를 남달리 귀가 밝은 그는 놓치지 않았던 것이다.

그는 얼핏 몸을 그리로 돌리며 실눈 사이로 일소에게 귓속말을 하고 있는 한 소녀를 보았다. 그 소녀는 만소의 집 바로 옆에 사는 소녀였다.

그 귓속말까지 만소의 청각은 포착하지 못했다. 그러나 흠칫 놀라며 무대의 만소 쪽을 본 일소의 몸가짐 전체에서 만소는 모든 것을 알아차렸다.

딸 미애가 죽었다는 것을 안 것이다. 같은 순간, 일소는 만소가 그렇게 자기 딸의 죽음을 알아챘다는 것을 무대에서 이쪽으로 몸을 돌린 만소의 일순의 몸가짐에서 너무나 분명히 느낄 수 있었다.

일소는 아차 싶었다. 그러나 다음 순간 만소는 무대 한가운데를 향해 벌써 한 발자국을 내어 디디고 있었다.

일순, 일소는 만소의 몸이 경미하게 기우는 듯이 느꼈으나 만소는 조금도 흐트러지지 않은 자세로 대사를 엮어가기 시작했다.

　그것을 바라보는 일소는 망연자실 상태에서 자기 몸이 경직하면서 무대 옆 마루 위에 그대로 굳어버리는 것이 아닌가 여겨졌다.

　벌써 무대 위에서 만소의 대사로 벌어진 제2장은 이 드라마의 마지막 장으로 맹인잔치에 뒤늦게 참석한 심 봉사가 왕비가 된 딸 심청을 만나는 장면이었다.

　어린 딸의 죽음을 알아차린 만소가 하필이면, 죽어서 용궁에 갔다가 다시 이승으로 살아 돌아온 딸과의 재회를 기뻐하는 심봉사의 연기를 해야 하다니…….

　차라리 심청이 공양미 삼백 석의 몸값으로 인당수에 빠져 죽었다는 소식을 듣고 심 봉사가 대성통곡하며, 딸의 죽음을 애절해 하고, 그리워하는 장면을 연기할 수 있었더라면.

　그러나 만소의 연기에는 조금도 흐트러지는 기색조차 엿보이지 않았다.

　일소에게는 그러한 만소가 더 측은하게 여겨졌다. 딸이 죽은 것을 눈치채고 관객의 기대를 저버릴 수 없이 드라마를 끝까지 밀고 나가 무대를 지탱해 가야 하는 연기자로서의 괴로움과 애달픔.

　그렇게 무대 위의 만소의 마음씨를 자기의 그것인 양 헤아리던 일소는 번쩍 정신을 차렸다.

　만소가 대본에 없는 대사를 엮어가는 것을 알아차렸기 때문이다.

　"네가 내 딸 심청이라니. 이것이 꿈이냐 생시냐."

하고 소리지르고 지팡이를 떨구며 활짝 두 팔을 뒤로 젖히다시피 벌려, 달려드는 딸을 와락 부여안는 대목에서 만소는 그렇게 하지 않았다.

　"심청이?"

　그렇게 부르던 심 봉사의 음성은 앞좌석의 관객에게도 들릴까말까 할 정도로 낮았다.

“그러면 네가 바로 이 아비가 품안에 안고 다니면서 동냥젖을 얻어먹여 키운 내 딸 심청이란 말이냐.”

순간 무대 위의 심청은 어리둥절하는 품이더니 당황히 “네” 하고 대답했다.

“추위에 혹시나 손발이 얼지나 않았을까?”

그러자 관객석에서 “와아” 하고 함성 같은 웃음이 터져나왔다.

어느 한구석에서 누가 요즘 선전이 한창인 동상 약의 이름을 외쳤던 것이다.

그 순간, 무대 위의 만소는 제정신으로 돌아왔다.

이제까지 그는 무대 저편에 죽은 것이 틀림없는 딸 미애의, 아기가 아닌 숙성하게 자란 모습을 환각하고 있었던 것이다. “와아” 하는 관객들의 함성에 번쩍 정신이 든 그의 눈앞에 보이는 것은 심청 역의 젊은 여배우였다.

그 순간, 만소의 뇌리에서 일체의 상념이 가셨다. 그는 그제야 완전무결한 희극배우 만소를 되찾은 것이었다.

관객들의 눈에, 공연 마지막 날의 마지막 장면을 장식하는 만소의 연기는 그 어느 때보다도 자유분방한 것으로 비쳤다. 만소가 대사 한마디를 외칠 때마다 관객은 턱을 젖히고 웃었고, 만소가 한 팔을 올리거나 한 발을 옮겨놓을 때마다 관객들은 웃음에 겨운 나머지 발을 굴렀다.

만소인 심 봉사가 딸 심청과 사위인 국왕을 두 팔로 껴안고, 관객을 향하여 기쁨의 너털웃음을 길게 웃는 것으로 막이 내렸는데 관객들은 좀처럼 자리를 뜨지 않고 길고긴 갈채와 박수로 자꾸 막을 올리게 하여 만소를 비롯한 연기자들을 불러내어 몇 번이고 그 인사를 받았다.

같은 연기자들은 한결같이 오늘밤 공연에서처럼 만소가 웃는 것

은 처음 보았다고 생각했다——얼마나 세차게 웃었기에 눈물까지
비칠 수 있었을까. 그는 역시 명배우야.

　일소는 아까부터 무대의 옆 한군데에 못박힌 듯이 꼼짝 않고 버
티고 서서 만소가 연기하는 자초지종을 지켜보고 있었다. 그리고
마음 속으로 울고 있었다. 만소도 불쌍하고 자기도 불쌍했다. 아니,
사람이 산다는 것이 가엾었다.

　그날을 계기로 만소는 무대를 떠났다.

　그는 그 이듬해, 연기가 스러지듯이 세상을 떠나고 말았지만, 죽
을 때까지 그가 그의 아내에게 보인 사랑만은 지극했다.

　만소가 죽은 임종의 자리에 일소는 붙어 있었다. 그는 쇠약할 대
로 쇠약해져서 앙상해진 얼굴에도 끝까지 웃음을 담고 있었다.

　처음부터 우스운 생김새로 태어난 그의 얼굴에는 일생 웃음의
빛이 어려 있었고, 죽음에 직면해서도 그의 그러한 표정에는 전혀
변함이 없었다.

　만소는 힘없는 손으로 일소의 손을 잡으며 “고마웠다.”고 했다.
일소는 무어라 대답할 수가 없었다.

　“일소, 나는 우습게 태어나 우습게 살다가 우습게 가는 거지.”

　일소는 조용히 대답했다.

　“누군 안 그런가.”

　그리고,

　“누구나 어차피 가는 길이야. 먼저 가서 기다리게나.”

　그러자 일순 만소의 눈에 한 줄기 빛이 스쳐가는 듯싶더니 머리
맡에 지그시 입술을 물고 있는 그 아내를 힘없이 올려다보고는

　“이 사람한테 안됐지. 나야 이제 가면 미애를 만날 수가 있잖나.”
하더니 잠드는 사람처럼 스르르 눈을 감았다.

　일소는 만소 아내의 쥐어짜는 듯한 애곡소리를 들으며 한참 동

안 물끄러미 운명한 만소의 얼굴을 들여다보았다.

이상한 일이었다. 만소의 얼굴에서 바로 그 얼굴 자체라고 할 수 있던 우스운 기가 점점 스러지면서 어떤 얼굴보다 더 위엄있는 한국인의 얼굴로 변해 가는 것을 일소는 똑똑히 보았던 것이다.

만소와 이인삼각으로 살아온 일소는 그 후, 몇 개의 고전적인 희극을 남기고 죽었다. 그 중 가장 뛰어난 작품은 인간의 얼굴을 주테마로 한 작품인데, 그는 그 작품의 서두에 이렇게 적고 있다.

──울며 태어났으니 웃으며 죽어야지.

만약 누군가 희극작가 일소의 인간과 작품을 연구하게 된다면 다음과 같은 한 가지 사실만은 빼놓지 말아야 할 것이다. 그것은 일소가 만년에 만소의 유복아를 친자식처럼 지독히도 사랑했다는 점이다.

그리고 만소의 유복아가 만소를 닮은 것은 확실한데, 다른 것은 만소의 얼굴에서 웃음기를 싹 빼놓은 점이며 지그시 웃는 그 어머니의 생김새를 가미하여 아주 잘생겼다는 말을 듣고 있었다는 사실이다.

인근 누구도 그 애를 보고 웃는 사람은 없었던 것이다.

전후 세대 휴머니즘의 진폭

한기

1

　이데올로기가 한 문학의 특질을 결정하는 수가 있다. 선우휘 문학이 그런 경우이다. 선우휘 문학은 현대 한국 보수주의 문학의 한 전형처럼 되어 있다. 그러나 그가 활동하던 시절에 그의 보수주의, 곧 반공주의의 이념이란 굳이 새삼스럽게 인식될 필요조차 없었던, 당연한 인식의 지평이었다. 살육의 전쟁 끝에 살아남고 허여된 이념이 그것뿐이었기 때문이다. 전쟁이 끝났다고 해봐야 목숨 건 인정 투쟁의 장이 완전히 막을 내린 건 아니었다. 바야흐로 이데올로기의 내면화의 투쟁 계절이 전개되었는데, 무엇보다 인간성의 회복과 수습을 위한 시절에 피폐한 피난민의 정서에 호소했던 이념은 '휴머니즘'이었다. 기실 반공주의의 딴 이름이 이 휴머니즘이었음은 누구나 아는 사실이다. 인도주의라는 이름의 기치 속에서 그들은 방공주의를 호흡했다. 행동적 휴머니즘, 또는 실존적 휴머니즘,

혹은 저항적 휴머니즘, 혹은 비판적 휴머니즘 등이라고 해봐야 본질은 마찬가지다. 다만 가지치기를 해나갔을 뿐이다. 어느 것이나 개인을 기초로 해서 전후 인간성의 상실, 혹은 복구의 문제를 자유주의적 민주주의 체제 안에서 해결하려는 체제 이념적 태도를 가졌던 것은 마찬가지다. 만약 보다 온건한 정치적 태도 아래서 전후 인간성의 상실을 노래한 경향이 실존적 휴머니즘이었다면, 이 소설 경향의 선두에 조용히 나서고 있었던 것이 손창섭 문학이었고, 그 바른 편 선두에서 보다 철저한 정치적 신념 아래 무장하고 일련의 문학적 조류를 형성했던 것이 선우휘 문학이었다. '행동적 휴머니즘'의 정체가 바로 이것이었고, 전쟁이라는 거친 투쟁의 장소를 거친 마당에 문단에 활력소를 제공한 이념적 쟁소의 하나는 이것이었다. 세대적 요인에 앞서서 상황적 요인이 문학사를 규정한 원천 요인으로 작용하였음을 이로써 알 수 있다.

1950년대 문학사에 선우휘가 마치 혜성처럼, 신데렐라처럼 등장한 배경에는 이처럼 전후라는 시대의 특수 조건이 가로놓여 있었다. 전후라는 공간의 시대 의장을 벗고 나서도, 그 단일화된 폐쇄 이데올로기의 내면화된 체제 이념은 당분간 불변이었다. 4·19로 빚어진 잠깐 동안의 이데올로기 해방 국면을 빼면, 녹색 군부의 세월 동안 누구도 그렇게 만만히 체제에 도전할 수 없었다. 휴머니즘의 누추하고 범박한 이름의 옷이 오랜 기간 이 땅의 문학적 패션으로 군림해 온 이유가 여기에 있다. 새로운 이데올로기의 지평이 보일락말락하게 열리기 시작하던 1960년대의 기간을 걸쳐서 이 패션의 이름은 퇴색하지 않았다. 그리하여 단순히 휴머니즘의 시대라고 할 때, 그 속에서 경험이 풍부하거나, 혹은 인간성이 풍부한 면모의 작가에 의해서 소설의 주도 국면이 이룩되었을 것은 쉽게 짐작할 수 있다. 모든 것이 파괴된 폐허의 자리에서 진술될 가치가 있는 것은 극적인 싸움의 기록이거나, 아니면 인간성의 재생 의욕이면 족한 것이었을 따름이기 때문이다.

이 휴머니즘, 특히 행동적 휴머니즘의 이름을 걸고 치장된 전후 문학의 한 세계를 지금 우리는 본다. 거센 세월의 침식과 함께 이 이름의 의장 또한 낡은 것이 되었음을 우리는 안다. 파괴와 살육의 경험 현장으로부터 점점 멀어지고, 새로운 세대의 문화적 감수성이 역사 속에 머리를 디밀기 시작하면서, 좁은 휴머니즘의 감수성이란 이미 퇴색된 것이 되었음을 우리는 안다. 근대화 속도의 빠른 전개와 함께, 1960년대, 1970년대, 후속 세대의 빠른 등장은 여러 지점에서 세대간 감수성의 분열을 야기시켜 조만간 전후적 감수성의 퇴조라는 현실이 벌어지게 되었는데, 1960년대 말 이후 점차 이 세대의 문화적 주체성이 수세에 몰리게 되면서 한결같이 주춤거리거나, 어쩔 수 없이 보수의 자리로 후퇴하는 양상을 보였던 것은 역사의 피할 수 없는 운명 법칙을 반영한 것이라 할 수 있다.

1970년대로 넘어오면서 이 세대의 사회적 위상은 이미 중진의 자리에 도달하게 되었거니와, 그때까지만 해도 그러나 이 세대의 진보적 몫이 여전히 시효를 다한 것은 아니었다고 할 수 있다. 자유 민주주의의 세례를 입은 최초의 세대였던만치 적어도 정치적 독재에의 항거 몫이 중요하게 남아 있었고, 일인 독재가 지속되는 한 그것은 그러하였다. 한편으로 개발 독재의 과실에 편승하면서 내부적으로 거기에 저항하는, 비판적 자유주의의 세력이 여기에 마련되고 있었던 셈인데, 1970년대의 종막과 함께 이 상황 역시 변전하였다. 식민지 세대가 완전 퇴조하게 되면서 전후 세대는 그야말로 우리 사회의 최후 보부 세력으로 남게 되었거니와, 1970년대 이후 급속하게 전대된 산업화의 속도 감각은 이 보수화의 감각을 더욱 날카롭게 하였다. 이데올로기의 개방 속도를 의미하게 마련인 이 산업화의 속도 감각에서 그들은 일종의 위기의식조차 느끼지 않을 수 없었던 것이다. 이데올로기의 개방 현실은 궁극적으로 전쟁에의 기억을 무화시켰고, 그것은 궁극적으로 냉전 이념의 붕괴를 의미하는 것이 아닐 수 없었다. 산업화의 추세 속에 이미 냉전체제의 붕괴 메커니즘이 깃들여 있었음을 이는 뜻하거니와, 1980년대 중반까지 이어진 선우휘의 시대 안에 이러한 역사적 변전 운명이 고스란히 암시되고 있었다. 냉전체제의 붕괴라는 그 끝을 보지는 못하고 그는 타계했지만, 그가 오늘의 현실을 목도하였다면 어떻게 반응하였을지 궁금하다. 냉정 시대의 역사 감각에 그만큼 충실한 작가도 드물었으며, 지나간 역사에 대한 탐색의 자세로 그를 접근하게 되는 이유가 여기에 있다.

역사는 이처럼 변전하며, 그 속에서 삶과 문학의 운명 역시 변전한다. 한때의 전위가 역사 속에서 보수로 낙오하는 일은 역사 속에서 흔히 보는 일이다. 선우휘의 경우, 그가 5공의 정치적 혹한기에 한 신문사를 대표하는 논객의 위치에서 어떤 이데올로기적 역할을 수행하였던가를 우리 모두는 잘 안다. 오늘날 젊은 세대 일반의 그에 대한 폄하 분위기는 이와 관계 있다. 선명한 이데올로기적 태도에 기반하여 이루어진 문학이었으므로 이와 같은 문학사적 부침의 운명 역시 불가피한 것인지 모른다. 문학 자체가 이데올로기적 기능과 멀찍이 떨어져 움직일 수 없는 것이라 한다면 이 현상 자체는 당연한 것이라 할지도 모른다. 어떤 탈이데올로기적 문학 경향이 대두한다 하더라도 거기에는 또 다른 성격의 모종의 이데올로기가 관여되어 있음을 혹자는 주장한다. 문학에 있어서 이데올로기의 배제, 추방이란 궁극적으로 불가능하다는 것이다. 선우휘 문학에 대한 평가의 문제가 어려운 것은 요컨대 이 문제와 관련된다. 왜 한때 행동주의 문학의 기수로까지 추앙되었던 사람의 문학이 이제 와서 역사의 왜곡이나 되는 것처럼 백안시되어야 하는가. 가치중립적 비평 태도란 근본적으로 불가능한 것인가.

변전의 운명이 만약 역사의 불가피한 법칙이라면, 변전의 운명을 받아들이는 것이야말로 역사주의의 올바른 태도일 수 있다. 말년의 행적이 어떻다 해서 초년의 행적까지 소거시킬 수 없다는 것은 엄정한 사초들의 태도였다. 모든 역사를 현재의 관점에서만 재단하려 들 때, 역사 자체가 사라지거나, 비쩍 마른 빈곤의 내용만이 남게 된다는 것은 역사적 서술 사례를 통해서 우리가 자주 확인하는 바이다. 말년의 헤겔이 어쨌다 해서 죽은 개 취급을 하지 말 것을 권고한 것은 마르크스였으며, 행동주의 작가 앙드레 말로가 말년에 드골 정권의 문화장관을 지냈다 해서 말로 문학이 없어지지 않는 것도 이 같은 이치 위에 있다. 세계관은 반동적이었지만, 그렇기 때문에 오히려 리얼리즘의 승리를 구가했다고 발자크 문학을 높이 평가했던 것을 엥겔스의 변증법적 시각이었으며, 문학사에 있어서 세계관과 작품으로서의 성과 사이의 불일치 현상은 우리가 자주 보는 바이다. 이데올로기만 이 문학의 전부라고 보는 것은 문학을 보는 좁은 태도이며, 역사 속에서의 모든 유물은 다 그 나름대로의 가치를 가지고 있다. 전후 문학사 속에서 선우휘의 위치 또한 그렇게 볼 수는 없을까. 당대의 지평 안에서 선우휘 문학이 수행했던 역할이 있다면, 그것은 그것대로 평가하며, 그 영향 관계를 통해서 문학사의 전체적인 의미망을 조감해 보는 것은 필요하고도 의미있는 일이 아닐까. 행동주의적 체질이 유난히도 약한 이 나라 풍토에서 그 한 사례의 검증은 이 나라 문학의 폭을 넓히는 데 기여할 수 있을 것이며, 무엇보다 문학 이전에 그 인간의, 삶의 행직을 점검해 보려는 태도도 이와 관계 있다. 행동주의 문학이란 다름아닌 문학에 앞서서 삶을 전제하는, 실천적 문학 태도의 일종이기 때문이다.

한 우익적 이데올로기의 생애라 해도 그 전형성이 우리를 흥미롭게
한다.

2

약력에 의하면 1922년 평북 정주 태생인 선우휘가 경성 사범학
교를 졸업하고 그 사회 경력을 출발시킨 자리는 일제 말기 교원의
자리였다고 한다. 사범학교가 당시 가난한 수재들이 모인 관급 학
교로서, 교원 양성의 설립 목표를 가진 학교였음은 누구나 아는 사
실이다. 관급 교원의 자리란 체제 보수의 기능과 뗄 수 없는 자리였
을 것인데, 북녘 오지의 마을에서 보통학교 훈도 노릇에 머물렀던
그는 해방과 함께 바로 월남한 상태에 놓이게 된다. 그의 계층 의식
의 바로미터가 되는 서북 출신 실향민의 처지가 이로써 마련되었으
며, 이후 그는 곧 기자 생활에 뛰어들게 된다. 해방 정국의 혼란상
을 가장 가까운 거리에서 취재하는 사회부 초년 기자가 그의 직분
이었던 셈이다. 그의 생애의 업이 된 기자 감각이 이에서 마련되었
거니와, 그렇지만 어찌 된 탓인지, 기자 생활에 만족하지 못하게 된
그는 사직서를 내던지고 다시 전직하는 상태에 놓이게 된다. 자설
로는 이 무렵 미국 유학의 길을 꿈꾸었던 참이라고 하는데, 여의치
못해 주저앉게 된 그는 일선 학교 교사로 몸담게 된다. 그리고 그의
인생의 한 획기적 전환점이 마련된다.

6·25를 앞둔 시점에서 어떤 혼란의 현실이 벌어졌던가를 우리
모두는 알거니와, 5·10선거에서 8·15정부수립으로 이어지는 일
련의 내전적 현실 전개 과정에서 그는 4·3사건과 그에 이어지는
여순사건 등을 목도하고, 군인의 길을 자원한다. 이 시절의 심경을

작가는 작품 「오리와 계급장」(《지성》, 1958. 가을호)에 간략히 피력하고 있거니와, 그처럼 피나는 내전의 계절에 앉아 죽거나, 전장에 나가 싸워 죽거나 매일반이라는 심정에서 일종의 도피행각을 벌였던 것이라고 스스로는 말하고 있다. 정훈장교를 지원하게 된 그는 6·25 중간 잠시 특수부대 요원으로 근무하기도 했다고 하나, 대개의 군생활을 정훈 병과 주변에서 맴돌았던 것으로 보이는데, 이 점은 그의 이데올로기적 면모와 관련하여 주목될 만하다. 정훈 병과란 곧 병영내에서 이데올로기적 사무를 관장하는 기구이기 때문이다. 그가 문단에 나온 것 역시 이 정훈관으로서의 현역 복무 시절이었는데, 군인──작가로서의 이 시절 선우휘의 면모는 우리 문학사로서도 유니크한 삽화적 대목이 아닐 수 없다. 직업 군인이면서 작가인 최초의 선례가 이에서 마련되었기 때문이다──이후 최인훈이 비슷한 상태에 놓이게 된다──1957년 대령으로 예편 후, 그는 다시 신문사에 몸담아 논설위원, 편집국장, 주필, 논설고문 등의 직책을 전전하며, 전후 세대의 대표작가이면서 동시에 한국 언론계의 거목으로 성장하게 된다.

그의 후반기 생을 장식한 작가──언론인으로서의 생활이 어떠하였는지 자세히 말할 필요는 없을 것이다. 기자로서의 정상적인 궤도를 밟지 않았음에도 그가 언론인으로서 빠른 성장가도를 달렸다는 점만은 분명한데, 특별히 3공화국의 민정 이양 초기에 그는 편집국장 직위에 있으면서 일종의 필화 사건을 겪어 구속되는 화를 입게 된다. 이 사건의 여파가 그의 작가 생활에도 상당한 영향을 미쳤을 것으로 짐작되는데, 그런 풍파를 겪은 뒤에도 다시 언론계의 정상에 복귀한 그는 1970년대에 주로 주필과 논설고문의 위치에서 신문사의 논조를 결정하는 중책을 맡게 된다. 작품 활동이 뜸해짐과 함께 '유신' 치하에서 어려운 논설가로서의 위치를 지켜나갔던 그는 1973년 다시 한 번 필화의 화를 입게 된다. 논설로서 한 정치적 사건에 관여한 탓이었다. 이러한 역정은 그의 언론인으로서의 충실도를 반증해 주는 자취들이라 할 것이다. 그가 다시 작가로서의 재충전을 도모하게 되는 시기는 1970년대 후반기에 이르러서의 일인데, 그의 최대 장편이면서 대표작인 「노다지」(《주간조선》, 1979. 2~1981. 8)가 바로 이 시기의 정점에서 쓰인 것이며, 1986년 타계하기까지도 그는 한국의 대표적 보수 언론인으로서의 위치를 잃지 않고 있었다. 5공화국 시절 매주 고정 칼럼을 통하여 영향력 있는 필봉을 휘둘렀던 것인데, 오늘날 언론인으로서 그를 기억하는 독자들은 바로 이 모습을 기억하고 있다. 자신의 문필 생활에 심각한 위협이 초래될 정도로 한때 험악한 사회적 물의를 겪기도 했던 그는 그 신념인의 모습 그대로 유명을 달리하게 된다. 죽기까지 필봉을 놓지 않았으므로 그는 참으로 엄청난 양의 논설을 개진한 셈이며, 작품을 통한 문학적 집필량 역시 녹록치 않다.

30여 년 작가 생활 동안 장편 10편, 중편 7편, 단편 64편 등 총 81편의 작품 기록을 남겨놓음으로써 어느 전업 작가에 비해서도 부족하지 않은 문필 총량을 기록하고 있기 때문이다. 작가로나, 언론인으로나 어느 한편으로만 평가하기 어려운 그의 복합적 면모가 여기에 있는 것인데, 삶과 글쓰기를 등위화시켰던 바르트다운 '문사'의 개념에 흡사한 면모가 그 아니었던가 볼 수 있다.

굳이 구분한다면 작가와 논개, 작가와 칼럼니스트의 입장 중 그는 어느 한쪽을 더 선호하였던 것일까. '2~3년 먹을 것을 대주는 독지가'만 나타난다면 편집국장 직을 포기하고 작가 노릇에 충실하리라는 엄살을 그가 한때 내비친 적이 있다 하지만, 사회적 반향이 즉각적인 대신문사의 논객 위치와 아무런 제도적 장치의 배경이 없는 작가의 위치를 쉽게 바꿀 수 없었을 것임은 물론이다. 그렇다고 해서 한 세대를 대표하는 작가로서의 자부심이 그로 하여금 소설가의 위치 또한 쉽게 버릴 수 없도록 하였을 것임은 당연한데, 그런 만큼 작가와 논객의 위치를 겸임하는 자리에서 소설적 언어와 논설 언어의 상호 수렴 현상이 빚어졌던 것 아닌가 생각해 볼 수 있다. 그의 문필의 한 특징이 여기에 있는 셈인데, 행동주의 작가로 시발했던 작가의 원질적 요소의 측면이 이를 가능케 한 요소의 하나로 작용했던 것을 살펴볼 수 있다. 행동주의 문학 강령이란 문학적 실천과 함께 사회적 실천을 강조하는 문학적 실천주의의 또 다른 윤리적 형태이기 때문이다 한국적 행동주의 문학이 겨우 기자 직업으로 시종하는 양상을 보였다는 것은 우리 문학의 폭과 깊이를 시사하는 한 바로미터가 아닐 수 없거니와, 이 한국적 협소함의 범위를 감안하면서, 한국 전후 문학의 바운더리를 이해하는 데는 선우휘 문학의 구체적 자장에 대한 검토가 필수적이지 않을 수 없다. 이 자장의 원점으로서 「불꽃」(《문학예술》, 1957. 7)에 대한 검토가 또한 필수적인 것인데, 세월이 지나가도 선우휘 문학의 원점이자, 전후 문학의 한 단서로서 「불꽃」의 자리는 여전히 불변이기 때문이다. 한국 행동주의 문학의 반경을 그리는 자리에서라도 이것이 일으킨 파문과 반향의 자리를 우리의 문학사는 영원히 잊을 수 없다.

3

　선우휘가 드물게 직업 군인 이력의 소유자라는 사실은 「불꽃」 등장의 문학사적 배경 이해를 위해서도 다시 한 번 강조되어 좋겠다. 전후 행동주의 문학의 강렬함이 대망되던 시절에 육군 대령의 계급장처럼 확실한 신분은 달리 있을 수 없었기 때문이다. 제2회

동인문학상의 수상식장에 육군 정복의 복장을 하고 나타난 그를 두고 당대 문인들은 이채로운 기억을 가지지 않을 수 없었거니와, 군대 근처에도 가보지 못한 당시 대부분의 문인들에게 있어서 이 점은 충분히 콤플렉스를 자극할 만한 사실이 아닐 수 없었다. 작품보다 앞서 행동주의 작가로서의 자격이 이로써 주어질 수 있었는데, 행동주의 문학의 뉘앙스란 곧 전쟁 문학의 범위를 넘는 어떤 것일 수 없었기 때문이다. 실제로 그의 초기작들이 어떤 식으로든 강한 행동주의적 분위기를 풍기고 있었음을 부인할 수 없다. 데뷔작 「성(聲)」(《신세계》, 1955)——데뷔작의 명칭이 「귀신」으로 알려져 있으나, 발표 당시 제목은 「성(聲)」이었다——을 차지하고 보면, 초기작들인 「One way」(《신태양》, 1956), 「테러리스트」(《사상계》, 1956. 12), 「불꽃」(《문학예술》, 1957. 7) 등이 모두 행동주의적 모티프에 기반한 것임을 인정할 수 있다. 비록 휴전 상태에 접어든 지 상당한 시간이 지난 시점이라 하더라도 이 시기까지 여전히 전쟁의 포연은 가시지 않고 있던 때다. 따라서 문단인들이 비록 우리 문학사에는 낯선 감각이긴 하나, 어떤 행동적 문학의 절실한 개화를 예기케 된 것은 당연한 일이었다. 인간의 극적 체험치고 전쟁 이상 가는 것이 있을 수 없음을 전쟁의 경험 세대라면 생득적으로 감득하고 있었기 때문이다. 동인문학상의 수상 소감에서 밝힌 선우휘의 다음 언명은 그래서 문학적 겸손이자, 동시에 실천적 자랑스러움의 내밀한 고백일 수 있었다. 아마추어 작가의 입장을 내세운 것이긴 하나, 아마추어리즘의 표백이야말로 바로 「불꽃」 산출의 문학사적 필연성을 역설적으로 피력한 바에 다름아니었기 때문이다.

　'공산주의'라는 것이 오랫동안 머리를 괴롭혀서 그것을 극복하기에 무엇을 창조해 본다는 마음의 여유가 없었다.

역사적 상황 속에서 나는 어떠한 자세로 어떻게 이 사회에 참
가하여야 하는가의 당면한 과제를 놓고 생각할 때 공산주의의 문
제는 몹시 나를 괴롭혔다.

그후 인천중학에서 교원을 지내던 나는 여순반란사건에 충격
을 느끼고 육군으로 들어갔던 것이다.

6·25를 통한 전쟁의 경험에서 나는 무엇인가를 쓰고 싶은 충
동을 느꼈지만 문학과 군무는 병행시킬 수 없는 성질의 것이라는
생각에서 작품을 만들 생각을 하지 않고 있었던 것인데,

(……)

「불꽃」은 나 자신을 포함한 같은 연대의 개아와 역사의식의 문
제를 그려보고자 한 것(……)

(《사상계》, 1957. 9)

이처럼 작가 자신을 포함한 같은 연대의 개아와 역사의식의 문
제를 그려보고자 한 것이라는 점에서 「불꽃」은 현저히 세대론적이
었다. 이처럼 세대론적인 것이었기에 그것은 필연적이며 동시에 우
발적이었는데, 우발적이라 함은 전후 세대가 아직 역사적 현실성을
띠며 나타나기 이전 단계에 그것은 놓여 있었음을 뜻하고 있다. 그
럼에도 불구하고 전후 세대 등장의 문화사적 조건은 무르익어 있었
던 것인데, 「불꽃」 등장에 대한 반향의 놀라움과 충격 속에서도 그
것이 당연한 것으로 받아들여졌던 것은 이를 뜻하고 있다. 동인문
학상 발표 다음 호의 독자 투고란에서 우리는 '불꽃은 위대한 작
품'이라는 투의 벅찬 감개가 표시되어 있음을 볼 수 있거니와, 그
것이 당대 독자의 실감이었던 것으로 확인할 수 있다. 심사위원들
의 반응 역시 대개 이런 감개무량한 표정에서 벗어나지 않는다. 이
작품에 대한 문인들의 반향이 얼마나 압권의 것이었던지는, 다른

후보 추천작들이 겨우 1표씩을 얻고 있음에 반하여 이 작품만은 추천위원 절대 다수 지지를 뜻하는 7표를 얻고 있음에서 확인할 수 있다. 김팔봉, 백철, 박영준, 손우성 등으로 구성된 심사위원들의 지지 분위기는 더욱 심하였다. 그중 가장 열광적이었다고 할 만한 박영준을 살피면, 해방 이후 최대 걸작이라는 표현이 아깝지 않다는 발언에 이르며, 행동적 휴머니즘의 지지자들이었던 백철, 손우성들이야 더 말할 것이 없다. 백철은 나중에 동인문학상 회고의 자리에서 이 작품이 일으킨 반향의 측면을 오히려 형식적인 각도에서 ‘중편 소설 붐’ 현상으로 설명하고도 있거니와(『동인문학상의 전통』, 박영사, 박영문고 188), 이처럼 넌지시 건네는 설명법이란 그다운 문학사적 설명법이 아닐 수 없다. 심하게 좌익 콤플렉스의 상태에 놓여 있었던 카프 전력의 문인들 의식을 감안하고라도 「불꽃」에 대한 이와 같은 범문단적 지지 분위기는 특기할 만한 사실을 내포하고 있다. 굳이 비교하자면 1960년대 김승옥이 일으킨 ‘감수성의 혁명’ 열기에 대한 지지 분위기와 이것이 비견한다고나 할까. 오늘날의 감각으로 본다면 한갓 중편에도 미달하는, 거친 하드 보일드의 행동적 문체에 대해서 이처럼 범문단적 우호 분위기가 가해진 이유란 무엇일까. 이를 재는 일은 「불꽃」과 현재적 감수성 사이의 거리를 재는 일에 다름아니거니와, 이를 자세히 검증하기 위해서는 전후적 감수성에 대한 사심 없는 이해, 관찰이 수반되지 않으면 안 된다.

4

　오늘의 눈으로 보아 전후 문학이 대단치 않게 보이는 것은 물론 그럴 수 있다. 이는 다시 말하면 그 동안 40년 세월의 한국 문학의 발전을 의미하는 것이다. 특유하게 감수성의 문제를 의미하는 것이라면 이 또한 그럴 수 있다. 전후적 감수성으로부터의 그 동안 이탈의 세월을 그것은 의미할 것이기 때문이다. 「불꽃」을 놓고 볼 때 이 작품이 더할 수도 있다. 여기에는 구한말 세대, 3·1운동 세대, 6·25 세대의 3대의 역사가 중첩되어 있으며, 그 시간 감각은 오늘의 감각으로 볼 때 지나간 먼 역사의 감각으로 퇴색된 것일 수도 있다. 그렇지만 이 퇴색된 시간의 감각 속에 역사의 진실이 있으며, 이제 묻혀버린 시간 속의 현실이라 하더라도 거기에 당대인들의 역사 감각이 살아숨쉬고 있었던 것을 무시할 수 없다. 「불꽃」이 당시 평자들로부터 각별한 주목을 얻게 된 요인에는 중편 분량의 확장된 작품 공간 안에서 우리 근대사의 역사의식을 깨우친 점이 몰각될 수 없거니와, 지금으로 봐선 소략하기 짝없는 그 역사의식의 감각이 당시에 그만큼 신선하게 보였다는 것은 그 시절 역사 감각의 불모 상태를 의미하는 바가 아닐 수 없는 것이다. 따라서 오늘날의 확장된 역사 감각으로 당대의 시선을 막바로 잰다는 것은 바로 역사 감각 자체의 횡포가 아닐 수 없다.

단순히 전후적인 실존 감각만을 두고 볼 때도 그렇다. 전쟁의 포성은 사라졌지만, 어떻게든 문학을 통해서나마 생과 사의 감각을 되살려야 한다는 게 당대 전후 문학인들의 문학적 강박관념이었다. 이 강박관념은 그러나 대단히 불우한 처지에 놓여 있었다. 해방과 함께, 분단과 함께 축소된 문학사의 지평, 문단적 환경 속에서 그들은 작업하지 않으면 안 되었다.

일제 말기까지 우리 문학사를 수놓았던 장편 소설사의 감각은 사라지고, 손바닥만한 단편의 양식 한계내에서 그들은 작업하지 않으면 안 되었다. 일제 말기 세대를 대표하는 저 김동리, 황순원류의 토속적, 혹은 서정적, 혹은 사변적 인물들의 형상화 감각이 그들을 지배하는 문학적 원류였다. 변변한 문예잡지 하나 제대로 발간되지 못하는 상황에서 그들은 '전선문학' 류의 잡지에 의존하거나, 아니면 이데올로기 색채가 강한 '자유세계' 류의 잡지에서 새로운 문학적 텃밭을 일구어야만 했다. 이런 점에서 전후 세대의 기수로 등장한 한 소장 비평가가 "우리는 화전민이다!"(이어령)라고 외친 것은 과연 과장이 아니었는데, 이같은 전후의 불모 상황을 딛고 간신히 문예잡지의 재건 시대를 이룩한 것이 1950년대 중반기이다. 《사상계》사가 '동인문학상'을 창설한 것이 또한 1956년도였던 것인데, 1회 수상작으로 결정된 김성한의 「바비도」를 보면 지금으로서는 금석지감의 느낌을 주는 것이 솔직한 감상이다. 요컨대 이러한 시대였던 것이다. 이와 같은 시대 배경하에서 행동주의 문학에 대한 기대 지평만은 조금 뚜렷하였던 편인데, 그 염원의 기대 지평에 불을 당긴 작품이 「불꽃」이었던 셈이며, 바야흐로 무엇인지 모르는 커다란 실감의 실체에 그들은 압도당할 준비가 되어 있었다. 「불꽃」 등장의 문학사적 필연성, 그리고 우발성이란 이러한 배경 상황을 두고 말함이다.

그렇다고는 하나, 「불꽃」으로 예광탄을 쏘아올린 선우휘 문학역시 더 이상의 진경으로 나아가지는 못했음을 우리는 아쉬운 대목으로 지적하지 않을 수 없다. 말하자면 그의 문학 역시 예광탄으로만 수놓아진 문학을 연출했을 뿐이고, 말년에 불쑥 「노다지」의 거편을 이룩하기까지 그의 문학은 계속 예고편의 상태에 놓여 있었던 것을 우선 전반적인 한계의 대목으로 지적하지 않을 수 없는 것이다. 그가 여러 편의 짭짤한 중·단편의 세계를 쉬지 않고 발표해 나간 형편이라 하더라도 우리의 판단 내용은 달라지지 않는다. 이것은 물론 당대의 문단 형편과 작가의 개인적인 사정과도 관련되는 바이지만, 초기에 자신의 문학을 결정적으로 비약시킬 만한 작품을 「불꽃」 이후 그는 더 이상 내놓지 못하고 말았기 때문이다. 이러한 한계는 기실 「불꽃」 자체에서부터 내포된 한계의 성격이 크다는 것으로 여러 평자들의 의견은 합치되며, 「불꽃」이 가진 이데올로기적 한계로서보다 행동주의적 한계로서 그 점이 드러난다고 우리는 볼 수 있다. 「불꽃」의 주인공 '고현' 자체가 벌써 웅혼한 행동적 영혼의 소유자는 아니었던 것으로 드러나기 때문이다. 한국 문학의 체질적인 반행동적 한계가 이미 여기에서 드러났다고 볼 수 있는데, 따라서 우리의 논의는 이 문학사적 한계의 지점에서 다시 출발할 수 있다.

선우휘 문학에 대한 기대가 결국은 행동주의 문학에 대한 기대로 수렴되는 것이었다면, 이 기대 지평을 멀찍이 넘어 활짝 달려나가지 못한 이유란 무엇일까. 휴머니즘의 논변에 매달렸다는 것을 그 기본적인 이유로 지적할 수 있다. 1부와 2부를 나눠놓고 볼 때, 1부에 비교하여 2부가 상대적으로 소략한 것임은 당시의 심사 과정에서도 지적된 바이거니와, 1부가 주인공 고현의 성장 과정을 중심으로 한 방관주의자의 논변 개진에 주력한 양상이라면, 전체주의적 편력의 비인간화된 현실에 대한 행동적 항거의 부분은 극히 단편적으로만 묘사되어 있다. 그것은 말하자면 행동의 불가피성에 대한 설유에 해당하는 양상이지, 작품 전체로 보아서는 오히려 방관자의 사상과 논리가 더 많이 피력되어 있는 양상인 것이다. 바로 이와 같은 논변적 양상은 그것이 전체주의적 사회 통제 이념에 대항하여 개인적 휴머니즘의 논리를 구축한 성격의 것이지 행동주의 자체를 선양한 문학적 성격의 것일 수 없음을 뜻하고 있다. 작가가 동인문학상의 수상 소감에서 밝힌 바 그대로 그의 문학적 관심은 공산주의와의 싸움, 즉 반공주의의 논리 구축에 주력된 것이지, 행동주의

적 세계관과 문학적 실천에 순수한 관심을 둔 것일 수 없음을 그것
은 뜻하는 것이다. 선우휘 초기 단편에 속하는 「성(귀신)」이나,
「One way」, 「테러리스트」 등 또한 대개 이런 성격에 머무는 것이
지, 행동주의의 강렬한, 순수한 이념에 포섭된 것이 아님을 보여주
고 있다. 그것들의 열기는 공산주의자와의 싸움에 대한 회고의 열
기이며, 지금 불우한 처지에 대한 인간적 연민의 열기이지 행동가
적 열정의 모습이 아니다. 가령 가장 행동적이라 할 수 있는 「테러
리스트」에서 이 점을 살펴볼 수 있는데, 술집 안에서 시비가 붙어
갑자기 뛰쳐나간 '길주'가 "주먹에 간장을 쓱 바르고 둘을 건너다
보며 싱긋 웃"는 것으로 가장 인상적인 행동가적 면모로 부각되어
있지만, 이러한 장면이란 전형적인 활극을 통해서 인상깊게 엿볼
수 있는 것이지, 행동주의적 문학 양태라 하기는 어렵다. 작품 전편
이 일종의 회고적 문투로 구성되어 있음에서 이 작품의 기본 성격
을 알 수 있는 것이다.

　「불꽃」 이후의 작품들을 통해서도 사정은 별로 달라지지 않는
다. 오히려 그나마 있던 초기의 행동적 열정이 사라지고, 휴머니즘
적인 페이소스에 집착하는 모습을 보여주는데, 소품에 가까운 초기
단편들의 세계가 대개 그렇다. 발표순으로 다섯 번째가 되는 「똥
개」(《사상계》, 1957. 8)는 그 윤곽이 실향민의 애환을 그린 성격으
로 됨으로 말미암아 어느덧 감상적 색조조차 드러내는 양상을 보이
며, 여섯 번째 「거울」(《문학예술》, 1957. 9)에 가서는 바야흐로 행동
을 취해야 할 시점에 이르러 자기 연민에 빠지게 되는, 그럼으로써
선우휘적인 행동적 휴머니즘의 면모가 실상 어떤 것인가를 잘 보여
준다. 한 이발사(면도사)가 먼 옛적 일제 시대에 자기를 고문한 바
있는 형사 전력의 손님을 맞아 복수 충동과 자기 연민의 감상 사이
에서 고민하게 되는 얘기를 그린 작품인데, 결국 어떤 이유로든 행

동의 요청에 직면하여 자기 연민의 휴머니즘적 감상에 빠지게 되는 것을 합리화하는 얘기가 이것이다. 행동주의보다는 휴머니즘 쪽에 선우휘다운 본질이 놓여 있었다는 것을 다시 한 번 증거하는 작품이라고 할 수 있다.

여러 가지 징후적 성격으로 말미암아 초기 선우휘 문학의 한 대표작쯤으로 여겨지는 일곱 번째 작품 「화재(火災)」(《사상계》, 1958. 1)를 보아서도 선우휘 문학의 행동적 한계는 여실히 드러난다. 마치 정의의 사도가 저지른 어떤 불가피한 범죄의 현장을 추적해가는 것처럼 진격해 나가던 이 소설은 행동주의로서는 참으로 어설픈 결과를 보여주는 것으로 끝난다. 자기 연민을 벗지 못하는 어느 회의주의자의 내면 풍경을 보여주는 것으로 이야기의 종국은 귀착되고 말기 때문이다. 일제 말과 해방 그리고 전쟁의 혼란을 겪으면서 타락할 대로 타락한 아버지의 현실에 맞서서 아직 병들지 않은 아들 세대의 연결성을 그리고자 한 것에 이 작품의 주지가 있는 셈인데, 불의를 참지 못하고 아버지 세대를 고발하고자 일어선 아들 세대의 행동이라는 것이 겨우 의지적 방화도 못 되고, 실화 혹은 교묘한 방화 방조에 그친 것으로 이루어진다는 것이 이 작품의 대체적인 이야기이다. 왜 이처럼 기껏 행동적 기치를 표방해 놓고도 다만 지불 불능의 상태로서 그의 작품 행동은 끝날 수밖에 없었을까. 내면적 지식인의 심리주의와 추리소설적 기법을 실험하는 의미로서 이 작품이 제작되었다고 보기에는 그 행동적 지불 불능의 상태가 너무 허망하게 보이는 것이다. 그렇다면 행동주의가 아니라 (행동적) 휴머니즘의 범주에 맴도는 그의 작품 세계의 특질이란 무엇인가.

스스로 가장 애착이 가는 작품이라고 쳤던 「오리와 계급장」, 그리고 「단독 강화」(《신태양》, 1959)를 통해서 우리는 선우휘의 초기적 열정의 면모가 무엇인지 잘 알 수 있다. 말하자면 공산주의와의 싸움의 기록이며, 동시에 인간적인, 인간다움의 앙양이다. 자전적 성격을 그대로 투영한 초점 화자가 등장하고 있고, 또 그 주변의 인물들 역시 과거 화려한 행동적 경력을 가진 인물들이라는 점에서 빼놓을 수 없는 「오리와 계급장」은 상대적으로 행동적 특성이 두드러지는 작품이긴 하다. 그렇지만 이 인물들의 행동적 전력에 대한 후일담 역시 기본적으로는 회고적이며, 따라서 그 인물들의 오늘의 형세는 모두가 날개 꺾인 인물들로 되어 있다. 행동적이라기보다는 휴머니즘의 반경 안에서 이 작품을 섭취할 수 있는 이유가 여기에 있다. 이 점에서 국방군과 인민군, 두 우연한 동반자의 동시 죽음으로 작품을 귀결시키는 소품 「단독 강화」가 훨씬 행동적이라 해도 좋으리라. 다만 그것이 소품이기 때문에 극적인 드라마의 성격을 갖추지는 못하고 있다는 점을 지적할 수 있으며, 비극적이긴 하되 동포애의 주체로서 인민군 병사가 너무 어린 나이로 설정되어 있기 때문에 여기에 무슨 이데올로기적인 논리가 침입할 틈이 없었다는 점을 지적할 수 있다. 그렇긴 하되 동족상잔의 분단 비극을 그다운 동굴의 무대 배경하에서 그리고 있다는 점으로 이 작품은 선우휘의 작품 중에서도 예외적으로 기억될 만하다. 전장의 휴머니티를 다룬 작품으로 우리의 전후 문학사는 이만한 작품도 흔하게 갖지 못한 형편에 있기 때문이다.

그렇다면 단편 소품이 아닌 중편의 작품들을 통한 양상은 어떠한가. 그의 초기 중편들로서는 가장 이른 「깃발 없는 기수」(《새벽》, 1959. 12)와 함께 「추억의 피날레」(《신세계》, 1961. 12), 「싸릿골의 신화」(《신세계》, 1962. 8~9) 등이 꼽힐 수 잇는데, 이 중 그의 행동적 특성을 반영하는 작품으로는 「깃발 없는 기수」가 많이 거론된다. 이에 맞서는 것으로 그다운 휴머니즘이 잘 부각된 작품으로는 「싸릿골의 신화」가 주목될 만한데, 간첩 소재를 다룬 작품으로 「추억의 피날레」는 아무래도 어색한 느낌을 지울 수 없기 때문이다. 「깃발 없는 기수」와 「싸릿골의 신화」로서 그의 초기 중편 세계가 대변될 수 있는 이유이다.

「깃발 없는 기수」가 그의 초기 한 대표작쯤으로 간주되는 이유는 어렵지 않게 이해될 수 있다. 행동의 시대라 할 수 있는 해방기를 무대로 선택 앞에 직면한 젊은이들의 세계를 다룬 작품이 이 소설이며, 그런 만큼 리얼리즘적인 품격과 행동적 풍모를 담고 있는 작품이 이 작품이다. 주인공 격이며, 초점 화자인 '윤'은 신문기자이며, 그 옆에 회의주의자인 '형운'이 놓여 있고, 그 왼편에 좌익인 '순익'이 놓여 있는 형국이다. 그밖에도 그 시대에 존재했을 법한 다수의 인물 유형이 존재하며, 해방 공간의 처연한 풍경이 선하게 잡힐 정도로 그것은 다양한 현실 묘사의 장면들을 담고 있음이 사실이기도 하다. 그럼에도 불구하고 이 작품에 대해 선뜻 높은 점수를 주기 어려운 이유는 무엇일까. 극을 이끌어가는 주동적 인물인 '윤'의 행동거지가 석연치 않은 데서 극적 추진력이 약화되고 있는 것을 우선 지적할 수 있다.

행동적인 열정에 들떠 있으며, 좌익과 미국 세력에 대해서 생리적인 거부감을 표시하는 것도 좋으며, 또 남자로서의 육적인 감각을 발산하고 있는 것도 좋지만, 결말을 향해 이끌고 나아가는 주인공의 행동 목표가 불분명하게 설정되어 있음에서 극의 추진력이 반감되는 느낌을 받는 것이다. 선우휘로서는 드물게 행동주의적 윤리 강령을 문학적으로 실천해 본 작품이라 하겠으나, 좌익계 지도자와 그 정부의 불륜의 현장을 덮친다는 것으로 그의 최종 목표가 설정되어 있음은 아무래도 객관적인 실득력이 약하다. 어정쩡한 상태에서 작품이 서둘러 결말을 짓고 있다는 느낌도 이와 무관치 않을 것이다. 기자라는 직업의 인물이 행동적 주인공으로는 박약한 느낌을 주거니와, 주인공의 행동 계기를 설명하는 이유로서 어린 인물들을 끌어들여 오히려 감상적 색조를 드리우고 있는 점도 이 작품의 취약한 이유 중의 하나라 할 수 있는 것이다.

이에 비하면 「싸릿골의 신화」는 행동적이라기보다 극히 휴머니스틱한 모티프에 기조하여 씌어진 소설이라 할 수 있다. 스토리 골격 자체는 간단하다. 6·25 초기 인민군의 진공으로 낙오하게 된 국방군 패잔병들이 산간오지에 남아 마을 사람들과 함께 애환을 겪는 얘기이다. 개연성의 측면을 배제해 놓고 생각하면 충분히 하나의 얘깃감이 되는 이 작품은 그러나 전체적으로 부자연스런 여러 느낌을 지울 수 없다. 그럼에도 불구하고 하나의 공간으로 폐쇄되고 있는 점, 거기에 여러 가지 인물 유형의 성격들이 뛰놀고 있는 점 등으로 완결된 하나의 작품이라는 느낌을 주는데, 흡사 카뮈의 「페스트」와 같은 작품 상황을 연출하고 있는 것이 이 작품의 대체적인 방법적 요체라고 할 수 있다. 이 점 「깃발 없는 기수」가 말로의 소설풍을 닮았다고 한다면, 「싸릿골의 신화」가 현저하게 실존주의적 풍모를 띠고 있는 것과 상관되는 요소라고 할 수 있다. 전통적 세계에 밀어닥친 전화의 체험 현실을 다루고 있다는 점에서 리얼리즘적 가치와도 전혀 무관할 수 없고, 무엇보다 백의민족의 전통적 가치관을 잘 투영하고 있다는 점으로 드문 소설적 매력을 발산하고 있다고도 할 수 있다. 만약 「깃발 없는 기수」와 이 작품 중 하나를 선택하라고 한다면 어찌할 것인가. 이 문제는 요컨대 독자로서의 취향 문제를 가르는 문제일 뿐만 아니라, 선우휘 작품 세계의 본질이 무엇인가를 묻는 문제와 분리될 수 없는 문제임이 살펴질 수 있다. 결국 행동주의와 휴머니즘 사이에서 진동했던 것이 선우휘 초기의 작품 양상이기 때문이다.

5

　이처럼 행동주의와 휴머니즘 사이에서 진동하던 선우휘 문학은 60년대 중반기에 이르러 변화의 모습을 보이는 것으로 지적된다. (배경열, 「선우휘 소설 연구」, 서울대 대학원, 1992) 크게 보면 이 변화는 결국 한국 전후 문학의 전후성 탈각 과정과 맥을 같이 하는 것이라 할 수 있는데, 선우휘 개인사로서는 단지 작가로서만이 아니라 언론인으로서 사회적 역할의 확대가 이루어지는 지점이 이 지점이며, 그 때문에 한때 옥고의 고초조차 치렀어야 했던 것이 작가의 개인사적 변화 계기들이라고 할 수 있다. 이러한 계기들로 말미암아 이제 그의 문학은 그나마 가지고 있던 행동적 열정을 잃어버리고 더욱 내면성의 강화 양상으로 옮아간다고 할 수 있는데, 이때부터 1970년대 초, 중반기 약 4～5년간 작품 활동의 중단 시기를 갖게 되는 시점까지 우리는 그의 문학의 2기로 설정할 수가 있으며, 이 시기 그의 대표작으로는 「십자가 없는 골고다」(《신동아》, 1965. 6), 「망향」(《사상계》, 1965. 8), 「사도행전」(《신동아》, 1966. 1～6. 미완), 「묵시」(《현대문학》, 1971. 2) 등을 꼽을 수 있다. 그의 문학 세계 전반으로는 작가적 시야의 확대가 이루어지는 단계라고 할 수 있으며, 주조의 측면에서는 대개 휴머니즘 독자의 기간, 더 자세히 규정하다면 내면적 휴머니즘의 특징적 기간으로 이 시기를 설명할 수 있겠다.

　이 시기의 단초를 이루는 작품으로 「십자가 없는 골고다」가 우선 주목되는 것은 그 내면성의 특질 양상 때문이라 할 만하다. 여기의 주인공 K. 김은 작가의 실존적 행적을 대개 반영하는 인물이라는 점에서도 주목될 만하다. 그 인물이 미쳐서 정신병원에 감금되어 있다는 게 이 작품의 발단 동기인데, 그 계기는 술자리에서 우연히 토설한 비분강개의 논설이 한 젊은이를 움직여 그를 죽음에까지 몰고 가게 되었다는 사건에서 연유하고 있다. 한 젊은이의 죽음이 결과된 이상 그 죽음에 대한 도덕적 책임감을 K. 김은 면할 길 없다. 주인공의 내면적 번민의 이유는 여기에서 파생한다. 십자가를 허락지 않는 교묘한 권력의 책동이 한 죽음의 사건까지도 철저히 통제하고 있다는 사회 인식은 그 번민의 내적 이유를 강화한다. 이럴 수도 저럴 수도 없는 이른바 비극적 교착 상태가 그의 미쳐감의 내적 구조를 형성하는 셈인데, 어떤 해결도 있을 수 없는 도저한 자아 분열의 상태에서 작품이 종결되고 있음으로 말미암아 작품은 전형적인 내면 비극의 형태를 취하고 있다. 이 시기 작가의 내면 풍경이 어떤 상태에 있었는지 능히 엿보게 하는 작품 사실이면서, 권력적 현실에 대한 회의와 환멸의 눈길이 이런 내면적 경향의 소설 작품을 낳은 것으로 추측할 수 있다. 선우휘 문학의 초기와 중기를 구분하는 단초로서 이 작품이 주목되어야 하는 이유가 여기에 있다.

이런 내면화의 경향이 실향 의식과 어울려 독특한 귀향 의지의 소설을 파생시킨 것으로 이 시기 주목될 만한 작품이 또한 「망향」이다. 실향 의식에서 헤어나지 못하는 한 친구의 아버지를 주인공으로 한 이 작품에서 고향 산천의 풍경, 나아가 그 집안의 쥐 소리까지가 편집적인 망향 의지의 모티프들로 설정되어 있음은 그로테스크한 느낌을 넘어 끔찍함까지 안겨줄 정도이다. 「똥개」, 「오리와 계급장」 등으로 이어진 그의 독특한 망향 주지의 소설 세계가 이로써 한 정점을 이룩한 셈이거니와, 이 망향 의지가 유년 시절에 대한 회고의 의지로 환치되어 작가 자신의 실존적 편력을 그대로 한 편의 장편소설화해 보려는 노력으로써 발동된 작품이 그의 중기의 역작 「사도행전」이랄 수 있다. 이 작품은 그러나 불행히도 해방 후로 넘어오는 단계에서 집필 중단되어 미완성 교향곡의 상태를 빚게 되고 말았거니와, 이런 자전의 의욕 역시 이 시기 그의 문학의 전반적인 내면화 경향과 분리되어 생각될 수 없을 것이다. 그의 문학 세계의 특질 중 하나로 기독교적 모티프를 자주 끌어온다는 점이 이 문맥에서 유의미하게 지적될 만하거니와, 종교의 세계에 깊이 침잠된 관심 자체가 벌써 내면화의 자세와 분리되어 생각될 수 없는 것임을 말할 나위없이 분명한 사실이다. 이처럼 행동주의의 문학적 자세가 역진되었을 때 그의 소설은 강한 내면성의 모습을 드러낸다.

1970년대 초반 마침내 문학적 침묵기로 들어서는 마지막 굴절의 지대에서 빚어낸 작품 「묵시」는 그 내면화 과정의 한 정점을 표상하고 있다. 한 세대를 대표하는 작가로서의 역할이 있었던만치 그에게도 작가의 역사적 처신에 관한 문제가 자연 의식되지 않을 수 없었는데, 그런 역사 의식적 바탕 위에서 행동가적 처신과 내면적 인간의 존재 방식 사이에서 깊이 고뇌한 흔적이 이 작품에는 배어 있다. 춘원 이광수의 일제 말 행적이 그 친구 되는 시인 '서낭'이라는 사람의 벙어리 행각에 비교되고 있는 이 작품에서 작품의 초점이 '서낭'이라는 인물에 맞춰지고 있음은 그의 이후의 문학적 침묵과 관련하여 여러 모로 음미될 만하다. 작품이 쓰인 당시 시점은 바야흐로 유신으로 나아가는 길목의 심난한 정치적 계절이었으니, 정치 환경을 지키는 언론인의 신분으로서나 한 작가의 위치로서나 말꾼의 처지가 매우 위태로운 지경이었을 것임은 어렵지 않게 짐작될 수 있다. 이런 스산한 시국의 계절에 차라리 벙어리 흉내를 내고 살았던 일제 말의 한 무명의 우국 시인을 동경하게 되었다는 것은 그 말꾼으로서의 처지에 깊은 연민조차 느끼게 하는 지점이 아닐 수 없다. 이 시기 선우휘로서는 그야말로 「묵시」의 비극적 세계관에 매료되었고, 행동으로서 그것을 실천할 마음자세까지도 갖추고 있었던 것이니, 이후의 문학적 침묵이 바로 그 점을 증거하는 바이다.

6

　「묵시」 이후 1970년대 강권 정치 시대의 본격 개막과 함께, 5년 이상 완강히 침묵을 지켜나가던 그의 비언표적 문학 활동은 1970년 대도 중반을 넘어서는 1976년경에 이르러서야 띄엄띄엄 겨우 언어 회복의 조짐을 드러낸다. 1970년대 전 기간에 걸쳐 그의 언론인으로서의 위치는 논설주필 자리에 고정되었던 것인데, 그 정치적 삭풍의 세월에 시국에 대응하는 일만으로도 그의 필봉 잡기는 벅찬 노릇이었는지도 모른다. 그 막중한 책임의 자리에서 놓여나면서 그는 이제 그의 필생의 역작 「노다지」에 달려들게 되는데, 이제 3기, 그러니까 1970년대 후반 문단 재복귀 이래 타계하기까지 그의 생애 말기의 과정은 문학적으로 일종의 결산의 시기라 해도 좋겠다. 말하자면 그 동안 쓰고 싶었던 글을 마음껏 쓰며 세월을 갈무리하던 시절이 이때가 아니었던가 볼 수 있는데, 이 시기 그의 음미할 만한 중·단편으로는 중편 「쓸쓸한 사람」(《문예중앙》, 1977. 겨울)과 「희극배우」(《한국문학》, 1978)가 꼽힐 수 있다 그의 생애의 주제라 할 만한 내용을 다루고 있는 작품이 전자인 셈이며, 재담가로서 그의 소탈한 면모가 잘 드러난 작품이 후자이다. 작가의 휴머니스틱한 면모가 어떤 것인지를 알려준다는 점에서 두 작품은 인상적이다.

　「쓸쓸한 사람」이 그의 생애의 주제를 담고 있다고 하는 것은 이 작품 속에 신념인의 사회적 변전 운명에 대한 숙고가 인간적 연민과 함께 잘 그려져 있다는 뜻이다. 여기서 신념인의 모습이란 한 종교적 인간의 강한 행동적 면모에 다름아닌데, 교회가 처한 절체절명의 위기 앞에서 스스로를 희생시킴으로써 위기를 구한 일제 말기 목회자의 행동이 바로 그것이다.

　이와 같은 인간상은 그의 미완의 역작 「사도행전」에서도 뚜렷하

게 음각된 바 있거니와, 일제 말기 신사참배의 강요에 맞서 싸우다
가 교회의 파산 지경에까지 이르는 위기에 처해 스스로를 굴복자로
내세움으로써 교회를 구한 희생인의 면모로 묘사된다. 다만 문제는
그것이 단독자의 결단 형태로 수행됨으로써 이후 목회자들의 오해
와 박해에 직면, 오히려 교회인들로부터 추방되는 사회적 불운에
처하게 되는데, 기자의 입장에서 이 사회적 부조리의 운명을 추적
하는 형식으로 되어 있는 이 작품은 작가의 내면 투사의 형식으로
말하면 곧 행동 지향성과 내면 지향성 사이의 이율배반적 길항 관
계에 대한 스스로의 존재 탐구의 방식이 아닐 수 없다. 이 같은 배
반의 운명 형식으로 말미암아 그것은 김은군의 「순교자」에 흡사하
게 인간성의 깊은 존재의 비밀이 어디에 있는가를 묻는 양상으로
나타나고 있는 것인데, 이와 같은 국면에 있어서 기자의 존재란 결
국 외면적 행동과 내면적 비밀 사이의 경계 영역을 밝히는 존재로
서 드러나고 있어 한편 흥미로운 것이다. 역사 속에서 인간의 변전
운명을 추적하고 있다는 점에서 또한 선우휘다운 것이라 할 수 있
는 이 작품은 바로 그 전형성의 면모에서 선우휘 생애의 주제를 간
직한 것이라 할 수 있으며, 이 점에서 그것은 은밀히 그의 문학적
원점인 「불꽃」과 내통하는 작품이라 할 수 있기도 하다. 말하자면
내면적 인간에서 행동적 인간으로 탈각하여 나오는 인간성의 작품
이 「불꽃」이라 하면, 그 반대로 가장 행동적 인간에서 내면적 인간
으로 역진하게 된 한 인간성의 보편 회귀 과정을 다룬 작품이 이 작
품이라 할 수 있기 때문이다.

　행동의 인간이란 결국 강한 신념이 수반되지 않고서는 견지될
수 없는 것이기에 그 행동적 외화의 측면이 내면성으로 투사될 때,
신념인의 고독한 모습이란 곧 내면적 인간의 그것이 아닐 수 없고,
이런 신념과 행동, 행동과 내면 사이의 변증법적 상호 관련 문제를

다루고 있다는 점에서 선우휘다운 경험적 사유가 여기에서 다시 한 번 정리의 형식을 얻은 것이라 하지 않을 수 없다. 이런 맥락에서 기실 처음부터 선우휘 소설이 행동주의 문학의 깊은 자장 속으로 빨려들어가지 못하고 대개 주춤거리다가 그 입구 주변을 맴도는 양상으로 그치곤 했던 것은 그 본래의 내면적 성향을 어쩌지 못하는 데서 온 이유라고도 볼 수 있을지 모른다.

「희극배우」는 이런 점에서 별다른 내면적 번민의 이유없이 작자의 소탈한 인간성의 면모가 그대로 드러난 작품이라고 할 수 있다. 월남한 희극 배우와 그의 대본을 써주며 살아온 죽마고우, 대본 작가의 이인삼각 운명을 제목에 걸맞게 희극적인 톤으로 그린 작품이 이 소설인데, 사회적인 자리를 떠나서 매우 해학적이었다고 하는 그의 인간성의 면모가 이 작품에서 유감없이 드러난다고 볼 수 있다. 작자의 인간성이 간단치 않은 면모였음을 이를 통해서 알 수 있거니와, 이처럼 속도감 있는 대화 문체에 희극적인 톤을 얹는다는 것은 확실히 전후 작가로서 흔한 면모는 아니다. 물론 여기에서도 사회적이고, 역사적이고, 정치적이며, 인간과 애환의 삶에 대한 연민의 정서 등, 그다운 휴머니즘의 정취는 깊게 느껴진다. 무엇보다 공산주의와의 갈등이라는 그다운 세대적 주제가 이 작품에서도 여실히 반영되어 있는 것은 누구나 금방 느낄 수 있는 사실인데, 그렇긴 하나 이데올로기와의 투쟁이라는 맹목적 열정에만 사로잡히지 않는 넉넉한 인간성의 풍모를 또한 우리는 이 작품에서 느낄 수 있는 것이다.

그의 문학 전체를 '휴머니즘'이라는 포괄적 개념으로 묶을 수 있는 것도 요컨대는 이런 다양한 작품군의 존재 사실에서 말미암은 것이며, 이만한 작품들의 꾸러미를 하나의 책자로 묶어낼 수 있는 것만 해도 한 작가의 생애로서 그것은 실패하지 않은 것이란 인상을 던져줄 만하다.

　이데올로기로서는 퇴색한 이름이라 해도 휴머니즘의 사상적 힘이 문학적으로는 여전히 살아 있는 어떤 것이라는 확인을 여기서 우리는 가질 법도 하다. 전후 세대의 문학이 지나간 세대의 유적 같은 것만은 아니고, 우리 모두가 즐길 수 있는 어떤 것이라는 실감을 안겨주었다면 그것은 세대간 교통의 공적으로서 새롭게 의미가 부여될 만한 것이기도 하다. 이런 작품들의 기저음을 통해서 전후 세대는 또 전후 세대대로 자기 세대의 운명 의식을 표출해 온 것이니, 문학이란 또 세대적 운명 법칙을 벗어나서 성립될 수 없다는 것도 우리는 여기서 잘 확인받을 수 있다.

(안성산업대 교수 · 국문학)

작가 연보

1922년   1월 30일, 평북 정주에서 선우억의 장남으로 태어남.

1943년   경성사범학교 졸업. 귀향하여 구성초등학교 부임.

1946년   월남. 조선일보 사회부 기자로 근무.

1948년   인천중학교 교사로 부임.

1949년   육군 소위 임관. 이듬해 6·25 참전.

1955년   「귀신」을 《신세계》에 발표하여 문단에 나옴.

1956년   「ONE WAY」, 「테러리스트」 발표.

1957년   「불꽃」, 「똥개」, 「거울」 발표. 「불꽃」으로 제2회 동인문학상 수
         상. 대령으로 예편하면서 서울신문사에 입사.

1958년   「화재」, 「보복」, 「체스터피일드」, 「승패」, 「견제」, 「오리와 계급
         장」, 「소나기」 발표. 한국일보사에 논설위원으로 입사.

1959년   「흰 백합」, 「도전」, 「단독 강화」, 「메리 크리스마스」, 「형제」, 「깃
         발 없는 기수」 발표. 단편집 『불꽃』 출간.

1960년   「한국인」, 「대열」, 「꼬부랑 할머니」, 「산다는 것」 발표. 「아아, 산
         하여」를 《한국일보》에 연재.

1961년   「유서」, 「추억의 피날레」 발표. 조선일보사에 논설위원으로 재
         입사.

1962년   「도박」, 「싸릿골의 신화」 발표. 「언젠가 그날」을 《조선일보》에
         연재.

1963년   「반역」, 「세월」, 「언제 어디선가」 발표. 「성채」를 《사상계》에 연

재. 조선일보 편집국장 취임.

1964년 「열세 살 소년」, 「아버지」, 「우스운 사람들의 이야기」, 「아아, 내 고장」 발표, 「여인가도」를 《대한일보》에 연재. 언론파동 때 구속됨.

1965년 「그의 동기」, 「점배기 연인」, 「마덕창 대인」, 「기통담」, 「언제까지나」, 「좌절의 복사」, 「십자가 없는 골고다」, 「망향」 발표. 「사라기」를 《서울신문》에 연재. 소설집 『반역』(한국단편문학선집 9권, 정음사) 출간.

1966년 「띄울 길 없는 편지」, 「호접몽」 발표. 「사도행전」을 《사상계》에, 「물결은 메콩강까지」를 《중앙일보》에 연재. 『선우휘 편』(현대한국문학전집 12권, 신구문화사) 출간.

1967년 「황야의 소역(小驛)에서」 발표.

1969년 「상원사」, 「오욕과 영광」, 「총과 호미」 발표.

1971년 「묵시」, 「선영」, 「포엠 마담」 발표. IPI회원이 됨.

1972년 소설집 『망향』 출간.

1976년 「외면」, 「서러움」, 「늙은 한국인」, 「하얀 옷의 만세」 발표.

1977년 소설집 『쓸쓸한 사람』 출간.

1978년 「희극배우」, 「우리말」, 「나도밤나무」, 「에반 킴」 발표.

1979년 「노다지」를 《주간조선》에 연재.

1982년 「진혼」 발표.

1983년 「안경 낀 여자」, 「1950년의 고뿔감기」, 「한 평생」, 「이름 모를 꽃」 발표. 예술원 회원이 됨.

1984년 「목숨」, 「빛 한줄기」, 「오막살이 집 한 채」, 「거스름돈」, 「승리」, 「부랑노인」, 「올림픽」 등 발표

1986년 조선일보사 정년퇴임. 장편 『노다지』(전4권), 칼럼집 『한국인의 진실』 출간.
　　　　6월 12일, 뇌일혈로 사망.

오늘의 작가총서 21

불꽃

1판 1쇄 펴냄 1996년 1월 3일
1판 9쇄 펴냄 2004년 7월 10일
2판 1쇄 펴냄 2005년 10월 15일
2판 4쇄 펴냄 2017년 10월 23일

지은이 · 선우휘
발행인 · 박근섭, 박상준
펴낸곳 · (주) 민음사

출판등록 1966. 5. 19. 제16-490호
서울특별시 강남구 도산대로1길 62(신사동) 강남출판문화센터 5층(우편번호 06027)
대표전화 515-2000 팩시밀리 515-2007

© 선우휘, 1996. Printed in Seoul, Korea

ISBN 978-89-374-2021-4 04810
ISBN 978-89-374-2000-7 (세트)